Christin Spalek

Zuerst einmal: Willkommen in Rumänien

www.tredition.de

Umschlaggestaltung, Illustration: Christin Spalek
Lektorat, Korrektorat: tredition GmbH

Verlag: tredition GmbH
ISBN: 978-3-7469-2997-2 (Paperback)
ISBN: 978-3-7469-2998-9 (Hardcover)
ISBN: 978-3-7469-2999-6 (e-Book)

Bibliografische Information der Deutschen Nationalbibliothek:
Die Deutsche Nationalbibliothek verzeichnet diese Publikation in
der Deutschen Nationalbibliografie; detaillierte bibliografische
Daten sind im Internet über http://dnb.d-nb.de abrufbar

Christin Spalek ist 21 Jahre alt und lebt in der Nähe von Leipzig. Neben Pädagogik und Musik ist das Schreiben eine ihrer größten Leidenschaften.

Für meine Mutter Kathrin, die mir im Herbst 2012 die Inspiration für diese Geschichte gab.

Christin Spalek

Zuerst einmal:
Willkommen in Rumänien

Prolog

Leben schreibt Geschichten und die Geschichte schreibt das Leben. Schöne und traurige Geschichten und vieles dazwischen. Geschichten von Menschen und anderen Wesen. Mächte kamen auf und gingen nieder. Kämpfe begannen und endeten. So viele, dass man sie kaum mehr zählen kann. Unsere Geschichte beginnt im 15. Jahrhundert nahe der transsilvanischen Stadt Sighişoara:

Eine Macht erhob sich und wurde stärker, breitete sich aus und kam nach Europa-man nannte sie das osmanische Reich. Doch je stärker sich die eine Macht erhebt, umso sicherer findet sich eine Gegnerschaft. Man nannte sie den Drachenorden. Er setzte es sich zum Ziel die Osmanen oder >die Ungläubigen< zu bekämpfen. Dieser Orden hatte *ihm* seinen Namen gegeben. Vlad *Dracul* - Vlad, *der Drache.*

Er stand auf der Terrasse seines gewaltigen Herrenhauses und sah hinaus. Hier lebte seit vielen Jahrhunderten die Familie Celemândre - seine Familie. Seit mehr als einem Jahrhundert war er nun das Oberhaupt dieser Familie und darüber hinaus der Herrscher von Rumänien. Ein Privileg, welches hohe Macht innehatte, aber auch schwere Entscheidungen abverlangte. Besonders in Tagen wie diesen. Er seufzte. Die Nacht war beinahe vorbei. Alles war ruhig, trotzdem war er in Sorge. Die Osmanen waren nicht weit. Diese Ruhe würde nicht ewig anhalten und sein jüngster Sohn war nicht einmal drei Jahre alt. Er lächelte als er an ihn dachte. Radu, sein süßer Sohn. Vom ersten Tag an war er wunderschön gewesen. Deshalb hatten sie ihn Radu *cel Frumos* getauft. Das bedeutete Radu, *der Schöne.* Und Vlad, sein Zweitgeborener, obwohl er noch ein Kind war, wollte er am liebsten bereits mit in den Kampf ziehen. Ging es um dieses Thema konnte er überaus störrisch sein. Er hatte einen starken Willen, der kaum zu bändigen war und ein erstaunliches Selbstbewusstsein. *Mein kleiner Drache...*So nannte er ihn liebevoll, auf Grund seines wilden Temperamentes, welches er zweifellos von ihm selbst geerbt hatte. Vlad Dracul sah verträumt in die Ferne. Sofern ihnen Luzifer helfe, würden den Celemândres glorreiche Jahre bevorstehen. Sie hatten ausreichend Zeit, sie waren Vampire. In einem oder zwei Jahrhunderten würde er was die Politik anging etwas kürzer treten und das Regieren seinen Söhnen überlassen. Wenn doch nur dieser Feldzug der Osmanen vom Tisch wäre.

Das Knarren einer Tür riss ihn aus seinen Gedanken. Vlad Dracul drehte sich um und rief: „Mircea? Bist du es, mein Sohn?" Tatsächlich trat sein ältester zu ihm nach draußen.
„Gibt es ein Problem, verehrter Vater?" fragte er. „Was treibt euch zu dieser Stunde hier heraus?" "Ich habe auf dich gewartet", murmelte er. „Ist alles in Ordnung?" Sein ältester nickte. „Alles ist ruhig. Ich konnte nichts Ungewöhnliches feststellen." Er legte eine Hand auf die Schulter seines Sohnes, der daraufhin seinen Blick vom Boden hob. „Sie werden uns keine Ruhe lassen, trotz des Bündnisses, das wir mit ihnen geschlossen haben", stellte er fest. Mircea nickte und entgegnete mit fester Stimme: „Wenn die Osmanen näher rücken werde ich an Eurer Seite stehen, Vater. Ich werde Euch nicht enttäuschen." Vlad Dracul nickte ihm zu. Er war sich sehr wohl des Ernstes der Lage bewusst. Der Grat auf dem sie wanderten war schmal. Die Osmanen gewannen dermaßen an Macht, dass ihm keine andere Wahl als ein Bündnis blieb. Doch er war dem Drachenorden verpflichtet, stand also nach wie vor auf der anderen Seite. „Komm Sohn. Wir werden uns in die Gruft zurückziehen und darauf hoffen, dass der Tag so ruhig wird wie die Nacht."
So gingen die beiden hinein und die Terrassentür schloss sich mit einem leisen Quietschen. „Wir werden es schaffen, mein Vater", prophezeite sein Sohn Mircea. „Ihr seid stark und ich verspreche Euch: Solange ich lebe werde ich die Familie Celemândre schützen." Der Vater legte seinem ältesten eine Hand auf die Schulter. „Ich bin stolz auf dich, mein Sohn. Du besitzt bereits die Diplomatie eines Herrschers, die Größe eines Volkes Vorbild zu sein."

Sein Blick schweifte ab zum abgewandten Ende der Gruft. Dort schliefen seine jüngeren Söhne. „Nur um sie mache ich mir Sorgen. Diese ist keine gute Zeit heranzuwachsen. Die Schlachten werden ihnen etwas abverlangen. Sie sind zu jung..." Mircea schloss kurz die Augen. Ihn umtrieben also ebenso düstere Gedanken. Doch als er die Augen wieder öffnete war sein Blick fest und zuversichtlich. „Wir werden für sie da sein, verehrter Vater. Ehe Ihr es euch verseht haben wir diese unsäglichen Jahre hinter uns gelassen und es kommen bessere Zeiten für die Familie Celemândre." Vlad Dracul nickte. „Geh nun schlafen mein Sohn." Mircea deutete eine Verbeugung an und schloss den Deckel seines Sarges. Der Vater tat es ihm gleich. Er musste ebenfalls zuversichtlich sein. Es würden wieder gute Zeiten kommen. Seine Söhne würden ehrenhafte Herrscher sein, so wie er es jetzt war. Vlads Temperament, Radus Eleganz und Mirceas gelassene Stärke würden sich wundervoll ergänzen. Zusammen konnten sie mächtig sein. Zufrieden schloss er die Augen.

Doch es sollte anders kommen. Die Zukunft brachte Verhängnisse mit sich. Einige Jahre später gerieten Draculs jüngste Söhne Vlad und Radu in osmanische Gefangenschaft. Das Lavieren zwischen dem ungarischen Drachenorden und den Osmanen wurde schwerer und schließlich zu einer Unmöglichkeit für Vlad Dracul und seinen ältesten Sohn. Dem Vater brachte sie den Tod, dem Sohn ein schreckliches Urteil vor der Gemeinschaft der Bojaren. Und Vlad Draculs Befürchtungen um seine jüngeren Söhne sollten sich bewahrheiten. Die Kämpfe, in die sei hineinwuchsen, hatten sie geprägt und forderten ihnen Entscheidungen ab, nun da sie sich ihnen allein zu stellen hatten.
Der junge Radu blieb bei den Osmanen. Er nahm ihre Sitten an und begann ihre Vorstellungen zu teilen, obgleich er wusste, dass seines Gleichen dies niemals billigen würde. Es war klar, dass er niemals in die alte Heimat zurückkehren könnte, doch so hatte er zumindest eine Chance auf Leben und Sicherheit, auch wenn er im Kampf nun auf der anderen Seite stand.

Und Vlad...über ihn gab es viele Geschichten. Sein Temperament und sein Stolz waren ungebrochen, doch das Schicksal der Familie Celemândre - sein Schicksal - hatte ihn verändert. Aus dem >kleinen Drachen< wurde ein grausamer Pfähler.
Seine Macht wurde immer größer und mit ihr sein Verlangen nach Rache, nach Blut, und seine Hemmungen sanken mehr und mehr.

Während der Rest der Familie Celemândre langsam in Vergessenheit geriet, bis sich kaum ein Wesen noch an ihren Namen erinnern konnte, wurde der Draculea allseits bekannt. Sein Ruf eilte ihm bald weit voraus und verbreitete Respekt oder Angst. Rumänien hatte wieder einen Herrscher. Stark war er, ja. Und das war es, was einige an ihm schätzten. Doch außerdem war er skrupellos. Der Herrscher von Rumänien: *Draculea - Der Nachkomme des Drachen*. So nannte er sich von nun an vor seinem Volk, in Erinnerung an seinen starken Vater Vlad Dracul und an sein eigenes feuriges Temperament. Doch wo sich eine Macht erhebt, dort zeigt sich ein Gegner. Die Gemeinschaft der Bojaren würde Rumänien nicht kampflos aufgeben. Dennoch konnte derzeit niemand seine Wut und seinen Blutdurst bremsen, der ihn schließlich auch alle Vorsicht vergessen ließ.

Es kamen Menschen, die die Geheimnisse seiner Natur nach und nach entschlüsselten. Und sie schrieben ihre Beobachtungen nieder, verbreiteten sie. Und Menschen versuchen stets das, was sie fürchten zu vernichten. So dauerten die Schlachten an, Schlachten die Vampire und Menschen austrugen.
So erzählt es die Geschichte. Und auf der Geschichte baut sich die Zukunft auf.

Jahre, Jahrzehnte und Jahrhunderte zogen ins Land. Das Leben ging weiter und mit ihm die Geschichten. Bis ins 21.Jahrhundert....

Es war eine laue Nacht im Spätsommer. Die Sonne war schon seit einigen Stunden untergegangen, aber die Menschen waren noch immer in den Gärten der Restaurants versammelt. Sie lachten, aßen und tranken Rotwein. So viele Menschen für ein kleines transsilvanisches Dorf! So viel Fröhlichkeit auf einem Haufen! Sie näherte sich dem kleinen Lokal unterhalb der Burg. Das war ihr bevorzugtes Jagdgebiet in dieser Gegend. Mit scharfem Blick musterte sie die Gäste. In diesem Moment befand sie sich noch im Schatten - ein einfaches rumänisches Mädchen: Zierlich und schlank, die Haare mittellang in einem dunklen Braunton, die Augen schwarz, wie die Nacht. Vielleicht wirkte sie etwas klassisch mit ihrem langen dunkelgrauen Rock und der weiten Bluse, doch diese Art von Sachen hatte schon ihre Mutter, wie auch deren Mutter getragen und die Tradition war in ihrer Familie nun mal heilig. Sie nahm sogar an, dass keine andere Adelsfamilie derartig an Traditionen festhielt, wie ihre.

Die meisten Menschen hier waren eindeutig Dorfbewohner und sie klebten förmlich aneinander, tanzten und feierten. Sie stöhnte genervt. Mit den Einheimischen war es kompliziert. Man musste sich teuflisch in Acht nehmen, damit niemand etwas ahnte oder einen gar wiedererkannte und überhaupt...Zu große Menschenmengen erforderten Konzentration, die sie heute nicht aufbringen wollte. Möglicherweise hatte sie in einem anderen Etablissement mehr Glück.

Gerade wollte das Mädchen sich abwenden, da blieb ihr Blick an einem Mann hängen. Eindeutig, das war ein Tourist. Er saß alleine an einem Tisch, auf der anderen Seite des Hofes.

Langsam machte sie sich auf den Weg zu ihm. Niemand nahm von ihr Notiz. Kein Wunder, immerhin bot sie wahrlich keinen seltenen Anblick.

Es gab unzählige Möglichkeiten ein Opfer für sich zu gewinnen. Zuerst musste man den Zielmenschen von der Gruppe trennen, vorzugsweise zunächst gewaltlos. So konnten Unannehmlichkeiten vermieden werden. Sie hatte es meist leicht, die Menschen schienen regelrecht Spaß daran zu haben ihr in die Falle zu gehen. Dieses Talent lag in ihrer Natur.

Welchen Trick sollte sie heute nutzen? Im Kopf ging sie die vielen Spielchen durch, die in ihrem Repertoire vorkamen. Das unschuldige Mädchen vom Land war eine Masche, die hier sicher ziehen würde. Also dann - Bühne frei für den Auftritt.

Im Vorbeigehen stieß sie wie aus Versehen gegen das Rotweinglas, welches auf dem Tisch des Fremden stand, sodass sich die dunkelrote Flüssigkeit über sein weißes Leinenhemd ergoss. „Oh nein! Das tut mir so leid!" Sie griff sich die Serviette vom Tisch und wischte halbherzig auf dem Hemd des Opfers herum. „Wenn ich das irgendwie wieder gut machen könnte..." Der Mann stand sofort auf. Es war ihm anzusehen, dass er völlig hin und weg war. Na bitte - ein lahmer, alter Trick und doch immer wieder erfolgreich. „Aber bitte, machen sie sich keine Sorgen, das Hemd war doch uralt." Sie nickte, wand sich ab und verließ mit provozierend langsamen Schritten das Lokal. Wie erwartet stand der Tourist auf und folgte ihr. Menschen waren doch so berechenbar. „Sind Sie von hier?", fragte er. Was für ein plumper Spruch! Sie ging einfach weiter und natürlich folgte ihr der Mann. „Es ist doch schon dunkel. Darf ich sie nach Hause begleiten?" Ihr Mund verzog sich zu einem Lächeln. Dieser Kerl würde gleich die Flirterfahrung seines Lebens machen. Blitzschnell drehte sie sich um. Er ließ sich ohne sich zu wehren von ihr gegen die nächste Wand drücken. Kichernd fragte er: „Was hast du denn vor?" Zu mehr kam er nicht mehr, denn da setzte sie an. Seine Hand fiel urplötzlich schlaff nach unten und die halbleere Rotweinflasche zersprang auf dem Boden in tausend Scherben.

Er ging mit beschwingtem Gang über den Flur der Universität. Seine Forschungen waren überdurchschnittlich erfolgreich und nur noch ein Vortrag trennte ihn von seiner Studienreise. Alles war perfekt gelaufen, genau nach Plan. Er hatte die Doktorarbeit schnell runtergeschrieben und sich dann voll und ganz seinem Studium gewidmet. Keine Familie, keine Partys, keine Ablenkung, aber es hatte sich ausgezahlt. Was ihn besonders reizte war, jetzt dem uralten Mythos Transsilvanien auf den Grund zu gehen und das Verlockendste an der Sache war, dass er selbst nicht wusste ob es wahr oder falsch war, schließlich war er bisher noch nie aus seinem Land herausgekommen. Doch mit etwas Glück würde er genau das jetzt herausfinden. Der Flug war gebucht, mehr brauchte es nicht. Nur eins fehlte noch: Die Einwilligung der Menschen, die sich hinter der Flügeltür befanden, vor welcher er jetzt stand. Es waren Professoren und interessierte Privatsponsoren, die ihm seine Arbeit ermöglichten und jetzt würde er sie von der Notwendigkeit seines Unterfangens überzeugen. Er atmete noch einmal tief durch und stieß dann beherzt die Tür auf.

Alle Blicke waren auf ihn gerichtet, während er sich ruhig und gelassen auf den Weg zum Rednerpult machte. Es war wichtig jetzt Selbstbewusstsein auszustrahlen. Besonnen ordnete er seine Papiere, die er natürlich wie immer nicht brauchen würde. Dann sah er auf und begann zu reden: „Guten Abend, meine Damen und Herren, mein Name ist Doktor Erhan Helsing. Zuallererst möchte ich mich bei jedem Einzelnen von Ihnen für Ihre Unterstützung bedanken. Durch Sie ist die Wissenschaft einen gehörigen Schritt weitergekommen. Aber lassen Sie uns gleich zum Wesentlichen kommen. Warum wir alle hier sind: Ich werde Ihnen jetzt meine Forschungsergebnisse zum Thema Vampirismus etwas näherbringen." Er legte eine dramatische Pause ein. Im Raum herrschte Schweigen, alle musterten ihn gespannt. Erhan fuhr fort: „Nun, dass es sie gibt, die Vampire, ist inzwischen zweifellos bewiesen. Einige von Ihnen hatten selbst schon das Vergnügen Zeuge meiner Forschungen zu werden. Was ich bisher herausfinden konnte ist folgendes: Das Vampire kein Spiegelbild hätten und verbrennen würden, sobald man sie dem bloßen Sonnenlicht aussetzt sind nur Geschichten, an denen kein Funke Wahrheit zu finden ist. Allerdings weisen alle Mitglieder der Spezies tatsächlich eine Unverträglichkeit gegenüber Knoblauch auf. Es ist wohl zu vergleichen mit einer Allergie, bei der ihnen Gesicht und Kehle anschwellen und in besonders drastischen Fällen Tod durch Ersticken eintritt. Auch der Hautkontakt mit Silber ist für alle unangenehm, natürlich nicht aus den Gründen, die uns in Spielfilmen aufgetischt werden, sondern schlicht und einfach, weil in deren Haut gewisse Zellen vorhanden sind, die durch die Berührung mit diesem Metall stark geschädigt bis zerstört werden. Äußerlich sieht das Ganze aus wie eine Verbrennung. Diese Reaktion kommt bei jedem Vampir vor. Ein Fehler der Evolution könnte man meinen. Welchen Sinn hätte es schon, dem Organismus eine solche Schwäche anzuhängen? Doch diese Hautzellen sind nicht nur silberempfindlich, sondern ermöglichen der Spezies Vampir ganz nebenher auch ihren perfekten Tastsinn. Dieses Phänomen ist besonders interessant, da es auch diese Art von Zellen ist, welche die im Vergleich zu unserer Haut ungewöhnlich blasse Hautfärbung hervorrufen." Er schaltete den Beamer ein und präsentierte Fotos. „Wie Sie sehen können, lassen sich all dieses Aussagen durch Studien belegen. Ich habe noch einige interessante Forschungsreihen zur Anatomie des Vampires abgeschlossen, die sie sich gern im Anschluss ansehen können, doch kommen wir nun zum interessanteren Teil: Die Bekämpfung der Blutsauger. Obwohl es wahrscheinlich niemand vermutet hätte ist der Holzpflock ins Herz tatsächlich eine bewährte Methode, aber natürlich sehr klassisch. Besonders im Mittelalter wurde sie oft angewendet. Das ist wahrscheinlich auch der Grund, warum uns diese bis heute überliefert wurde. Ein Silberdolch wäre natürlich besser, da die Klinge und das Material sich gut gegen Vampire eignen. Sie müssen wissen: Vampire haben ein extrem gutes Immunsystem, dass sie vor jeder Erkrankung bewahrt. Dazu kommt noch, dass ihre Organe einzigartige Wechselbeziehungen eingehen. Jedes Organ kann sich regenerieren oder teilweise die Aufgabe anderer übernehmen. Dennoch ist ein Vampir weder unsterblich noch unbesiegbar. Der Schwachpunkt ist das Herz. Seine Aufgabe kann von keinem anderen Organ übernommen werden und es kann sich nicht regenerieren, wie die anderen Organe es können. Durchtrennt man es, so stirbt das Individuum unverzüglich. Ich hoffe sehr, dass Sie zufrieden sind und meiner Forschungsreise ins Land der Vampire zustimmen, um meine Erkenntnisse abzurunden."

Im Raum herrschte einen Augenblick lang Stille. Alle hatten zuvor applaudiert, nur ein Mann blickte kritisch und das war ausgerechnet Erhans Hauptsponsor Kurt von Langleben. Der Mann, der ihm sein Labor und vor allem auch sämtliches Forschungsmaterial zur Verfügung gestellt hatte und damit die Grundlage seines Studiums darstellte. Dieser Mann strich sich mit einem Finger über das Kinn. „Nun, um ehrlich zu sein hatte ich etwas mehr von dir erwartet." Erhan musste schlucken. Das traf ihn zutiefst und machte ihn auch etwas wütend. Nach all der Mühe, die er in das Projekt gesteckt hatte gab es von Langleben nur Kritik zu hören. Fast unmerklich schüttelte er den Kopf, um sich wieder zu fassen. Es durfte auf keinen Fall auffallen, dass ihm sein Herz gerade in die Hose gerutscht war. Das Flugticket, was er gebucht hatte war nicht stornierbar und außerdem kam es für den Forscher auch nicht in Frage aufzugeben. Seit seiner Kindheit hatte er sich nur für dieses eine Thema interessiert: Vampire. Er hatte sich geschworen diese Spezies zu enttarnen, zu erforschen, alles über sie herauszufinden und...sie zu besiegen und dieses Ziel würde er auch erreichen. Koste es was es wolle. Nur leider, hing die gesamte Finanzierung des Projektes vom Hauptsponsor ab. Der Fakt, dass Studierende chronisch pleite waren war schließlich weithin bekannt und Erhan bildete dort keine Ausnahme. Seine Ersparnisse hatte er stets in die Forschungen investiert. Allein aus diesem Grund musste er jetzt professionell bleiben und die Situation retten. Er hob den Kopf und stellte fest: „Ich habe alles in Erfahrung gebracht, was möglich war. Um weiter zu kommen braucht es einen anderen Blickwinkel. Ich bin sicher, dass Transsilvanien der Schlüssel ist. Alle alten Schriften deuten darauf hin. Nur da können wir unsere Lücken füllen. Ich will wissen, wie sie sich organisieren, wie sie ihre Beute auswählen, wie und wo sie sich verstecken. Bevor wir nicht alles herausgefunden haben können wir nichts ausrichten. Ein anderer Sponsor stand abrupt auf und lehnte sich auf den Tisch. „Genau deshalb muss er fahren. Wir müssen diesen Blutsaugern ein Ende bereiten."

„Nun gut", murrte der Hauptsponsor, obwohl er nicht wirklich zufrieden mit dem Ergebnis der Diskussion war. „Genehmigt." Erleichtert rief Erhan: „Danke. Das...Ich weiß das wirklich zu schätzen..." Noch bevor er richtig ausreden konnte, standen die Sponsoren, angeführt von Kurt von Langleben, auf und verließen den Raum. Erhan machte sich allerdings nichts daraus, so glücklich war er über den Zuschlag.

Schnell raffte er seine Papiere zusammen. Jetzt hieß es nur noch nach Hause gehen und Sachen packen. Als er die große Flügeltür öffnete entfuhr im vor Schreck ein kleiner Schrei. An der gegenüberliegenden Wand lehnte von Langleben. Er schien auf den Forscher gewartet zu haben. Erhan griff sich instinktiv an die Brust. „Herr im Himmel, haben Sie mich erschreckt, Herr von Langleben. Wollten Sie noch etwas von mir wissen?" Langleben stieß sich von der Wand ab und umrundete Erhan langsam. Schließlich blieb er vor ihm stehen. Er zupfte Erhans Krawatte zurecht und sagte: „Ich wollte dich daran erinnern, dass ich nach dieser kleinen Exkursion, die ich persönlich übrigens für unnötig halte, handfeste Ergebnisse sehen will und werde. Wenn nicht, dann habe ich dir meine Unterstützung lange genug in den Rachen geworfen." Wieder begann er um Erhan, der dabei gehörig ins Schwitzen kam, herumzuschleichen. „W-was genau erwarten Sie von mir?", stotterte er. Der Hauptsponsor zischte: „Ganz einfach. Nenne mir alle Schwachstellen dieser Monster, seien sie auch noch so klein. Es muss noch mehr Schwachstellen geben.

Ganz ehrlich, die Hälfte deiner Ausführungen da drinnen kannte ich bereits aus drittklassigen Gruselfilmen und Horrorromanen. Sei mehr bei der Sache und vergiss bei deinen Untersuchungen nie das oberste Ziel. Denn wenn deine Forschungen beendet sind will ich, dass keines dieser Unwesen verschont wird." Auf seinem Gesicht breitete sich ein nahezu sadistisches Grinsen aus, was Erhan zum frösteln brachte. Der Moment verstrich so schnell, wie er gekommen war. Kurt von Langleben klopfte dem jungen Mann auf die Schulter. Er klang schon wesentlich freundlicher, als er fortfuhr: „Du hast Potential mein Junge. Das habe ich dir schon immer gesagt und deshalb entschied ich mich auch, dich zu unterstützen. Aber hüte dich davor, das Wesentliche aus den Augen zu verlieren." Er lächelte. „Ich denke es ist alles klar. Übrigens, schöne Grüße von meinem Sohn. Er ist immer noch hin und weg von euren kleinen Nachexpeditionen und den alten Manuskripten und absolut überzeugt von deinen Fähigkeiten. Das ist auch der Hauptgrund, warum ich deinem Vorhaben letztlich doch zugestimmt habe. Enttäusche mich also nicht." Er machte eine kleine Pause, dann wand er sich ab. „Nun denn, wir sehen uns." Und schon war er um die nächste Ecke verschwunden.

Sie drehte sich schon seit ungefähr einer halben Stunde nur so hin und her und vermochte es einfach nicht einzuschlafen. Schließlich gab sie es auf, klappte ihren Sargdeckel hoch und setzte sich seufzend auf. Was sprach schon gegen einen kleinen Spaziergang? Leise stand sie auf, strich das blutrote Samtpolster, das den Sargboden bedeckte glatt und ließ den Deckel wieder zuklappen, dann schlich die Vampirin sich nach draußen. Sie musste leise sein, denn ihr Bruder hielt nicht viel von heimlichen Ausflügen und ihr Bruder Wladimir Celemândre, auch bekannt als Draculea, war nun mal das Oberhaupt der Familie und damit auch ihr direkter Vorgesetzter. Ja, sie war eine Celemândre, gehörte zu einer der mächtigsten Vampirfamilien der ganzen Welt. Der berühmte Vlad Dracul, bekannt als Vlad der Drache war einer ihrer Vorfahren gewesen und auch der berüchtigte Vlad Draculea, der letzte Vampir der Herrscher beider Spezies in Rumänien war – der Vampire und der Menschen. Und andere Vampire beneideten sie vielleicht deshalb... Natürlich wusste sie nichts Genaues. Vampire waren nicht besonders sozial. Sie pflegten auch einige Kontakte, aber eine derartige Vernetzung wie in der menschlichen Welt existierte nicht. Man traf sich meistens nur mit seinen Nachbarn, wenn wichtige Angelegenheiten besprochen werden mussten, immerhin konkurrierte man immer noch um die Beute. Gerade die Männer führten oft hitzige Debatten über Gebietsansprüche oder über das Jagdverhalten an sich. Der eine Vampir verhielt sich eben eher unauffällig um Ärger zu vermeiden und der andere eckte gerne an und provozierte die Komplikationen geradezu, was unweigerlich wieder dazu führte, dass Typ eins sich auf den Schlips getreten fühlte. Kurz: Der eine gönnte dem anderen kaum die Luft zum Atmen. Doch ihr Bruder hatte dabei stets gute Karten. Er war der alleinige Herrscher aller Vampire in Transsilvanien. Deshalb trug nun er den Titel Draculea, den die machthabenden Vampire in Transsilvanien seit Zeiten Vlad des Pfählers konsequent weitervererbten und der unter den Vampiren immer noch gehörigen Respekt verbreitete. Deshalb sollte es sich auch keiner seiner Untertanen mit ihm verscherzen. Er konnte rigoros sein. Sie selbst hatte solchen Veranstaltungen nie beigewohnt, sie wusste das alles nur aus den Erzählungen ihres Bruders. Wladimir war der Meinung, dass dies Männerangelegenheiten waren und die Vampirin war ihm deshalb nicht sonderlich böse. Sie hielt sich ohnehin lieber raus aus der Politik. So war sie, Bredica Celemândre. Sie hatte nichts gegen ihre Rolle. In Gedanken versunken wanderte sie durch das Schloss. Früher hatten hier sehr viele Vampire gelebt, wenn man den alten Aufzeichnungen Glauben schenken wollte. Vlad der Pfähler hatte wohl damals mit seinen engsten Untertanen im Schloss gelebt und nachts waren die Vampire gemeinsam ausgezogen um Jagd zu machen. In der Vampirgeschichte war Vlad der Pfähler als erster Draculea ein großer Name. Viele Vampire verehrten die Macht und die Stärke, die er zur Schau gestellt hatte, wie auch ihr Bruder es tat. Es waren vor allem die höhergestellten Vampire, die mit dem einfachen Volk ohnehin nicht viel am Hut hatten und es genossen, wenn sie als unantastbar und mächtig galten. In der Menschenwelt war er, wie sie gehört hatte, inzwischen nichts weiter als eine Gruselgeschichte. Nicht ungewöhnlich, wie Bredica fand, das Leben der Vampire hatte sich schließlich auch verändert, wenn man bedachte, dass nun nur noch ihr Bruder und sie hier lebten und, dass die Vampire sich auch ab und an tagsüber unter die Menschen mischten. Sie waren nicht mehr die Herrscher von früher und die Menschen waren auch nicht dümmer geworden. Wer sich früher noch untertänig auf die Knie warf und einfach von den Vampiren hatte aussaugen lassen - sei es nun aus Angst oder Achtung - hing in der heutigen Zeit deutlich mehr an seinem Blut. Keiner kam mehr untertänig angekrochen und nannte einen >Meister<. Der Mensch war zu einem selbstbewussten Raubtier geworden, das seine körperlichen Defizite geschickte auszugleichen wusste. Das konnte den Vampiren mittlerweile ernstzunehmende Schwierigkeiten bereiten. Deshalb konnte man jetzt nicht mehr einfach so den alles könnenden Macho raushängen lassen, sondern musste sich anpassen, auch wenn das vielen von ihnen schwer fiel - speziell Vampiren wie ihrem Bruder. Aber man musste eben sehen, wo man blieb, auch wenn es ungünstige Zeiten waren. Dass er sein Herrenhaus schützen musste, wusste er inzwischen, seit ein paar schaulustige Menschen ihn nach einer unvorsichtigen und blutigen Jagd in Sighişoara mal zum Schloss verfolgt hatten.

Nun, sie standen plötzlich leicht angetrunken und mit Kruzifixen bewaffnet in der Pforte. Es ging nicht gerade gut für sie aus, aber um derartige Störungen zu vermeiden ging er jetzt weiter weg auf Jagd. Doch dort ließ Wladimir es immer ordentlich krachen – klar, was vor der Haustür anderer Vampire geschah ging ihn schließlich nichts an - und kein Vampir durfte es wagen ihm dabei im Weg zu stehen, sonst....

Bredica drückte den Knauf der Terassentür nach unten, worauf die Tür mit einem leisen Knarren aufschwang. Das musste man ihr zugestehen - dafür, dass sie aus der Zeit von Vlad Dracul stammte, hatte sie sich sehr gut gehalten. Die Vampirin seufzte. Wie gerne wäre sie jetzt weggeflogen - einfach irgendwo hin. Sie würde so gerne mal etwas anderes sehen als Transsilvanien, Sighişoara und dieses Herrenhaus. Nur leider konnten Vampire sich nicht in Fledermäuse verwandeln. Sie musste grinsen bei diesem Gedanken. Als sie, dieses angebliche Phänomen zum ersten Mal in einem Vampirfilm - von Menschenhand gemacht wohl gemerkt - gesehen hatte, hatte sie sich nicht mehr einkriegen können vor Lachen. Wie sollte ein Vampir sich in eine Fledermaus verwandeln? Das war doch schlichtweg unmöglich!
Manchmal wäre es schön, wenn es wirklich Wunder gäbe. Wieder seufzte Bredica leise. Ein kleiner Spaziergang würde ihr jetzt sicher guttun. Noch einmal sah sie sich um. Ihr Bruder schien tief und fest zu schlafen und das würde sich, nach der Länge seines letzten Jagdausfluges zu urteilen, wahrscheinlich bis zur Mitternacht nicht ändern. Also sprach nichts gegen eine kleine Eskapade. Und so früh am Abend würde sie zumindest kaum einem Vampir begegnen. Sie schnappte sich ihre Sonnenbrille, deren stark verdunkelte Gläser einen großen Teil ihres Gesichts verdeckten. Sie würde ihre Augen vor den lästigen grellen Sonnenstrahlen schützen, die zwischen den Wolken hervorblitzten. Die Vampirin setzte sie auf und blinzelte ein paar Mal – schon besser, nun konnte sie wieder einigermaßen deutlich sehen. Sie warf noch einen schnellen Blick ins Innere des Hauses, dann lief sie über die Treppe in den Garten.

Erhan schlug erschrocken die Augen auf und strich sich die

Haare aus der Stirn. Die verblassten Reste seines Traumes zogen noch immer durch seinen Kopf. Da war seine Mutter, die den Kopf schüttelte und mit bitterer Stimme meinte: „Was ist bloß aus dir geworden mein Sohn? Das ist doch nicht mehr mein süßes Erhanchen. Diese Hirngespinnste denen du da nachjagst! Ich mache mir wirklich Sorgen um dich!" Kurt von Langleben und sein Sohn schrien ihm entgegen: „Wir wollen Ergebnisse sehen. Bring uns handfeste Ergebnisse mit und wage es nicht ohne zurückzukommen!" Erhan hielt sich die Ohren zu, doch die Stimmen bedrängten ihn immer fort. „Bleib hier", forderte ihn seine Mutter auf. „Ein alter Bekannter bietet dir eine Stelle an. Du musst nur ja sagen." Und immer wieder kreischte sie: „Bleib hier! Wenn du jetzt gehst, dann brauchst du nicht mehr zurückzukommen. Dann geh doch sonst wohin und lebe weiter mit deinen Wahnvorstellungen", während er das Haus verließ.

Ein Piepsen lenkte den jungen Mann endlich von seinem Traum ab. Die Anschnallzeichen, auf der Anzeige über seinem Kopf, blinkten auf. Befanden sie sich wirklich schon im Landeanflug? Dann hatte er den ganzen Flug verschlafen, allerdings fühlte Erhan sich nicht wirklich ausgeruht. Sein Kopf dröhnte und alle Knochen taten ihm weh vom Sitzen in diesen schrecklichen, engen Flugzeugreihen. Das Schlimmste aber war, dass dieser Traum zuvor wirklich stattgefunden hatte. Nicht nur Langleben Senior, sondern auch sein ehemaliger Studienkamerad hatten ihm Druck gemacht und seine Mutter hatte ihm dasselbe an den Kopf geworfen, wie in seinem Traum. Sollten seine Studien ihn hier also nicht weiterbringen, hatte er zu Hause nichts mehr zu erwarten.

Seufzend rieb er sich die Stirn und versuchte die düsteren Gedanken zu vertreiben. Zunächst befand er sich mal auf dem Anflug nach Bukarest und heute Nacht wollte er bereits in Brașov sein. Hier musste es nur so von Vampiren wimmeln. Alle Indizien deuteten darauf hin. Es *musste* einfach so sein. Warum sollten diese Schauermärchen von Vlad Draculeas Leben bis heute überliefert sein, wenn er kein Vampir wäre und wenn es ihn nicht tatsächlich hier gegeben hätte - oder vielleicht sogar gäbe. Graf Draculea! Wenn er existierte dann würde Erhan ihn jedenfalls finden und wenn es das letzte war, was er tat.

Mit einem sanften Stoß setzte die Maschine auf dem Boden auf und rollte zu ihrer Parkposition. Erhan löste den Sicherheitsgurt und stand auf. Er konnte es kaum erwarten den Flughafen endlich zu verlassen. Wie lange hatte er Deutschland nicht mehr verlassen? Wie lange war er nicht im Urlaub gewesen? Er hatte stets all seine Zeit in die Arbeit gesteckt und nun würde es ihm vielleicht gelingen das Nützliche mit dem Angenehmen zu verbinden. Jedenfalls war er noch nie in Rumänien gewesen und er konnte es kaum erwarten das Land zu erkunden. Sicherlich wimmelte es hier nur so von Vampiren. Rumänien war ein sehr traditionelles Land, nicht sehr gut entwickelt, eines der ärmsten Länder in Europa, schlichtweg nicht mit Deutschland zu vergleichen. Um nicht aufzufallen hatte er beschlossen sich an die Einwohner des Landes anzupassen. Ein Jäger musste sich perfekt in die Umgebung einfügen. Tarnung war das A und O um die Beute zu erwischen. Deshalb hatte er die alten Ausgehschuhe seines Großvaters, der glücklicherweise dieselbe Schuhgröße wie er hatte, gewählt. Außerdem trug er ein weißes Hemd, eine klassische, weite Hose und den langen Gehrock, der ebenfalls einmal seinem Großvater gehört hatte - traditionell eben.

Die Angestellten des Flughafens sahen nicht anders aus als in Deutschland, aber das hatte nicht viel zu sagen. Flughafenpersonal war immer einheitlich, stilvoll und elegant gekleidet. Aufgeregt nahm er am Kofferband Platz. Hoffentlich dauerte das Ausladen des Gepäcks nicht so lange, denn Erhan gehörte nicht gerade zu der geduldigen Sorte Mensch...

Unruhig rutschte er auf der Bank hin und her. Seit einer Stunde wartete er jetzt bereits. Die Halle hatte sich geleert und außer ihm war nur noch ein Mann zu sehen, der den Boden säuberte. Und von seinem Koffer war weit und breit keine Spur. Nach einem weiteren unsicheren Blick zum Kofferband stand Erhan auf und wand sich an die Reinigungskraft: „Entschuldigung, aber ich bin vor über einer Stunde mit dem Flieger hier angekommen, alle anderen Passagiere haben ihr Gepäck offensichtlich schon erhalten und nur meins ist noch immer nicht da."

Statt einer Erklärung bekam er von dem Mann nur zu hören: „Ah, Deutscher sind. Leider nicht gut Deutsch ich, aber Moment." Er stellte Eimer und Wischmopp an die Seite und bedeutete dem Forscher dann, ihm zu folgen. „Kommen, ich helfen."

Erhan folgte dem Mann widerwillig, was blieb ihm schon anderes übrig? Sie durchquerten den halben Flughafen, bis sie vor einem Büro ankamen. Der Mann klopfte und öffnete dann die Tür. „Salut", begrüßte er die vornehm gekleidete Dame, die vor ihm stand. „Heißt >Hallo< auf Rumänisch", erklärte er Erhan mit einem stolzen Lächeln. Dann begann er auf die Frau einzureden. Der Forscher verstand natürlich kein Wort von all dem, aber er hoffte, dass die Reinigungskraft sein Problem korrekt übersetzt hatte. Nach ein paar Minuten beendete der freundliche Rumäne seinen Redeschwall und die Frau verließ den Raum. Er klopfte Erhan auf die Schulter und meinte: „Hier warten, holen Gepäck." Erhan seufzte erleichtert. Wenigstens etwas. „Setzen sich doch hin", bot der Rumäne an. Er zog eine Dose aus seiner Hosentasche und fügt hinzu: „Haben Kekse." Strahlend hielt er Erhan das Gefäß entgegen. Der wehrte ab: „Nein Danke." Der Mann ließ aber nicht locker. „Kekse gut, haben selbst gemacht. Los, probieren." „Na gut, danke", murmelte Erhan und nahm ihm eins seiner Plätzchen ab. Der Rumäne grinste noch breiter. „Gut, nicht?" „Ja, nicht übel." Die gute Laune verging Erhan allerdings schlagartig wieder, als die Dame mit seinem sogenannten Hab und Gut zurückkam. Sie hielt seinen Spazierstock in die Höhe und sah ihn an, wie ein Hündchen, das soeben das Bällchen geholt hatte. „Gepäck!"

„Aber das ist doch nicht alles", stellte Erhan fassungslos fest. „Wo

ist denn der Rest? Ich meine meinen Koffer, worin all meine Sachen sind." Die Frau ratterte eine Erklärung auf Rumänisch herunter. „Ist leider alles", übersetzte die freundliche Reinigungskraft. „Muss verloren gegangen sein oder noch in Deutschland. Tut mir leid." Die Frau reichte ihm den Stock mit einem faden „Scuze." „Tut ihr auch leid", übermittelte der Rumäne unnötiger Weise. Das hatte Erhan sich bereits denken können. „Und meine ganzen Sachen?", jammerte er. „Meine Dokumente, meine Forschungsergebnisse, meine Forschungsinstrumente!" Gereizt winkte er ab. „Ach, vergessen Sie es!"
Der junge Forscher wand sich ab und verließ den Raum.

Er konnte es kaum erwarten endlich den Flughafen zu verlassen. „So eine unfähige Truppe! Ich werde nie wieder mit dieser dämlichen rumänischen Airline fliegen!" Endlich hatte er die Tür erreicht. Er stieß sie auf und stürzte aus dem stickigen Flughafengebäude.......in den Regen. Das letzte Taxi fuhr gerade vom Taxistand los. „Auch das noch." Erhan stöhnte. Was hatte er sich nur gedacht? Wieso hatte er angenommen, dass er hier weiterkommen würde? Das hatte keinen Zweck. Alle seine Aufzeichnungen waren Pfutsch, wie sollte er so gegen die Vampire ankommen? Er war gescheitert noch bevor er richtig begonnen hatte. Zum Heulen war ihm zu Mute. Wieso hatte er die Aufzeichnungen nicht im Handgepäck mitgenommen? Wieso konnte er sich die wichtigen Fakten nicht besser merken? Er war doch ein echter Helsing. Wieso war er nicht so gut, wie seine Vorfahren es gewesen waren? Am besten wäre es wohl, wenn er den nächsten Flug nehmen würde, einfach irgendwo hin. Vielleicht konnte er irgendwo im Süden als Cocktailshaker anfangen. Vielleicht kam er mit Blutorangen besser klar als mit Blutsaugern. Ja, das war wohl das Beste. Gerade hatte er sich entschlossen das Check-In-Terminal aufzusuchen, da berührte urplötzlich jemand seine Schulter.

Erhan zuckte zusammen und wirbelte herum, innerlich dagegen gewappnet einem Blutsauger in die Augen zu sehen. Als er den

Mann hinter sich erkannte, ließ er den Arm, den er bereits zur Abwehr erhoben hatte sinken. Es war nur die Reinigungskraft. „Ach, Sie sind es", murmelte er. Er wusste selbst nicht, ob er enttäuscht oder erleichtert war, als er an dem Mann vorbei zurück ins Gebäude marschierte. „Können Sie mir sagen, wo es zum Check-In geht?"

„Was? Wollen schon abreisen? Sind doch gerade angekommen." Erhan schnaubte ohne sich umzudrehen: „Ach, was Sie nicht sagen." Zielstrebig folgte er den Schildern durch die leere Halle. „Was Sie wollten machen in Bukarest?", fragte der Mann.

„Was interessiert es Sie?"

„Interessiere mich eben für andere Leute." Als Erhan nicht reagierte fügte er hinzu: „Interessiere mich für Deutsche. In Deutschland alle tragen solche Jacken?"

Erhan zog die Stirn in Falten. „Quatsch, nein. Das ist nur...Tarnung." Nun sah auch der Rumäne irritiert aus. „Tarnung? Für was?"

Erhan rieb sich die Schläfen, sein Kopf schmerzte noch immer vom Flug und dieses Gequatsche machte es auch nicht besser. Jetzt würde er dieser Quasselstrippe die Meinung geigen. Mit Schwung drehte er sich um und...*klatsch.*

„Tut mir leid, haben gerade gewischt hier", meinte der Rumäne mit einem leicht zerknirschten Lächeln. Er streckte Erhan hilfsbereit die Hand entgegen. Dessen Wut verpuffte. Er ließ sich hochziehen und klopfte sich seinen Gehrock zurecht.

„Verletzt haben?" Wenigstens begegnete er hier mal einem Menschen, der echtes Interesse an seinem Befinden und offensichtlich sogar an seinen Bestrebungen zeigte. Aber ob das auch noch so war, wenn er ihm erzählt hatte, dass er Vampire jagte? Glaubten die Rumänen an ihre eigenen Mythen? Er würde es darauf ankommen lassen. „Ist schon in Ordnung", erwiderte der Forscher. „Es ist alles noch dran. Ich bin ja nicht aus Zucker."

„Sonst Sie würden auch leben gefährlich." Der Rumäne kicherte. „Noch einen Keks?"

Erhan lächelte etwas verlegen zurück. „Gerne. Den kann ich jetzt gut vertragen."

Eine Weile saßen die beiden schweigend nebeneinander auf einer Bank. Schließlich brach der Rumäne das Schweigen. „Heute kein Flug mehr zurück. Müssen schon hierbleiben. Aber ich ihnen gerne helfen, wenn kann."
Es war Zeit über seinen Schatten zu springen. „Sie haben gefragt, was ich hier mache." Der Mann nickte gespannt. „Ich werde es Ihnen verraten. Ich bin Forscher."
„Spannend. Was Sie forschen?"
„Vampire."

In den nächsten Minuten herrschte Schweigen. Es war dem Mann deutlich anzusehen, dass er nachdachte. Er zog seine Stirn in Falten und musterte Erhan, wie um zu überprüfen, ob er ihm einen Bären aufband. Nachdem er registrierte hatte, dass der Deutsche völlig ernst war, wurde er noch nachdenklicher. „Mhmmm", machte er. „Ich nix wissen über Vampire. Glaube ehrlich gesagt, sind nur Fantasiegeschichte." „Sind sie nicht", versicherte Erhan leise. „Es gibt sie." Es fühlte sich so gut an, zu sehen, dass der Rumäne ihm tatsächlich jedes Wort glaubte - nun, vielleicht glaubte er es nicht wirklich, doch er schien das alles immerhin für möglich zu befinden. Jeder andere, dem Erhan von seiner Leidenschaft erzählte, hätte und hatte einfach nur laut gelacht. „Ich habe studiert", erklärte Erhan. „Ich bin Doktor der Biologie, mit Hauptaugenmerk auf den Fachbereich Vampirismus." Seine Brust schwoll unwillkürlich beim Nennen seines Titels an. Sein anscheinend neuer Freund schien nun noch verwirrter. „Solche Studien gibt in Deutschland?"
„Nun, nicht überall", gab Erhan zu. „Ursprünglich habe ich einfach nur Biologie studiert. Dann habe ich die Uni gewechselt und bin an eine klein, beschauliche Universität im Harz geraten. In der Bibliothek gab es sehr, sehr alte und zum Teil fragwürdige Bücher, die ich alle durchforste habe und traf auf einige Dozenten,

die einen Hang zur Mythologie hatten. Den Rest habe ich mir mehr oder weniger selbst erarbeitet." Er tat es nicht gern, doch der Vollständigkeit halber musste er zugeben: „Mit Hilfe von ein paar Sponsoren."

„Außergewöhnlich", murmelte der Rumäne. Und Sie behaupten es gibt wirklich Vampire?" „Wenn ich die Aufzeichnungen hätte, die in meinem Koffer waren, dann könnte ich es Ihnen auch beweisen", meinte Erhan trocken.

Der Gesichtsausdruck seines Gegenübers wurde betrübt. „Tut mir wirklich leid, Ihr Gepäck, aber kann helfen. Weiß nicht, ob Vampire gibt, aber wenn, dann müssen sein in Bran. Sie kennen Bran? Vampirschloss? Mein Bruder völlig besessen von der Geschichte. Ich nicht so viel wissen davon, habe lieber Indianerfilme angesehen, aber mein Bruder wissen alles. Kann Ihnen helfen."

Erhan konnte nicht anders. Er musste einfach lächeln. „Ist schon in Ordnung. Ich kriege das hin. Vielen Dank, sie haben mir wirklich geholfen. Ohne Sie hätte ich aufgegeben." „Gerne", erwiderte der Rumäne fröhlich. Jetzt stand auch wieder ein Taxi am Taxistand. Der Forscher deutet mit einem Kopfnicken in die Richtung. „Ich muss jetzt los. Bran wartet. Ähm...multumesc."

„Bitteschön."

Erhan öffnete die Taxi Tür und sagte: „Zum Bahnhof, bitte."

„Gute Reise!", rief der Rumäne ihm zu. Bevor der Forscher einstieg fiel ihm noch eine Frage ein: "Warum sind Sie so interessiert an Deutschland?"

„Möchte eines Tages studieren dort. Habe gehört Studium in Deutschland viel wert. Will aufsteigen, verstehen? Nicht immer nur putzen Flughafen."

Erhan musste kichern. Der Mann war wirklich sympathisch. „Dann viel Glück." Damit ließ er sich auf die Rückbank des Taxis fallen. Bevor er die Tür schließen konnte rief der Rumäne ihm noch zu: „Warten Sie!" Er nahm die Kette ab, die er um den Hals trug und reichte sie Erhan. Der Anhänger war ein kleines dunkelgraues Kreuz. „Vielleicht es hilft Ihnen Vampire zu finden." Der

Kreuzmythos - den hatte Erhan noch nie überprüft. Warum eigentlich nicht? Er hatte ihn einfach vergessen. Wie sehr wünschte er in diesem Moment, er hätte ein Exemplar da, um ihm das Kreuz vorzuhalten. „Vielen Dank", sagte der Forscher noch einmal und die Fahrt ging los. Wie zu sich selbst murmelte er: „Das ist ein nettes Land."

Als der Wagen vor dem Hauptbahnhof zum Stehen kam, sollte ihm dieser Ausspruch jedoch schnell wieder vergehen. „Wie viel kostet denn die Fahrt?", erkundigte sich Erhan. „Vierhundert Lei", war die Antwort. Der Deutsche begutachtete unentschlossen sein Portemonnaie. Schließlich sah er mit gerunzelter Stirn zum Taxifahrer hinüber. „Vierhundert was?" „Lei", entgegnete der ruhig und sachlich. „Das ist unsere Landeswährung." Er warf einen flüchtigen Blick in Erhans Geldbeutel und fügte dann hinzu: „Euro nehme ich nicht." Mit einem Schulterzucken stellte Erhan fest: „Es tut mir leid, aber ich habe nur Euro." Sein Gegenüber verschränkte seine Arme vor der Brust. „Ich fürchte, dann haben wir ein Problem, Mister." Vergeblich wartete Erhan darauf, dass der Mann eine Lösung vorschlug, aber er schien ihm keinen Schritt entgegen kommen zu wollen. „Sicherlich gibt es doch auf dem Bahnhof eine Wechselstube", vermutete er schließlich. „Warten Sie doch einfach einen Moment. Ich gehe schnell rein, tausche etwas Geld und komme zurück." Das sagte dem Fahrer allerdings überhaupt nicht zu. Er tippte sich an die Stirn und fragte ironisch: „Für wie dämlich hältst du mich eigentlich, Kumpel? Du gehst da rein, nimmst den nächsten Zug und dann sehe ich dich nie wieder." Erhan konnte sich einerseits nicht daran erinnern, diesem Mann das „Du" angeboten zu haben und außerdem empörte ihn diese Unterstellung im Allgemeinen. „So etwas würde ich wirklich nie tun", versicherte er mit Nachdruck. „Ich könnte ihnen meinen Gehstock als Pfand dalassen."

„Willst du mich verschaukeln? Dieser abgeknickte Ast ist vielleicht 40 Lei wert, aber keine 400." Nun konnte er den Ärger wirklich nicht mehr zurückhalten. „Sehen Sie denn nicht, dass ich außer diesem Gehstock, der übrigens eine Antiquität ist, nichts dabeihabe? Was, in Gottes Namen, erwarten Sie von mir? Leider kann ich mich nicht zweiteilen, demnach müssen sie sich entweder in Euro bezahlen lassen oder in den sauren Apfel beißen und so lange warten, bis ich das Geld gewechselt habe!" Leicht außer Atem geraten nach dieser Standpunktrede wartete Erhan die Antwort des Taxifahrers ab. Dieser nahm sich die Zeit den Deutschen nochmals genau zu mustern, dann stieg er, dicht gefolgt von Erhan aus. Ohne den Deutschen aus den Augen zu lassen, drückte er den Verriegelungsknopf an seinem Autoschlüssel und entschied: „Ich werde Sie begleiten, damit Sie auch ja nichts versuchen."

Erhan versuchte seine Wut hinunterzuschlucken, während er den Bahnhof durchquerte. Er fühlte sich, wie ein Schwerverbrecher, der von einem ziemlich strengen Polizisten abgeführt wurde, denn der Taxifahrer schritt hartnäckig neben ihm und seinen Gehstock hatte er zusätzlich an sich genommen. „Wo ist denn nun diese verdammte Wechselstube?", murmelte er vor sich hin. Eigentlich hatte er keine Antwort darauf erwartet, doch sie kam trotzdem: „Habt ihr Deutschen denn keine Augen im Kopf? Da vorne ist es, siehst du? Direkt vor deiner Nase." Erhan widerstand dem Drang den Mann zum Schweigen zu bringen. Er marschierte geradewegs auf den Tresen zu, zog seinen Geldbeutel aus der Rocktasche und verlangte vielleicht etwas zu ruppig: „Ich will dieses Geld in Lei tauschen." „Salut", begrüßte die zuständige Dame ihn - ganz die freundliche Dienstleisterin. „Aber gerne, einen Moment bitte." Gründlich zählte sie die Eurobanknoten, ordnete sie peinlich genau in ein Kästchen ein und gab einen Stapel rumänisches Geld dafür heraus.
Nachdenklich betrachtete Erhan den Geldstapel. „Verzeihen Sie, aber müssten das nicht mehr Lei sein?", fragte er. „Aber nicht doch", versicherte die Frau. „Der Kurs steht im Moment eins zu vier." Die Information drang nicht wirklich zu Erhan durch. Das

konnte man offensichtlich auch sehen, denn sie ging ins Detail: „Für einen Euro bekommen sie vier Lei. Sie haben das sicherlich mit einer anderen Währung verwechselt." Sie lächelte milde. „Kann ja mal vorkommen."

„Dankeschön!", murrte Erhan, raffte seinen Geldstapel zusammen und wand sich zum Taxifahrer um. Er atmete tief durch. Jetzt auszurasten brachte rein gar nichts. „Nun", setzte er an. „Sie wollen also einhundert Euro für die Fahrt vom Flughafen hier her. Sind Sie sicher, dass Sie sich nicht verrechnet haben. Ich glaube diese Fahrt sollte mich eher zehn Euro kosten, aber nicht hundert!" Zum Ende hin war er doch etwas lauter geworden, doch das konnte ihm schließlich keiner verdenken. „Ich mache die Preise", gab der Mann zurück. Erhan verschränkte die Arme. „Das bezahle ich nicht."
„Dann behalte ich eben deinen Stock."
„Dann behalten Sie doch meinen Stock, wenn es Sie glücklich macht."
Der Taxifahrer schien einen Moment lang mit sich zu hadern, aber dann festzustellen, dass er von dem uralten Gehstock nicht viel hatte. Erhan steckte sein Geld ein, abgesehen von 40 Lei. „Hier, haben Sie die Bezahlung für die Fahrt." Ruppig wurden ihm die Scheine auf der Hand gerissen und der antike Stock seines Großvaters landete mit einem Knall auf dem Boden zu seinen Füßen. Damit war der Fahrer auch schon verschwunden.

Erhan schüttelte mit dem Kopf, während er dem Mann nachsah. Die Dame in der Geldwechselstube hatte den Vorgang stillschweigend beobachtet. „Wollen Sie Anzeige erstatten?", wollte sie wissen. „Nein, lassen Sie nur", erwiderte der Forscher. „Es ist ja nichts passiert und außerdem muss ich so schnell wie möglich weiter nach Brașov." Die Frau sah auf ihre Armbanduhr und stellte fest: „Da haben Sie Glück. Sie müssen sich allerdings beeilen, denn der Zug fährt in einer Viertelstunde. Dort hinten ist der Ticketverkauf. Nun stehen Sie doch nicht herum, wenn Sie nach

Braşov wollen. Das ist der letzte Zug für heute."

Diese Information hatte Erhan schnell ins Laufen gebracht und in genau 13 Minuten stand er mit einer Fahrkarte und seinem spärlichen Gepäck vor seinem Zug. So spät am Abend reiste anscheinend niemand mehr von Bukarest nach Braşov. Abgesehen von ein paar streunenden Hunden, die die Mülleimer durchsuchten, war er auf dem Bahnsteig allein. Nun blieb nur noch zu hoffen, dass die Sitzplätze im Zug bequemer waren, als die im Flugzeug. Als er einsteigen wollte, spürte er ein Ziehen am Hosenbein. Es musste sich irgendwo verhakt haben. Als er sich umdrehte, bemerkte der Forscher allerdings, dass es kein Ding war, an dem er da hängen geblieben war, sondern einer der Straßenhunde, der sich in seiner Hose verbissen hatte. „Pfui, du dummes Vieh!", rief er. „Mach, dass du wegkommst!" Energisch schüttelte er das Tier ab, drehte sich um und stieg schnell ein.

Bredica schlenderte durch die Straßen. Sie hatte sich ein Taxi genommen und war in die nächste große Stadt gefahren, die nicht zu nah an ihrem Zuhause lag-Braşov. Und hier war sie nun und spazierte ziellos umher. Hier und da kamen ihr Menschen entgegen und sie wusste, dass sie jeden von ihnen haben konnte-zu welchem Zwecke auch immer. Manipulation lag Vampiren im Blut. Aber die Vampirin hatte weder Lust auf Spielchen, noch hatte sie Hunger. Sie war selbst etwas verwundert, als sie plötzlich vor dem Bahnhof stand. „Was hast du vor, Bredica?", fragte sie sich leise. Wollte sie wirklich abhauen? Nun, der Gedanke war verlockend. Einfach weg aus Rumänien. Nein, das konnte sie nicht - wirklich nicht. Es wäre ein Skandal in der Vampirwelt. Sie könnte sich nie wieder blicken lassen. In Rumänien wäre sie für immer eine ausgestoßene. Man würde sie als vogelfrei erklären. Nie wieder könnte sie ihrem Bruder unter die Augen treten. Und doch... Sie konnte nicht wiederstehen. Wenn jetzt ein Zug nach Bukarest fahren würde, wäre es nur noch ein kurzer Weg bis zum

Flughafen...

Nachsehen war ja völlig in Ordnung, entschied sie, also machte Bredica sich auf den Weg zum Bahnsteig. Leider stand da nur ein einziger Zug und der kam gerade aus der Hauptstadt. Vielleicht sollte sie auch froh darüber sein. Es war besser, wenn sie blieb, wo sie hingehörte. Bredicas Blick fiel auf die Uhr. Sie erschrak, wie schnell war nur die Zeit vergangen? Die Vampirin musste schnell wieder zurück zum Draculea Anwesen. Sie wand sich ab, um den Bahnsteig zu verlassen, da stieg ein Mann aus dem Zug aus, der ihre Aufmerksamkeit auf sich zog. Er trug einen Gehrock und hatte nur einen altmodischen Spazierstock in der Hand. Es wirkte eindeutig so, als sei er nicht von hier. Neugierig lugte Bredica hinter einer Säule hervor und beobachtete, wie der Mann das Gebäude in Richtung Ausgang durchquerte und dabei von einem kleinen, schwarzen Hund - augenscheinlich ein Streuner - verfolgt wurde. Die Vampirin fragte sich unwillkürlich, warum sich jemand so merkwürdig kleidete und ob er denn noch ganz bei Trost war. Vielleicht sollte sie doch einmal von seinem Blut kosten. So ein Exot lief einem schließlich nicht jeden Tag vor die Nase. Nein, dafür blieb jetzt keine Zeit. Sie schüttelte sich und murmelte mit eindringlicher Stimme: „Das ist nur ein Mensch wie jeder andere."

Mit einem Klick sprang der Zeiger auf der Uhr wieder ein Stück weiter. Sie musste gehen. Nur noch ein kurzer Blick, dann tauchte sie wieder in die Dunkelheit ein.

Tief unten in einer staubigen, von Spinnenweben durchzogenen Gruft stand eine ganze Reihe von Särgen - alle mit einem Schloss gesichert, bis auf zwei. In einem der Särge begann es zu rumpeln, kurz darauf schob sich eine bleiche Hand nach draußen und klappte den Deckel auf.

Das war er: Graf Wladimir Celemândre, Nachfahre von Vlad dem

Pfählers, dem ersten Draculea, dessen Titel er nun trug. Der Herrscher aller Vampire in Transsilvanien. Gemächlich erhob er sich von seinem Schlafplatz. Der Blick des Grafen wanderte nach links, wo der Sarg seiner Schwester stand. Dieser war noch verschlossen. Vielleicht schlief sie noch. Draculea war nicht in der Laune nachzusehen. Er beschloss sich nach oben in sein Anwesen zu begeben und zuzusehen, wie der Mond seine Bahn über den Himmel zog. Die klaren Nächte über den Wäldern waren immer wieder ein Genuss. Der Graf verließ das unterirdische Schlafzimmer und zog sich seinen samtenen Umhang über. Das gute Stück hatte bereits Vlad dem Pfähler gehört, es hatte schon viele Blutspritzer abbekommen, während es in der Ahnenreihe der Draculeas weitergereicht wurde. Dies war ein Symbol ihrer und seiner Macht, es stellte sein Wesen dar und deshalb trug er den Umhang mit Stolz.

Gerade betrat er das Hauptzimmer seines Herrschhauses-den großen Saal, da kam Bredica durch die Terassentür hereingestürzt. Draculea beobachtete seine Schwester dabei, wie sie den Türknauf sorgfältig wieder drehte, damit er auch ja nicht bemerkte, was hier lief. Enttäuschung und Zorn stiegen in ihm auf. Dieses Mädchen war schlichtweg nicht würdig den Namen Celemândre zu tragen. Sie verhielt sich nicht wie eine Herrscherin. Wäre sie nicht seine direkte Verwandte, wäre er nicht so nachsichtig mit ihr, dann hätte sie schon lange die gerechte Strafe für ihr Ungehorsam erhalten, auf dieselbe Art und Weise, wie seine Vorfahren derartiges gehandhabt hatten. Er stemmte die Hände in die Hüften und fragte: „Wo bist du gewesen, Schwester?"

„Wo bist du gewesen Schwester?" Dieser Satz ließ sie erstarren. Er war schon wach und er hatte sie erwischt. Ihre Hand schloss sich noch fester um den Knauf der Terassentür. Nein, jetzt bloß nicht ertappt aussehen. Das käme ja einem Schuldeingeständnis gleich und, ganz ehrlich, es war immerhin ihr gutes Recht das

Schloss zu verlassen. Vielleicht war Wladimir das Familienoberhaupt, aber er hatte sie trotzdem nicht einzusperren. Bredica drehte sich um und zwang sich ihrem Bruder direkt in die Augen zu sehen. „Ich konnte nicht schlafen, also bin ich etwas spazieren gegangen." Die ganze Wahrheit musste er ja nicht kennen. „Was denn? Das ist doch nicht verboten." Draculea wand sich seufzend ab. Manchmal fragte sie sich, was er wohl denken mochte, aber meist kam sie dann doch zu dem Schluss, dass sie es gar nicht wissen wollte. „Du streunst ständig draußen umher", stellte der Vampir zunächst ruhig fest. Dann drehte er den Kopf und sah Bredica aus stechenden Augen, die schon so manchen in die Flucht geschlagen hatten - Mensch, wie Vampir - an. „Das war auch nicht das erste Mal! Glaubst du denn, ich würde es nicht bemerken, wenn du vor der Nacht das Schloss verlässt? Ich will, dass du dich verhältst, wie eine Celemândre und nicht wie eine Landstreicherin." Er sprach nicht weiter, aber sein Blick sprach Bände. Seine Pupillen schienen in der Dunkelheit zu glühen - ein eindeutiges Indiz dafür, dass er jetzt wirklich gefährlich war. Es war wohl besser ihn nicht weiter zu verärgern. Schließlich fragte ihr Bruder mit leiser Stimme, die einen zum Schaudern bringen konnte. „Haben wir uns verstanden?" Bredica nickte stumm und drängte sich schnell an ihm vorbei. Als sie sich hinter die nächste Ecke verdrückt hatte, musste sie erst einmal tief durchatmen. Das war knapp. Wenigstens hatte er noch nicht herausgefunden wo sie gewesen war. Sehr wahrscheinlich war es das Beste, dass Draculea die Gedanken seiner Schwester genauso wenig kannte, wie sie die seinen.

„Ich werde mich jetzt zu einem Treffen begeben." Die Vampirin zuckte zusammen, als sie die Stimme von Wladimir Celemândre erneut hörte. Um ihren Schrecken zu überspielen fragte sie: „Worum geht es denn diesmal?" „Ich muss vor unseren Mitvampiren in dieser Gegend Präsenz zeigen. Sie sollen daran erinnert werden, wem dieses Territorium gehört, denn einige von ihnen werden mir allmählig zu aufmüpfig", stellte er beiläufig fest, während er, flankiert von Bredica in Richtung Tor schritt. „Ähnlich wie du, Schwester."

Erhan spielte bereits mit dem Gedanken, den Rest der Nacht in Brașov zu verbringen. Er war hundemüde und hatte nach dem Flug und der Zugfahrt keine Lust mehr sich in ein öffentliches Verkehrsmittel zu setzen. Vielleicht würde er sich einfach ein nettes Hotel suchen und morgen früh in aller Ruhe weiterfahren. Je weiter er über den dunklen, verlassen Bahnhof ging, desto überzeugter war er von der Idee.

Draußen warteten fünf Taxis am Straßenrand auf Fahrgäste. Zielgerichtet steuerte der Mann das erste Fahrzeug an, öffnete die Tür und fragte: „Würden Sie mich bitte zu einem Hotel fahren." „Sicher doch", erwiderte der Fahrer in stark akzentuierter Sprache. „Wie viel darf es sein? Drei Sterne? Vier? Fünf? Sind doch aus Deutschland. Mindestens vier?" Müde erwiderte Erhan: „Das ist mir völlig egal. Ich brauche einfach nur ein Hotel und ein paar Stunden Schlaf, ob es nun vier, fünf oder gar keine Sterne hat ist mir Schnuppe."

„Alles klar, dann steigen Sie mal ein."

Gerade wollte der Deutsche der Aufforderung Folge leisten, da tippte ihn plötzlich jemand von hinten auf die Schulter. Was, um Himmels Willen kam denn jetzt? Er drehte sich um und blickte direkt in ein grinsendes Gesicht, welches ihm seltsamer Weise bekannt vorkam. Der Mann, zu dem es gehörte hielt freudestrahlend ein Pappschild in die Höhe, auf dem der Name „Erhans" geschrieben stand. Die Schreibweise war zwar nicht ganz korrekt, aber trotzdem fragte der Forscher sich, woher dieser wild fremde Rumäne seinen Namen kannte und was er eigentlich von ihm wollte. „Kommen Sie zu mir ins Taxi", verlangte der Fremde. „Ich fahre Sie nach Bran." Nun war Erhan wirklich verwirrt. „Woher wissen Sie, wo ich hinwill und woher kennen Sie überhaupt meinen Namen?" „Na von Vadim", erklärte sein Gegenüber euphorisch. Das trug nicht unbedingt zu Erhans Aufklärung bei. Es musste, dem Rumänen aufgefallen sein, dass er nur noch nachdenklicher dreinblickte, denn er sprach weiter: „Der Mann, den Sie auf dem Flughafen getroffen haben. Vadim, die Putze. Das ist mein Bruder."

Natürlich! Nun wusste Erhan auch, warum ihm das Gesicht so bekannt vorgekommen war.

„Nun ja, mein Bruder hat mir erzählt, dass Sie Jäger sind und nach Vampiren suchen. Ich liebe die Vampirstorys! Er hat mich gebeten Ihnen zu helfen und deshalb werde ich Sie nach Bran fahren, zum Vampirschloss. Steigen Sie schon ein." Erhan ließ sich ins Taxi schieben. Er war viel zu geschafft um Diskussionen zu führen. Nach Bran wollte er immerhin tatsächlich und ein bisschen Hilfe konnte selbstverständlich auch nicht schaden.

Als der Forscher dachte, es wäre überstanden und er könne nun in aller Ruhe die Fahrt genießen, klopfte plötzlich jemanden gegen die Scheibe der Fahrertür. Der Rumäne kurbelte das Fenster herunter - dieses Fahrzeug besaß tatsächlich noch eine Kurbel anstatt eines automatisch betriebenen Fensters. Draußen stand der Taxifahrer, der Erhan zu einem Hotel hatte fahren wollen. „Hey Kollege!", wetterte er. „Das ist mein Kunde! Kapierst du die Regeln nicht?" Er bekam eine Antwort auf Rumänisch, die ihn anscheinend nicht zufrieden stellte, denn daraus entstand eine hitzige Debatte, welche Erhans Kopf wieder zum Dröhnen brachte. Als noch andere Taxifahrer anfingen sich einzumischen und die Sache langsam zu eskalieren drohte, sah Erhan sich gezwungen einzugreifen. „Fahren Sie doch endlich los. Bevor einer jemandem eine knallt!", appellierte er. Zum Glück tat er es auch. Vor Erleichterung ließ Erhan sich in seinem Sitz zurücksinken.

„Mein Name ist übrigens Elisei", stellte sich der Taxifahrer nach einiger Zeit vor. Sie haben Glück, ich hatte mal einen Bekannten aus Deutschland, deshalb beherrsche ich die Sprache praktisch im Schlaf. Nicht so wie mein Bruder." Er kicherte ausgelassen. „Er heißt übrigens Hans."

„Wer?"

„Mein Bekannter natürlich...Der aus Deutschland. Hans - klingt fast so wie Ihr Name."

„Ich heiße Erhan und nicht Erhans."

„Sage ich doch! Hans, Er-hans-fast das Gleiche."

„Aber nicht doch! Er-han ohne >s< am Ende."

„Ist doch nebensächlich!"

Das Thema ließ der Deutsche lieber auf sich beruhen und war froh über das nachfolgende Schweigen. Die Fahrt wurde dadurch trotzdem nicht entspannter, denn immer wieder drehte sich Elisei zu ihm um, entweder um ihn freundlich anzulächeln oder um eine Information über das deutsch-geschichtliche Schloss in Draşov loszuwerden, was er dem Forscher liebend gerne auch noch zeigen wolle. Erhan antwortete stets kurz und knapp. „Ja, das ist wirklich interessant."

„Ich würde mir das Schloss gerne ansehen - ein anderes Mal."

„Ach, was sie nicht sagen, ihr Bruder redet zu viel? Ist mir gar nicht aufgefallen."

„Ja, es war eine gute Idee von ihm, Sie anzurufen."

„Sie haben völlig Recht, die Fahrt macht mir nicht das Geringste aus. Ja, finde ich auch, die Strecke ist entspannt...Ach du lieber Himmel! VORSICHT!!!"

Während sich der Rumäne mal wieder zwecks Gesprächsführung umdrehte, tauchte auf der Fahrbahn, direkt vor dem Taxi plötzlich eine Kuh auf.

Die Zeit, die Elisei brauchte, um zu reagieren kam Erhan wie eine Ewigkeit vor. „Jetzt treten Sie schon auf die Bremse!", schrie er panisch. Der Deutsche konnte nicht hinsehen. Er kniff die Augenlider fest zusammen und klammerte sich am Sitz fest, sodass die Knöchel an seinen Fingern weiß hervortraten. Sie waren zu nah dran! Das konnten sie doch nicht mehr schaffen! Konnten sie das noch schaffen?

Im letzten Moment kam das Fahrzeug doch noch zum Stehen. „Na also, nichts passiert", meinte Elisei mit dieser gewohnten Unbekümmertheit. „Sind Sie etwa geschockt? Ist wirklich kein Grund zur Sorge. Hier stehen öfter mal Kühe auf der Straße. Manchmal ist der Zaun nicht dicht, manchmal ist kein Zaun da. Ist eben so auf dem Land. Aber besser Straße mit Kuh drauf, als gar keine Straße, sage ich immer. Hihihi."

Vorsichtig öffnete Erhan ein Auge und spähte aus dem Fenster. Der Taxifahrer umrundete den Wiederkäuer gerade und gab wieder Gas. „Fahren Sie eigentlich die zulässige Höchstgeschwindigkeit?", fragte Erhan vorsichtig nach, es kam ihm nämlich ganz und gar nicht so vor. Elisei wirkte ertappt, aber nur für den Bruchteil einer Sekunde, dann erwiderte er mit einem breiten Grinsen. „Tut mir leid, nix verstehen. Ich kenne nicht alle Wörter in deutscher Sprache." Damit war das Thema beendet und er behielt zu Erhans Beruhigung für den Rest der Fahrt die Straße im Auge - zumindest meistens.

Bald waren sie in Bran angekommen und Erhan war wieder hell wach. Hier und da sah er ein paar Lokale, in denen noch Menschen saßen. Waren auch Vampire darunter? Er hielt die Augen offen um auch nur das kleinste Anzeichen von Blutsaugern zu erkennen. Das Schloss erhob sich über dem Dörfchen und wurde von gelbem Licht angestrahlt. „Ist es das?" Sofort bereute Erhan seine Frage, denn unvermittelt drehte Elisei den Kopf um ebenfalls hinzusehen. „Oh ja", erklärte er. „Das ist das Vampirschloss. Ich war sicherlich schon tausendmal dort oben. Gerade am Abend ist es faszinierend und im Herbst müssten Sie es sehen. An Halloween kommen viele Leute hier her, da gibt es eine Party..." „Ist schon gut", unterbrach der Deutsche seinen Fahrer. „Ich glaube es Ihnen, aber schauen Sie um Himmels Willen wieder auf die Straße." Der Rumäne lachte: „Ich mag Sie, Erhans." Er nahm eine Hand vom Lenkrad um den Daumen zu heben. „Sie sind ein klasse Typ."

Sie hatten den Ort schon beinahe durchfahren, da bog der Mann ruckartig in eine Seitenstraße ein. Zum Teil neugierig, aber auch ein bisschen vorsichtig beugte Erhan sich vor. „Wo fahren wir hin?", wollte er wissen, während er den Rumänen, den er trotz seines durchgehenden Geschwätzes kaum kannte, musterte. Der schien das plötzliche Misstrauen bemerkt zu haben, denn er kicherte: „Keine Angst, es ist alles in Ordnung. Meine Eltern haben eine Pension hier in Bran. Es ist ein nettes Zimmer - klein aber fein. Wenn das für Sie in Ordnung ist." Elisei parkte vor einem kleinen weißen Häuschen und wand sich zu Erhan um. „Sie können auch ein anderes Hotel suchen, aber das wird dann etwas teurer und ohne Vorbuchung..." Er machte eine unsichere Geste mit der Hand. „Bei uns kostet es nur 80 Lei pro Nacht" Der Forscher seufzte. „Ist schon gut." Er nahm seinen Stock und den Mantel und stieg aus. „Hier ist es also?" Elisei öffnet das kleine Gartentürchen und trat ein. „Ja, das ist das Haus meiner Eltern. Ich bin sicher, sie werden Sie gernhaben." Es war nicht nötig zu klingeln, kaum hatten sie sich genähert, da sprang die Tür auch schon auf. Ein Mann und eine Frau öffneten und begrüßten Elisei stürmisch. Es wurde jede Menge rumänisch geredet. Irgendwann deutet der Taxifahrer auf Erhan, worauf die beiden sich ihm zuwandten. Beide schüttelten ihm die Hände und redeten auf ihn ein, wobei er nur das Wort >Salut< verstand. Er sah zwischen den beiden hin und her und suchte nach einer Gelegenheit zu Wort zu kommen, doch der Redeschwall wollte kein Ende nehmen. Hilfesuchend sah Erhan zu Elisei. „Ich spreche leider kein Rumänisch", raunte er ihm zu. Der Rumäne nickte, als wüsste er nicht, worauf der Forscher hinauswollte. „Ich weiß."
„Könnten Sie das vielleicht Ihren Eltern mitteilen?"
„Ach so, ja klar." Der Taxifahrer trat zischen ihn und seine Eltern und begann zu erklären. Als er fertig war, waren alle Blicke auf Erhan gerichtet. Worauf warteten Sie? „Ähm. Salut!?", sagte der Deutsche, obwohl es eher wie eine unsichere Frage klang. „Ich bin Erhan Helsing. Dr. Erhan Helsing und ich wollte ein Zimmer...

„Ich habe Ihnen schon alles erzählt", erklärte Elisei und klopfte Erhan auf die Schulter. Sie müssen nur noch reinkommen. Mein Vater nimmt Ihr Gepäck und meine Mutter zeigt Ihnen Ihr Zimmer. Sofort war der Mann an seiner Seite und griff nach dem Gehstock. Erhan setzte zu einem matten: „Den kann ich auch selber tragen." an, aber das schien nicht zur Diskussion zu stehen. Also tat der Deutsche einfach wie ihm geheißen, stieg über den kleinen, hellbraunen Hund hinweg, der auf der Türschwelle lag und folgte seinen Gastgebern die Treppe hinauf.

Die Frau öffnete die Zimmertür und bedeutete Erhan mit einer einladenden Geste einzutreten. Er sah sich um. Es gab ein Doppelbett mit Nachtschränkchen daneben, einen Schrank und einen Fernseher. Das war ja völlig ausreichend. Die eine Tür, die von dem Raum abging führte höchstwahrscheinlich ins Badezimmer. Der Forscher öffnete sie und er hatte Recht gehabt. Es war ein Bad, durchweg gefliest mit weißen und knallroten Fließen. In diesen Farben waren auch Dusche, Toilette, Waschbecken und Handtücher gehalten. „Oha", murmelte der Deutsche. Er brauchte noch einen Moment um sich von dem Anblick loszureißen, dann drehte er sich zu Eliseis Eltern um. „Ja, das ist ein sehr schönes Zimmer, äußerst geschmackvoll. Das nehme ich." Ihm war klar, dass die beiden sicherlich nichts davon verstanden hatten, aber das Nicken, mit dem er seine Ausführung abgeschlossen hatte, schien schon zu reichen. Nach dem ihm ausgiebig die Hände geschüttelt wurden waren und er nun im Haushalt willkommen geheißen wurde, lehnten die beiden seinen Stock an den Kleiderschrank, hängten den Gehrock an den Haken und verließen den Raum.

Endlich etwas Ruhe. Eine Uhr hing hier nicht, aber er vermutete stark, dass es schon früh am Morgen war. Draußen wurde es immerhin schon hell. Das Einzige, was er wollte war schlafen - einfach nur schlafen. Der Mann ließ sich aufs Bett fallen und die Welt um ihn herum verschwand augenblicklich. Ach was soll´s? Heute würde er den ganzen Tag verschlafen. Nach dieser Anreise konnte er sich das leisten.

„Salut! Erhans! Aufstehen! Wir haben heute noch viel vor! Na wird´s bald?" Erhan ließ die Augen geschlossen und schlug mit einem Arm durch die Luft, wie um eine lästige Fliege zu verscheuchen. „Ich will noch schlafen!", protestierte er, während er das Kissen umschlang und sich auf die andere Seite drehte. „Und mein Name ist Erhan, nicht Erhans."

„Es wird nicht mehr geschlafen. Wir haben einen langen Tag vor uns. Es ist jede Menge zu tun."

„Was soll das denn bitte sein?", fragte Erhan. Er öffnete resigniert die Augen und ihm entfuhr ein Schrei. Reflexartig flüchtete er sich bis ans äußerste Endes des Bettes, denn über ihm kauerte eine Gestalt, deren spitze Eckzähne aus dem Mund heraus aufblitzen. „Was soll das!? Lass mich in Ruhe!", kreischte er. Gab es einen spitzen Gegenstand, mit dem er sich zur Wehr setzen konnte? Natürlich nicht! Was nun? Hektisch tastete er nach dem Kreuz, was dieser Flughafen-Rumäne ihm geschenkt hatte. Das war die Gelegenheit um es auszutesten. Als der Forscher es endlich aus seinem Ausschnitt hervorgetastet hatte, hielt er es so weit von sich weg, wie die Kette es erlaubte und schrie: „Hinfort! Mach, dass du verschwindest Blutsauger! Du hast einen studierten Vampirjäger vor dir."

Der >Vampir< fing an zu kichern. „Blutsauger? Wie bitte? Was haben Sie gestern Abend noch getrunken? Ich bin es, Elisei." Erhan blinzelte ein paar Mal, bis sein Blick vollständig klar war, dann erkannte er den Taxifahrer, der ihn in der Nacht hierhergebracht hatte, doch die Eckzähne waren immer noch zu spitz und zu lang für einen gewöhnlichen Menschen. „Was...was ist mit Ihren Zähnen?", stotterte der Deutsche. „Sie...sie sind ein..." Es folgte weder eine Verteidigung, noch ein theatralisches Geständnis mit anschließendem Blutbad, wie Erhan es erwartet hatte. Stattdessen demonstrierte der Mann - oder der Vampir? so genau konnte man das nicht wissen - sein Gebiss und fragte: „Oh ja, meine Vampir-beißerchen! Gefallen Sie Ihnen? Das ist der letzte Schrei, sieht täuschend echt aus, ist aber ganz einfach. Eine Eckzahnerweiterung. Die können Sie sich ganz einfach beim Zahnarzt aufsetzen lassen. Ich kenne da einen guten Doc in Bukarest, den kann ich Ihnen nur empfehlen..."

Konnte man ihm glauben? Erhan linste zu Elisei und versuchte ihn einzuschätzen. Er war ihm eigentlich recht sympathisch, was natürlich keine Garantie für seine Glaubwürdigkeit war. Auf das Kreuz reagierte er jedenfalls nicht, aber Erhan glaubte nicht wirklich daran, dass Vampire das taten. Wesentlich mehr Sicherheit bot die Tatsache, dass er einen klobigen Ring am Finger trug, der allen Anschein nach aus echtem Silber bestand. Mit diesem Edelmetall hatte er sich im Rahmen seiner Untersuchungen so oft beschäftigt, dass er es mit mindestens neunzig prozentiger Sicherheit korrekt identifizierte. Letztendlich überzeugte den Forscher sein Geruchssinn. Elisei stank dermaßen nach Knoblauch, dass er, wäre er ein Blutsauger gewesen, einen allergischen Schock hätte erleiden müssen. Ja, entschied der Deutsche, man konnte ihm glauben. Außerdem, auf den zweiten Blick sah die Gesamtform des Gebisses doch zu menschlich aus.

„...Sie sollten auf keinen Fall zu einem Landarzt gehen, der so etwas vielleicht noch nie gemacht hat. Dann fällt der Aufsatz sicherlich schon nach ein paar Tagen raus und Sie ärgern sich..." Nun unterbrach Erhan die Erläuterungen seines Gegenübers indem er ablehnend beide Hände hob. „Ich danke Ihnen für Ihre Bemühungen, aber ich möchte sowieso keine ähm...Eckzahnerweiterung."
Der Rumäne wirkte etwas enttäuscht. „Nicht? Dabei bin ich mir sicher, sie würde Ihnen stehen."
„Trotzdem nicht."
„Und wieso nicht?" Jetzt wollte dieser aufdringliche Mensch auch noch eine Begründung. Fieberhaft dachte Erhan nach. Welche einigermaßen plausible Erklärung konnte er noch liefern, abgesehen davon, dass er *nicht* völlig verrückt nach Vampiren war und

sich auf gar keinem Fall sein Gebiss verschandeln wollte? „Ich kann so etwas nicht gebrauchen..., weil...weil es mein Job ist Vampire zu jagen und solche falschen Zähne würden die Blutsauger sicher aufmerksam auf mich machen." Er war ein kleines bisschen stolz auf sich selbst. Auf diesen Einfall musste man erstmal kommen, so auf die Schnelle. Dazu kam noch, dass durchaus etwas Wahres dran war. Nun war Erhan jedenfalls wach. Er schwang die Beine aus dem Bett und erkundigte sich: „Wieso haben Sie mich geweckt? Was soll ich tun?" „Wir beide werden uns das Branschloss anschauen und Ausschau nach Vampiren halten natürlich. Ich brenne darauf endlich mal einen echten zu sehen. Das heißt vielleicht sehe ich ja jeden Tag welche." Der Blick des Rumänen wurde aufgeregt, so als wäre ihm dieser Einfall gerade erst gekommen. „Die sind doch direkt unter uns, jeden Tag, wir erkennen sie nur nicht." Er legte Erhan kameradschaftlich die Hand auf den Unterarm. „Sie müssen mir unbedingt sagen, wie ich Vampire erkennen kann. Ach, lassen Sie uns einfach erstmal losgehen, also ich bin bereit."

Mühsam erhob sich Erhan, wobei das Bett verdächtig knarrte. Er streckte sich und murmelte noch verschlafen: „Gibt es denn wenigstens Frühstück?" Der Rumäne sammelte bereits die Habseligkeiten des Deutschen zusammen. Das war ja nicht sehr schwierig, immerhin bestanden sie nur aus dem Gehrock und dem Stock. „Wir frühstücken im Dorf, dann können wir direkt loslegen. Sind Sie bereit?" Der Forscher schlüpfte in seine Schuhe, fuhr sich mit den Händen ein paar Mal durch die Haare und erwiderte dann: „Ja, ich schätze das bin ich."

„Fabelhaft, dann können wir los."

Elisei war voller Tatendrang. Er marschierte vor Erhan die Straße entlang und das in einem ordentlichen Tempo. „Hier geht es lang. Wenn Sie dieser Straße folgen, dann kommen Sie direkt ins Zentrum und auch zum Schloss."

„Jaaa", murrte der Forscher. Im Stillen fragte er sich: Wozu die ganzen Erklärungen, wo dies doch sowieso die eine Hauptstraße war, die durch den ganzen Ort führte und wo man das Schloss doch bereits von hier gut sehen konnte. Hinzu kam, dass Bran generell nicht so groß war. Es würde einem sicherlich schwer fallen sich hier zu verirren.

„So, da sind wir", meinte sein selbsternannter Touristenguide schließlich und deutete auf ein Gebäude, vor dem einige Tische standen, natürlich auch zwei Streuner - ein Hund und eine Katze. „Hier gibt es Frühstück, Mittag - und Abendessen. Eine Wechselstube und ein paar Geschäfte sind auch noch drinnen. Als er bemerkte, dass Erhan die beiden Tiere musterte, die einträchtig nebeneinander saßen fügte er hinzu: „Und die beiden gehören hier schon dazu. Sie werden von den Leuten, die hier arbeiten gefüttert. Das Rührei von Ada ist wirklich erstklassig. Ich habe einen Bärenhunger." Damit betrat er das Lokal. Der Forscher folgte ihm und nahm gegenüber von seinem Freund Platz.

Es herrschte eine herrliche Stille, allerdings nur für ungefähr drei Minuten. Dann begann Elisei: „Gestern habe ich Sie noch geschont, aber heute kommen Sie nicht mehr um ein paar Erklärungen herum. Erstens: Was genau soll das heißen: Sie sind Vampirjäger? Ich meine ist das ein anerkannter Beruf in Deutschland? Und wie sind sie überhaupt darauf gekommen? Haben Sie sich eines Tages einfach gesagt: Hey, ich will Vampirjäger werden!?"

Er dachte über die Fragen nach. Er mochte solche Fragen nicht, schon gar nicht solche, wie die letzte. Das brachte jede Menge verworrenen alten Kram ans Tageslicht, sodass die Beantwortung dieser Frage einen ganzen Haufen neue Fragen aufwerfen würde. Diesen Teil würde er lieber umgehen. „Vampirjäger ist nirgends auf der Welt ein >anerkannter Beruf<", erwiderte Erhan deshalb. „Vampire sind Schattenwesen. Die meisten Menschen ahnen nicht einmal etwas von der Existenz der Vampire und die anderen halten ihre Ahnungen für Paranoia. Gerade Deutschland ist so besessen von seiner Wissenschaft, dass niemand in Erwägung zieht, es würde etwas existieren, was er sich nicht erklären kann. Kurz gesagt: Jeder normale Mensch würde genauso wenig darauf kommen Vampirjäger zu werden, wie Gespenster zu jagen oder sich als Rattenfänger in Hameln zu bewerben."

Elisei beugte sich gespannt nach vorn. „Aber Sie sind darauf gekommen." Alarmstufe rot! Das Gespräch driftete in die falsche Richtung ab. Schnell brachte Erhan es wieder in die richtige Bahn: „Ich habe ursprünglich Biologie studiert und mich nebenher mit Vampiren und deren Mythen befasst. Ein paar Mal habe ich auf meinen Suchen, nach besserem Studienmaterial die Uni gewechselt. Schließlich kam ich an eine Privatschule im Harz. Dort konnte ich zumindest einige alte Manuskripte zu all diesem mystischen Kram finden, also blieb ich. Irgendwann gelang es mir tatsächlich einen Vampir zu erwischen. Mit diesem Beweis und einem Mindestmaß an persönlichem Aufwand gelang es mir Sponsoren an Land zu ziehen, die Interesse an meinem Projekt fanden und mich zumindest finanziell unterstützten. Es gelang mir mit Kurt von Langlebens Hilfe durchzusetzen, mein Biologiestudium auf das Thema Vampirismus zu fixieren. Meine Doktorarbeit war schnell geschrieben. Nun bin ich im Begriff meine Forschungen zum Abschluss zu bringen. Mit dieser Expedition ins Vampirland Transsilvanien. Ich werde dem Ursprung des Vampirismus auf den Grund gehen und die Menschheit von dieser Plage befreien."

Der Rumäne zog die Stirn in Falten. Er schien über das alles gründlich nachzudenken. „Und Sie glauben wirklich, dass Vampire eine ernsthafte Gefahr sind? Ich lebe unterhalb des Vampirschlosses und habe noch nie mit einem Bekanntschaft gemacht." Na Klasse! Es sah ganz danach aus als würde der Fragenhagel weitergehen.

„Dann würden sie auch nicht mehr leben", entgegnete Erhan kurz und knapp. „Alles Weitere gilt es herauszufinden."

„Und danach?"

Nun runzelte Erhan irritiert die Stirn. „Was meinen Sie mit danach?" Der Rumäne verdrehte die Augen. „Natürlich wenn Sie hier fertig sind. Was machen Sie, wenn Sie alles über die Vampire erfahren haben, was Ihnen noch fehlte?" Erhan zuckte lässig mit den Schultern. „Zuerst einmal werde ich zurück nach Deutschland gehen und mit meinen Sponsoren sprechen. Danach werden wir den Menschen die Augen darüber öffnen, was hier wirklich vor sich geht. Das wird riesige Wellen schlagen, wenn sie erfahren, warum so viele Mordfälle unaufgeklärt bleiben. Und dann…" Der Rumäne nickte wissend und vollendete den Satz: „Dann werden sie die Menschheit von der Plage befreien." Der Vampirjäger nickte.

Zu Erhans Überraschung lehnte sich Elisei entspannt zurück und fuhr fort: „Gut, prima und ich werde Ihnen als Partner zur Seite stehen. Sie werden jemanden brauchen, der dieses Land wie seine Westentasche kennt und sich dazu noch mit Vampiren auskennt. Der werde ich sein."

Allem Anschein nach war das beschlossene Sache. Gerade brachte eine Kellnerin zwei Teller mit Rührei - Elisei hatte entschieden, dass es zum Frühstück Rührei gab - und zwei Tassen Kakao. „Vielen Dank, Ada", säuselte der Rumäne und langte sofort kräftig zu. Erhan musste zugeben, dass das Rührei köstlich war. Die heiße Schokolade ähnelte allerdings mehr der zähflüssigen Puddingsuppe, die seine Mutter ihm als Kind ab und an gekocht hatte. Während der Forscher in seinem…Kakao herumrührte fragte er: „So so, sie kennen sich also mit Vampiren aus?" „Aber ja doch, sicher", entgegnete sein Gegenüber mit vollem Mund. „Ich habe alle Bücher gelesen und alle Filme gesehen, die es gibt. Ich bin totaler Fan. Natürlich habe ich nie gedacht, dass es sie in echt gibt. Sie können sich das gar nicht vorstellen, das ist wie Ostern und Weihnachten und Geburtstag zusammen. Und ich bin der Assistent vom Vampirjäger! Das ist quasi die zweite Hauptrolle in jedem halbwegs gutem Vampirfilm. Wie cool ist das denn? Wir zwei gegen den Rest der Welt! Wir werden die Blutsauger zur Strecke bringen." Er schnappte nach Luft und setzte

euphorisch hinzu: „Und dann werden wir in die Geschichte eingehen! Jeder wird unsere Namen kennen! Das sind ja glänzende
Aussichten! Hey, jetzt wo wir Partner sind, wollen wir uns da
nicht duzen?"
Das konnte noch heiter werden, wenn er allen Geistergeschichten
Glauben schenkte, aber das würde Erhan seinem >Partner< alles
nebenher erklären. Selbst ein Crashkurs würde jetzt zu weit führen und, wie heißt es so schön, learning by doing. Das war in diesem Metier sowieso die Devise. Er streckte Elisei die Hand hin.
„Auf gute Zusammenarbeit, Kollege."

Erhan ließ die Glastür hinter sich zufallen. „Wie wäre es, wenn
wir uns jetzt das Schloss ansehen? Darüber werden echt viele Geschichten erzählt" Elisei stieß dem Forscher den Ellbogen in die
Rippen. „Vielleicht treffen wir sogar den Grafen persönlich."
Doch der schüttelte den Kopf. „Ohne Forschungsgeräte geht gar
nichts. Wir brauchen zu allererst eine Ausrüstung. Meine ist leider verschollen, das hat dir dein Bruder doch erzählt, denke ich."
Der Rumäne schnipste mit den Fingern. „Ich glaube dann fahren
wir am besten nach Bukarest." „Bukarest?!", rief Erhan aus. „Nein
danke. Die Zugfahrt gestern hat sich ewig hingezogen. Müssen
wir denn extra eine Weltreise machen?"
„Ach was. So weit ist das gar nicht."
„Können wir nicht in Braşov einkaufen?"
„Bukarest ist besser und von Braşov sind es nur noch etwa 170km
bis zur Hauptstadt."
„"Muss das wirklich sein?"
„Du willst doch auch was Brauchbares finden. Das sollte es uns
wert sein. Keine Sorge, du weißt doch: Ich bin ein guter Fahrer.
Wir werden ganz schnell da sein."
Erhan seufzte: „Meinetwegen." Er hoffte inständig, dass keine
Kühe auf der Straße stehen würden und, dass sie ihr Ziel lebend
erreichten.

Er klopfte dreimal gegen das alte Holztor. Dieser Hof war sehr abgelegen in der Region Transsilvanien. Trotzdem gehörte er zu seinem Hoheitsgebiet. Da immer noch keiner öffnete klopfte der Graf erneut. Endlich war eine Frauenstimme zu hören: „Wer ist denn da?"

„Wladimir Celemândre, Graf Draculea. Aufmachen!" Die Dame des Hauses öffnete sofort. Sie trug eine geblümte Schürze und hielt in der einen Hand noch eine Gartenschaufel.

„Graf Draculea!" Sie verneigte sich respektvoll. „Entschuldigen Sie meinen Aufzug, aber wir sind gerade bei der Gartenarbeit." Sie dreht sich um und rief: „Petru! Schnell, so komm doch. Es ist der Graf persönlich." Nun wand sie sich wieder dem >Grafen persönlich< zu. „Bitte treten Sie doch ein. Wenn wir gewusst hätten, welch hochwohlgeborener Besuch uns heute beehrt, hätten wir uns natürlich vorbereitet um Sie in einer angemessenen Art und Weise empfangen zu können."

Armseliges Bauerngesindel. Der Herr war inzwischen auch dazu gekommen. Man drohte vor Ehrfurcht im Boden zu versinken. Doch ist die Katze aus dem Haus so tanzten die Mäuse schließlich bekanntlich auf dem Tisch. Der Hausherr rückte Draculea einen Stuhl zurecht und bedeutet ihm sich zu setzen. Er begutachtete das hölzerne Möbelstück. Armseliges Bauergesindel. Die sollten gefälligst arbeiten, um ihm seine Abgaben zu entrichten. Doch sie alle waren sich zu fein für menschliche Arbeit. Zu dumm nur, dass die Menschen derzeit die Welt beherrschten. Seiner Meinung nach sollte sich das schleunigst wieder ändern. Seine war die überlegene Gattung. Die Vampire sollten über ihresgleichen und alle anderen Spezies herrschen. Leider waren die Bojaren, die den Rest Rumäniens beherrschten zu verklemmt, um das zu sehen. Die blutigen Kämpfe zu Zeiten Vlad des Pfählers, die sowohl Vampire als auch Menschen betrafen, die Anzahl der verletzten Vampire und die anschließende Beuteknappheit hatten sie alle verschreckt. Irgendwann würde seine Macht groß genug sein, um das zu ändern. Er schreckte jedenfalls nicht vor Konfrontationen zurück. Jeder musste wissen wo sein Platz war. Dennoch, für menschliche Arbeit war dieses Gesindel hier gerade gut genug. Der Graf griff sich eines der gestickten Platzdeckchen vom Tisch und wischte seinen Sitz damit halbherzig ab. Anschließen warf er es mit einer eleganten Handbewegung über seine Schulter, legte den samtenen Umhang ab, um ihn über den Holzlatten auszubreiten und ließ sich schließlich nieder.

Wie erwartet machte keiner der beiden Vampire Anstalten den improvisierten Wischlappen aufzuheben. „Darf ich Ihnen etwas anbieten?", fragte der Hausherr stattdessen. „Wie wäre es mit einem Schlückchen Blut?"
„Gerne, immer her damit."
Nach einer tadellosen Verneigung machte sich der Mann auf den Weg. Die Vampirin blieb auf der gegenüberliegenden Seite des Tisches stehen, die Hände verschränkt, der Rücken gerade und der Blick zu Boden gerichtet. Er lächelte angetan. So musste es sein. Das Volk hatte gefälligst zu spuren. Wäre es doch nur immer so. Einen Moment gab sich der Vampir noch, dann erlaubte er großzügig: „Setz dich doch." Die Vampirin gehorchte einer Soldatin gleich und erwartete weitere Befehle. Perfekt. Draculea wand den Blick jedoch demonstrativ von ihr ab. Mit dem Gespräch würde er erst beginnen, wenn ihr Ehemann wieder da war.

Das Haus und der Hof waren schlicht - wahrhaft schlicht. Auf dem Acker waren Kartoffeln und Gemüse angebaut. Menschliche Nahrungsgüter, die diese Bauern verkaufen sollten, um sein Vermögen zu steigern. Sicherlich hatte er das nicht wirklich nötig. Menschen waren überaus leicht manipulativ zu beeinflussen. Dadurch hätte er alles Geld, das er wollte auch selbst beschaffen können. Doch solange die feinen Bojaren wünschten, dass sie Menschen die Macht behielt, solange konnte das Vampirvolk auch ruhig wie Menschen leben. Die Vampiruntertanen fielen so weniger auf – das war es doch, was diese Lackaffen wollten - und brachten nebenher noch mehr Profit, ohne das Draculea selbst etwas dazu tun musste. Hier lag allerdings noch einiges im Argen.

„Ihr scheint mit der Arbeit nicht gut voranzukommen", stellte er fest.

„Die Arbeit ist schwer und wir sind beide schon über achthundert Jahre alt. Es gibt weniger Menschen auf dem Land und meist ergattern wir nur noch altes, verbrauchtes Blut. Das Leben wird immer schwerer."

Draculea untersuchte gelangweilt seine Fingernägel. "Wie klischeehaft oder sollte ich besser sagen faul? Wo bleibt mein Blut?"

Sie sah sich nervös um. „Mein Mann wird sicher gleich wieder da sein...Oh, da ist er schon, sehen Sie?" Tatsächlich, da war der Vampir, in der Hand eine Karaffe mit einer verführerischen, roten Flüssigkeit und einem auf Hochglanz poliertem Weinglas. Letzteres hatte wahrscheinlich so viel Zeit gekostet.

Der Hausherr schenkte ein: „Bitte schön. Ich hoffe es mundet, mein Graf."

„Das hoffe ich auch", zeterte Draculea. Er wiegte das Glas in der Hand. "Wie ihr vielleicht selbst mitbekommen habt, kam es in letzter Zeit vermehrt zu Ordnungswidrigkeiten. Ihr wisst schon: Auffälliges Verhalten, Hetzereien, Jagd in den draculea´schen Gebieten, unerlaubtes Amüsieren unter den Menschen und Vernachlässigung der Arbeit...Widersatz gegen meine Regeln." Die beiden Vampire sahen sich an. Der Schock stand Ihnen ins Gesicht geschrieben. Nach einer kurzen Pause versicherte der Mann: „Graf Draculea, *wir* sind Ihnen selbstverständlich treu ergeben. Es würde uns nicht im Traum einfallen derlei Untaten zu begehen."

Er lächelte milde: „Nein, das erwartete ich auch nicht", Er ließ seinen Blick durch den Raum schweifen und richtete ihn schließlich auf eine Fotografie an der Wand. Eine junge Vampirin mit dicken, verfilzten Rastalocken war darauf zu sehen, „aber was ist mit eurer Tochter? Man hört einiges über die rebellische Ader der Jugend. Einige scheinen der Ansicht zu sein, dass Treue und Gehorsam nicht mehr an erster Stelle stehen." Der Schock wich dem blanken Entsetzten. „Bitte lassen Sie mein Kind da raus!", flehte die Dame, wobei sie vor ihm auf die Knie fiel. „Sie hat nie etwas Unrechtes getan."

Er streckte seine Hand aus, packte das Weib an der Blumenschürze und zog sie auf die Beine, sodass sie ihm direkt in die Augen sehen musste. „Ich rate euch eure Brut im Zaum zu halten. Vampirinnen in diesem Alter werden oft aufmüpfig und störrisch und sie neigen dazu dumme Dinge zu sagen und zu tun - sehr, sehr dumme Dinge!" Damit stieß er die Bäuerin weg und erhob sich. „Ich denke ihr habt mich verstanden. Unruhen werde ich im Keim ersticken, lasst euch das gesagt sein." Zum Abschluss nahm er noch einen kräftigen Schluck aus dem Becher, spuckte ihn aber gleich darauf wieder aus. „Was ist denn das für eine Brühe?" Völlig aufgelöst entschuldigte sich der Bauer. „Es tut mir leid, ich kann Ihnen leider nichts anderes anbieten." „Damit eins klar ist: Ich bevorzuge mein Blut frisch gezapft und hochwertig und dies hier ist eine abgestandene, bittere Brühe noch dazu ungekühlt und Blutgruppe 0. Das Billigste vom Billigsten. Mir so etwas anzubieten ist eine Schande!"

Die beiden verneigten sich tief. „Wir bitten untertänigst um Vergebung, verehrter Graf. Es soll nie wieder vorkommen. Wenn wir etwas Besseres hätten, so hätten wir Ihnen selbstverständlich nur jenes serviert. Leider waren wir auf Ihren Besuch nicht vorbereitet." Er winkte gnädig ab. „Schon gut. Jetzt ist es nicht mehr zu ändern. Jedenfalls seid gewarnt! Jeder, der mir auch nur in geringster Weise negativ auffällt wird sein blutiges Wunder erleben. Das schwöre ich euch allen, bei der Ehre der Familie Celemâmdre." Draculea nahm seinen Umhang vom Stuhl und warf ihn sich um die Schultern, dann wand er sich um, Richtung Tor und verließ das Gehöft. Draußen vernahm er leises Rascheln im Unterholz. Einige Passanten schienen das Gespräch belauscht zu haben. Nun, das sollte ihm nur recht sein. Jeder sollte wissen, dass mit ihm nicht zu spaßen war und dabei waren das bisher nur einfache

Spielchen und alltägliches Geplänkel zwischen Bauern und Fürsten gewesen. Er war ein Draculea - ein Auserwählter, ein Erbe mächtigen Blutes, ein Herrscher. Seinem Stammbaum war er jederzeit treu. Der Graf öffnete die hintere Tür seines dunkelroten Sportwagens. Der Chauffeur war ein menschlicher Diener, der etwas Geld für diese Leistung empfing - um den Schein zu wahren und auf Grund des hypnotischen Talents eines Vampires keine Fragen stellte. Er machte es sich auf der Rückbank bequem. „Es kann weitergehen. Suchen wir das nächste Gehöft auf." „Jawohl Chef." Mit quietschenden Reifen fuhr der Wagen an.

Die Fahrt hatten sie unfallfrei und ohne besondere Vorkommnisse überstanden. Trotzdem war Erhan froh endlich angekommen zu sein. Trotz Eliseis aufregendem Fahrstil war ihm die Strecke dieses Mal wesentlich kürzer vorgekommen. Als könne der Rumäne Gedanken lesen, stellte er eben fest: „Siehst du? Ist nicht dasselbe wie mit dem Bummelzug. Also, was brauchen wir?" Erhan begann aufzuzählen: „Auf jeden Fall Silberschmuck aller Art, Knoblauch, spitze Gegenstände, die man benutzen kann um ihnen die Herzen zu durchbohren, vorzugsweise aus Silber. Eigentliche jede Waffe, die man bekommen kann."
„Wie wäre es mit einer Pistole?"
„Wenn du ein guter Schütze bist, ja. Aber merk dir, um den Vampir zu töten musst du sein Herz spalten und damit meine ich wirklich, dass es in mindestens zwei Teile getrennt sein muss. Sollte es nicht so sein, hast du schlechte Karten."
„Ja, ja."
„Das ist Ernst, Elisei. Ansonsten würde es wieder zusammenwachsen." Zum ersten Mal sah Erhan, dass der locker leichte Gesichtsausdruck des Rumänen verschwand. „Weißt du, meine Forschungen haben gezeigt, dass Vampire jede Krankheit und jede Verletzung überstehen, solange nur das Herz noch intakt ist", erklärte er weiter, während sein Partner ihn perplex anstarrte.

„Boah! Das ist ja der Wahnsinn!"

„Tja, sie sind eben zäh, doch das Herz ist die Schwachstelle. Man muss genau vorgehen."

„Wie hast du das nur alles herausgefunden?"

Erhan lächelte voller Stolz. „Genaues Hinsehen, Ausprobieren, Vorstellungsvermögen."

„Und was ist mit Spiegeln?"

„Vampire besitzen ein Spiegelbild. Das ist reiner Aberglaube. Stammt aus einer Zeit, in der Menschen an Dämonen und Geister glaubten." Er stieß sich vom Auto ab. „Los, lass uns gehen. Ich kann es nicht abwarten endlich wieder etwas Nützliches in der Hand zu haben." „Dann sollten wir uns lieber beeilen, bevor wir dem ersten Vampir begegnen." Elisei drückte den Verriegelungsknopf seines Autos und führte Erhan in die Stadt. „Hier geht es lang. Da ist ein Einkaufscenter..."

Die beiden schlenderten erst durch die Stadt, dann in das von Elisei beschriebene Gebäude. Sie kauften Knoblauchzehen, die schärfsten und teuersten Messer, die es gab und drei Besenstile um sich Pflöcke herzustellen. Der Rumäne hatte nicht davon Abstand nehmen können auch eine Schusswaffe zu erwerben, obwohl sich beim ersten Testlauf herausstellte, dass er wahrlich *kein* guter Schütze war. Den Silberschmuck besorgten die beiden bei einem renommierten Juwelier, der nach Eliseis Aussage der beste der Gegend und absolut vertrauenswürdig war. Das war bei weitem die größte Investition gewesen. Nun hatten sie sich im Shoppingcenter zu einer Portion Pommes niedergelassen. Elisei schob eine Pommes nach der anderen in den Mund. Schließlich fragte er: „Wird das erstmal reichen?"

„Es muss vorerst genügen", meinte der Forscher, während er in seinem Ketchup herumrührte. Das alles war natürlich nichts gegen die komplexen Fallen und die Abwehrmechanismen, die er in Deutschland zusammen mit seinem Kumpel Bastian von Langleben selbst konzipiert hatte. Doch dafür fehlte einerseits das Material und andererseits war die Konstruktion zu komplex, um schnell etwas Ähnliches zusammenzubasteln. Bastian hatte vor seinem Studium antiker Sprachen eine technische Ausbildung gemacht, die sich bei der Konstruktion von Waffen und Fallen als äußert hilfreich erwiesen hatte. Sein Leistungskurs Chemie war auch ab und zu ganz nützlich. Das tat jetzt aber nichts zur Sache. Sie mussten eben mit dem auskommen, das da war. „Aber ich brauche unbedingt etwas zum Anziehen." Elisei musterte Erhan eine Weile, dann sagte er: „Ich fürchte jetzt bin ich überfragt." Er deutete auf den Gehrock von Erhans Großvater. „Du bist der Erste, der mir mit so einer Jacke begegnet. Apropos, trägt man so etwas an Deutschland?" Erhan winkte ab: „Was? Nein, schon seit hundert Jahren nicht mehr. Das Ding hat meinem Großvater gehört, genau wie der Stock und selbst er trug es in seinen letzten dreißig Lebensjahren nicht mehr." Elisei wirkte ehrlich verwirrt: „Warum hast du es dann an?" "Ach, das ist nur...,weil ich..." Der Deutsche wusste nicht was er sagen sollte. Etwas verlegen gab er schließlich zu: „Ich habe gedacht, die Leute hier würden so etwas anziehen. Weil Rumänien so...," er suchte fieberhaft nach den richtigen Worten, „wenig entwickelt ist." Als der Mann Eliseis Gesichtsausdruck sah korrigierte er schnell: „Das ist vielleicht nicht der richtige Ausdruck. Ich meine eher...so landwirtschaftlich, gut bäuerlich eben." Er zuckte mit den Schultern. „Tut mir leid. Ich war eben vorher noch nie hier. Ich gebe zu, dass ich euch falsch eingeschätzt habe. Man kann sich doch täuschen." Der Rumäne schüttelte langsam den Kopf. Seine Miene war nicht zu deuten. „Bist du jetzt etwa beleidigt deswegen?" Es sah ganz danach aus, wie Erhan fand, doch auf einmal kehrte der fröhliche Ausdruck in das Gesicht seines Partners zurück. Er klopfte ihm auf die Schulter. „So ein Unsinn. Kann doch vorkommen. Man kann sich täuschen. Und ich hatte schon gedacht ihr Deutschen würdet immer so etwas anziehen. Wenn das aber so ist, dann kann ich dich beraten. In Sachen Mode macht mir keiner was vor." Elisei schob sich die letzte Fritte in den Mund, dann stand er auf, nahm den Forscher am Arm und zog ihn ebenfalls vom Stuhl hoch. „Hopp,

hopp, wir haben keine Zeit zu verlieren. Zeit für eine Nachhilfe-stunde. Du willst dich also unters Volk mischen? Sowie ich mit dir fertig bin, wirst du wie ein waschechter Rumäne aussehen." Erhan trank noch schnell einen Schluck aus seinem Becher, bevor er sich resigniert mitziehen ließ.

Nicht allzu weit von den beiden Menschen entfernt schlich ein Vampir durch die Gassen - Jakov Stanislav de Zarlac. Er kannte diese Gegend so gut, wie seine Westentasche und wusste, dass hier um diese Zeit nur allzu viele Touristen umhergeisterten, die sich leicht und ohne Konsequenzen beißen ließen. Seine Klienten wären schockiert, wenn sie sehen könnten, auf welch plumpe Art und Weise er sich seine Opfer beschaffte, aber er hatte bereits die ganze letzte Nacht damit verbracht für die gut betuchten Vampire der Stadt Blutspender auszusuchen, anzuwerben und frei Haus zu liefern, sodass er nicht zum Jagen gekommen war. Jetzt hatte er die Nase voll von charmanten Sprüchen, Dates und kompliziert strukturierter Manipulation. Er wollte nur noch schnell und un-kompliziert essen und dann zu Hause einen guten Film an-schauen, bevor er in dieser Nacht wieder frisch ans Werk musste. Dort an der Ecke stand ein Typ mit Stadtplan, der war perfekt. Ziel erfasst und los geht´s. Noch ein paar Schritte und...ein schril-ler Schrei ertönte. Der Tourist zuckte zusammen und drehte sich nach dem Geräusch um. So ein Mist, verdammt schlechtes Ti-ming. Abbruch. Jakov zog sein Handy aus der Tasche, hob es in die Höhe, damit der Mann mit Stadtplan es sehen konnte und zuckte grinsend mit den Schultern. Dieser lächelte verständnis-voll zurück und ging dann seines Weges. Der Vampir seufzte: „Jammerschade. Wäre eine prima Mahlzeit gewesen." Jakov warf einen Blick auf das Display. Sein Vater war also der Störenfried. Er tippte auf den grünen Knopf und hob das Smartphone ans Ohr. „Hallo Papa, du hast mir gerade mein Essen vergrault, ist dir das klar?" „Tut mir leid, Junge. Ich wollte fragen, ob dein alter Vater nicht auch mal in den Genuss deiner Dienste kommen darf. Ich habe heute Nacht einfach keine Lust auf Jagd zu gehen. Könntest du mir nicht jemanden mit ins Penthouse bringen?" Da ging es also schon wieder weiter. Selbstverständlich und wie es von einem würdigen Vampirsohn erwartet wurde antwortete Jakov: „Aber natürlich, Vater. Das ist gar kein Problem. Wann hättest du das Mahl denn gerne?" „In etwa einer Stunde wäre ideal. Ich danke dir mein, Sohn. Wir sehen uns dann."

„Ja, bis dann." Der junge Vampir hielt sich zurück, bis das Gespräch unterbrochen war, doch dann stöhnte er entnervt auf. Das wars also mit dem gemütlichen Fernsehabend. Stattdessen hieß es Arbeiten. Was soll´s, Regel Nummer eins im Vampirreich: Family first.

Er rief sein Dating-Portal auf. Solche Vampire wie sein Vater gehörten nicht gerade zu seinem Lieblingskunden. Man sollte erstmal ein Date für einen 600 Jahre alten Mann finden, das dann auch noch einigermaßen annehmbar aussah. Mit älteren Menschen gaben sich die Klienten dann doch nicht zufrieden, keiner, egal welche Altersgruppe. Heutzutage war man eben anspruchsvoll. Früher wäre man froh gewesen, wenn man überhaupt Nahrung bekam, doch jetzt verlangte man nach jungem, süßem Blut.

„Tja, dann wollen wir mal sehen, wer sich so eingeloggt hat. Adelhaid84 - definitiv nicht. Nein, die auch nicht. Zu viele Falten. Zu graue Haare. Aber die hier, holla! Ist zwar auch nicht mehr die Jüngst, aber gut in Schuss. Was schreibe ich denn da?" Der Vampir überlegte einen Moment und betrachtet betrachtete konzentriert das Profilfoto, um zu ergründen, was diese Dame wohl gerne hören würde. Dann begann er zu tippen.
>Fühlen Sie sich wie eine Prinzessin...<
Nein! Er löschte das letzte Wort.
>Fühlen Sie sich wie eine Königin. Auf Sie wartet ein romantisches Candlelight-Dinner in einem stilvollen Penthouse mit hinreißendem Blick auf die Lichter der Stadt. Ein Gentleman der alten Schule lädt Sie ein, sich in seinen vier Wänden verwöhnen zu

lassen.<

Er brauchte sofort eine Zusagen, also musste er noch etwas drauf setzen.

>Möglicherweise finden Sie schon heute Abend Ihren Traumprinzen fürs Leben.<

Nein, in dieser Altersgruppe redete man nicht mehr vom Traumprinzen. Er löschte den Satz.

>Treffen Sie einen fürsorglichen Mann, der Ihnen jeden Wunsch von den Augen ablesen wird.<

Perfekt! So konnte man das abschicken. Jakov drückte auf „Senden" und Bingo! Es dauerte keine fünf Minuten bis die Zusage hereinklingelte. Jetzt nur noch schnell die Daten durchgeben und fertig. Die Sache war arrangiert.

Nun hieß es keine Zeit mehr verlieren. Dem jungen Vampir blieb weniger als eine Stunde für seine Jagd. Er sah sich um und fixierte das nächst beste Ziel: Zwei mit Einkaufstüten vom Center beladene Männer, die er hier noch nie gesehen hatte. Umso besser, immerhin hatte er großen Hunger. Dann mal ran an den Speck!

Elisei umrundete Erhan vergnügt. Dieser verstaute gerade alle Tüten im Auto. Der Rumäne hatte eine dunkelblaue Jeans für ihn ausgesucht, ein einfaches, schwarzes T-Shirt und eine mit Nieten versehene Jeansjacke. Dazu ein paar weiße Turnschuhe. Er nickte langsam und küsste sich dann die Finger. „Fantastisch! Du siehst aus, als wärst du von hier. Die perfekte Tarnung als Rumäne. Kein Vampir wird Verdacht schöpfen. Das ist es doch, worauf du aus bist, oder nicht?" Respekt. Offensichtlich dachte er mit. Das hätte Erhan von seinem Partner nicht erwartet. Der Forscher nickte anerkennend. „Korrekt." Er nahm auf dem Beifahrersitz Platz. „Wir haben alles bekommen, also können wir jetzt zurückfahren, aber bitte langsam." Elisei kicherte. „Aber doch noch nicht jetzt. Wenn die Arbeit getan ist kommt das Vergnügen."

„Wie darf ich das denn verstehen?"

„Ich zeige dir jetzt, wo man in Bukarest am besten feiern kann."
„Muss das wirklich sein? Ich würde es vorziehen zurück zu fahren."
„Was willst du denn jetzt schon in Bran, wo du doch in der Hauptstadt um die Häuser ziehen kannst?"
„Da fällt mir einiges ein, zum Beispiel unsere Materialien sortieren, unser weiteres Vorgehen planen, eine Forschungsliste erstellen..."
Elisei winkte ab. "Das kannst du auch später machen."
„Ich bin hier nicht zum Vergnügen, Elisei. Ich habe eine wichtige Mission zu erfüllen. Das ist eine Verantwortung gegenüber der ganzen Menschheit."
„Ja, ja, schon klar. Hey, jeder braucht mal eine Pause. Die Mission geht morgen weiter."
„Wir fahren jetzt nach Bran."
„Reg dich nicht auf. Wir fahren doch nach Bran, aber wir machen einen Zwischenstopp in der Nordstadt."
„Ich weiß nicht..."
Elisei grinste. „Das ist mein Auto, also wirst du mit mir mitkommen müssen. Es sei denn, du hast vor, es noch einmal mit meinen reizenden Bukarester Kollegen zu versuchen."
Na toll. Nicht nur, dass er dieser transsilvanischen Sippe völlig ausgeliefert war, jetzt musste er sich auch noch von diesem Rumänen erpressen lassen. Er, der aufstrebende Forscher und Wissenschaftler, der erste Mensch, der kurz davor stand das Geheimnis um die Vampire vollständig zu entschlüsseln, machte resigniert die Fahrzeugtür zu, verschränkte die Arme vor der Brust und ließ sich hinfahren, wo auch immer dieser Besessene neben ihm hinwollte.

Nach einer recht turbulenten Fahrt durch die Innenstadt ging es immer weiter stadtauswärts. Trotzdem hatte Erhan das Gefühl, dass ihr Ziel nicht auf dem Weg lag. Irgendwann erkundigte sich Erhan vorsichtig: „Ich kenne mich hier wirklich nicht aus, aber ist das nicht der Weg zum Flughafen?" „Ja", bestätigte Elisei. „Da kommt man auch hin, wenn man hier weiterfährt, aber wir sind jetzt schon da." Der Rumäne parkte das Auto, zog die Handbremse an und stieg aus. Es war schon ziemlich dunkel und die Gegend sah recht naturbelassen aus. „Wo genau sind wir hier?", wollte der Forscher jetzt wissen. „Lacul Herâstrâu", antwortete sein Partner, während er zielstrebig weiterging. Erhan folgte ihm widerwillig. „Tut mir leid, aber das sagt mir gar nichts." Lächelnd drehte Elisei sich um und wartete, bis sein Freund zu ihm aufgeholt hatte. „>Lacul< bedeutet >See<. Das ist ein wunderschöner Park. Man kann auch schwimmen gehen und außerdem ist hier das Rock Café Bukarest." „Rock Café", wiederholte Erhan langsam. Er wollte nicht zugeben, dass er sich auch darunter nicht viel vorstellen konnte, doch der Rumäne durchschaute ihn bereits. Er kannte Erhan wahrscheinlich schon besser, als dieser vermutete. „Sag bloß, dass sagt dir auch gar nichts." „Das sagt mir schon etwas", verteidigte sich der Vampirjäger leicht beleidigt. „Ich war aber noch nie in so einem Lokal. AUA!" In diesem Moment hatte Elisei ihm „freundschaftlich" auf die Schulter geklopft - er hatte eine derbe Hand. „Du brauchts echt Nachhilfe in Sachen Amüsement. Los, komm schon mit rein. Es wird Zeit, dass wir endlich anstoßen.

Als die beiden Menschen das Restaurant betraten, stellte Erhan fest, dass die Party hier gar nicht so groß war, wie Elisei es versprochen hatte. Offensichtlich war dies hier doch nicht der angesagteste Club der Gegend, denn hier war außer ihnen beiden nur ein einziger Kunde. Und den kannte Erhan nur zu gut.
„Hey, Vampirjäger! Ich freuen sehr Sie wiedersehen." Er winkte mit seinem Cocktailglas. Eliseis bessere Hälfte. Das war Vadim. Elisei begrüßte seinen Bruder und nahm neben ihm an der Bar Platz. „Lange dauert, Bruder. Hatte früher erwartet." „Sorry, wir waren noch shoppen", erklärte der Rumäne.
Aha, das war also der Grund, warum sie unbedingt noch hierher mussten und warum sie die Sachen nicht einfach in Brașov hatten kaufen können. „Jetzt setz dich doch endlich, Erhans!", rief Elisei.

„Entspann dich, wir kommen schon noch zurück." Der Deutsche seufzte. „Na gut, aber nur ein paar Minuten."

Da war er wohl einem Irrtum erlegen. Auch nachdem sie längst auf ihre Zusammenarbeit angestoßen hatten, trank Elisei hemmungslos weiter. Er ließ sich nicht davon abbringen einen „Sex on the beach" nach dem anderen in sich hinein zu kippen. Die Sache wurde immer schlimmer. Nun fingen die Brüder auch noch an zu johlen. „Ich nie hätte gedacht, dass mein kleiner Bruder wird Vampirjäger!", jubelte Vadim. „Bin wirklich stolz auf Bruder." Elisei nahm einen kräftigen Schluck aus seinem Glas, wobei die Hälfte über sein T-Shirt schwappte. „Aber du hast mir doch Job vermittelt. Ich bin unendlich dankbar dir."
Aha, ab einem gewissen Alkoholpegel kam also auch bei Elisei langsam der Akzent durch. Interessant.

„Wollen Sie noch etwas trinken?", fragte die Kellnerin. Erhan wendete den Blick von seinen beiden Begleitern ab und rieb sich müde über die Schläfen. „Ja, eine Cola bitte - groß." Die Bedienung war eine blutjunge Frau mit kurzen erdbeerblonden Haaren. Sie trug ein weit ausgeschnittenes Top, eine kurze Hose und unheimlich hohe Schuhe. Auf einem Arm prangte ein Tattoo - eine Ranke mit roten Blüten. Keine Frage, sie war so perfekt gestylt, dass der Deutsche sich fragte, warum sich nicht allein schon aus diesem Grund mehr Menschen in dieses Restaurant verirrt hatten.
„Sie können sein praktisch überall!", brüllte Elisei gerade mit einer dramatischen Geste. „Vampire sind Nachtjäger!" Er sprang von seinem Barhocker und schlich an der Bar hin und her. „Aus dem Nichts fallen Sie über dich her!" Er machte einen Hechtsprung zu seinem Bruder. „Und saugen dich aus! Wir können nur uns schützen, wenn wir Ihnen das Herz durchbohren!" Erhan schüttelte langsam den Kopf.

„Komische Freunde haben Sie da", merkte die Kellnerin lächelnd an, während sie ihm sein Getränk servierte. „Oh ja, murmelte der Deutsche. Aus dem Augenwinkel bemerkte er, dass die beiden sich gerade von der Bar entfernten. „Ich hoffe sie machen in ihrem Suff nichts kaputt." Die junge Frau winkte ab. „Solange sie nicht Jagd auf meine Gäste machen ist alles in Ordnung." Erhan musste grinsen. „Ich glaube so weit wird es nicht kommen." Nicht zuletzt, weil es nach wie vor keine Gäste hier gab.

„Sie kommen nicht von hier, oder? Sind Sie Russe?"

„Nein, ich komme aus Deutschland."

Sie nickte. „Es soll ein schönes Land sein, auch wenn ich noch nie da war."

„Das ist es", bestätigte er. Eine Weile herrschte Stille, abgesehen von dem Gekicher und Gegacker der beiden Brüder hinter ihnen. „Ich bin übrigens Erhan Helsing."

Die Kellnerin deutete auf ihr Namensschildchen. „Tiffany."

„Schöner Name."

„Stimmt." Im Radio wechselte gerade das Lied. Als wäre dies das Startzeichen gewesen, kam Tiffany hinter der Bar hervor und nahm Erhans Hand. „Nun, ich habe gerade nichts zu tun und du hast keine Begleitung mehr. Was spricht also dagegen, wenn wir beide uns etwas die Zeit vertreiben."

Der Deutsche fand keine Worte. Nachdem er mehrfach kräftig geschluckt hatte brachte er nur ein lahmes: „Bitte??" heraus. Die fesche Kellnerin zog ihn sacht, aber unnachgiebig vom Barhocker hoch. Sie sah ihn mit ihren großen, hypnotischen Augen an und säuselte: „Wollen wir tanzen? Das ist ein heißer Song."

Himmel, war sie charismatisch. „J-ja, nichts lieber als das."

Erhan hatte keine Ahnung, wie lange dieser Tanz gedauert hatte. Es hatte sich perfekt angefühlt. Als wüsste sein Körper die Schritte von allein. Er hatte gar nicht nachdenken müssen. Die Musik hatte ihn buchstäblich getragen und das, wo der Forscher immer dachte er wäre kein guter Tänzer und verstünde nicht viel von Musik. Dabei machte es richtig Spaß. Dieser kleine Abstecher tat ihm tatsächlich gut. Er konnte endlich ein wenig abschalten.

Überhaupt waren die meisten Leute immer zu verkrampft. Man sollte sich doch öfter mal eine Pause gönnen. „Es öffnen sich stets neue Möglichkeiten", murmelte er leicht verträumt, hob den Kopf und sah ihr wieder in die Augen. Er musste lachen „Wow. Das war schön. Ich hätte es nicht für möglich gehalten, dass ich mich heute Abend doch noch amüsiere."

Sie lächelte. „Stimmt. Oh, ich glaube einer ihrer Freunde versucht gerade den anderen zu pfählen."

„Was?!" Erhan wirbelte herum und sah, wie Elisei Vadim mit einem Steakmesser verfolgte.

„O-oh mein Gott", stotterte er. „Ich denke es ist höchste Zeit aufzubrechen, bevor noch einer blutet. Ähm, es war wirklich nett, vielen Dank." Er ließ Tiffanys Hände los. „Ähm, ja." Eilig packte er seine beiden Partner am Kragen und manövrierte sie zum Ausgang. Seine Stirn legte sich in Falten. Irgendetwas hatte es doch noch gegeben, was er vergessen hatte. Oh, das war es. Erhan fischte ein paar leicht zerknitterte Scheine aus der Jeanshosentasche. „Reicht das?", fragte er, in der Hoffnung die Antwort zu erhalten, die er brauchte. Glücklicherweise nahm die Bedienung das Geld mit einem Nicken entgegen.

Da hast du nochmal gehabt Glück", meinte Elisei kichernd. Erhan gab ihm einen leichten Klapps auf den Hinterkopf. „Wenn das Geld nicht genügt hätte", erklärte er zuckersüß. „Dann hätte ich einen von euch beiden als Küchenhilfe verkauft. Ich bin sicher sie hätte sich darauf eingelassen und jetzt ab ins Auto. Damit keine Missverständnisse auftreten: Ich fahre.

Elisei wirkte nicht glücklich damit, aber er wurde konsequent auf die Rückbank verwiesen. Erhan knallte die Tür zu, schwang den Autoschlüssel durch die Luft und machte es sich pfeifend auf dem Fahrersitz gemütlich. „So, Anschnallen, Kupplung, Gang, Handbremse und auf los, gehts los." Er warf unwillkürlich noch einen letzten Blick zum Rock Café, aber Tiffany war nicht mehr zu sehen. Stattdessen sah er einen schwarzen Hund unweit von seinem Auto auf dem Boden sitzen. Er sah in ihre Richtung. War das etwa der Hund, der ihn seit neulich verfolgte...? Er vertrieb den Gedanken schnell wieder aus seinem Kopf. Das war ein ganz anderer Stadtteil gewesen.

„Dann wollen wir mal, Leute. GAS!"

Tiffany äugte vorsichtig hinter der Säule hervor, hinter der sie sich versteckt hatte. Sie hatte unbedingt beobachten wollen, wie diese drei komischen Vögel abfuhren. Einer der Betrunkenen wäre beinahe vom Weg abgekommen und gegen einen der Säulenbögen gelaufen. Nie im Leben konnten diese beiden auch nur irgendetwas jagen und wäre es nur eine winzige Mücke an der Wand. Kichernd schüttelte sie den Kopf, als sie den ganzen Abend noch einmal in ihrem Kopf Revue - passieren ließ. Ja, dieser Abend war ein Genuss. Der Deutsche war echt süß gewesen. So einen Süßen hatte sie selten hier. Mittlerweile war das Auto der „Herren Vampirjäger" um die Kurve verschwunden und es sah nicht so aus, als ob heute noch Kundschaft kommen würde. Trotzdem, sie musste zurück ins Restaurant. Die meisten kamen ohnehin eher später vorbei um noch schnell einen Schluck zu trinken. Man wusste nie, was der Abend noch brachte. Das Mädchen ließ von ihren Gedanken ab und ging mit frischem Elan ihrer Arbeit nach.

Ihr Bruder hatte soeben angerufen und vermeldet, dass er diesen Tag auswärts verbringen würde. Die Züchtigung des Volkes bedarf wohl seiner Zeit und er hätte beschlossen, bei einer besonders fragwürdigen Sippe zu ruhen. Da blieb nur eins zu sagen: Die arme Sippe. Mit solchen Provokationen piesackte er gerne besonders...dominante Vampire. Wann mit seinem Eintreffen im Herrenhaus zu rechnen sei, könne er jetzt noch nicht sagen. Bredica konnte nicht behaupten, dass sie besonders enttäuscht von diesem Fakt wäre. Schließlich hieß das, dass sie für heute Nacht der Herr im Haus war. Zuallererst hatte sich die Vampirin einen der edlen Tropfen aus dem Blutreservekeller geholt. Den hatte sich ihr Bruder persönlich anlegen lassen um besonders schmackhaften Lebenssaft vorrübergehend aufbewahren zu können, für Abende, an denen er keine Zeit oder Lust hatte jagen zu gehen. Vermutlich schüttete sie gerade eine unfassbar seltene Blutgruppe in sich hinein - unbezahlbar. Er würde ausflippen, wenn er sie sehen könnte. Hoffentlich hatte der Tyrann noch keine Kameras installiert, aber dafür war er zum Glück zu altmodisch. Hoffte sie jedenfalls. Naja, er würde es schon nicht bemerken. Aber das Getränk schmeckte sehr gut, dass musste sie zugeben. Es war dickflüssig, saftig und mit einer leicht exotischen Note. Unwillkürlich fragte sie sich, wo er das Blut herhatte.

Mit einem letzten kräftigen Zug leerte sie die ganze Flasche. Als nächstes würde sie ins Dorf gehen und sehen, was die Nacht brachte. Warum sollte sie hierbleiben? Ihr Bruder zierte sich zwar für sein Leben gern herum, aber auf der anderen Seite war er kein Freund von Stress und viel Arbeit. Nach diesem politischen Aufmarsch würde sicher wieder eine lange Phase der Entspannung folgen, in der er das Anwesen kaum verließ. Wer weiß wann sie das nächste Mal sturmfreie Bude hatte. Die junge Vampirin gedachte das auszunutzen. Sie stand aus dem antiken Ohrensessel auf, der seit jeher dem Familienoberhaupt gebührte und worauf sie demnach absolut nicht zu sitzen hatte. Bredica ging zum Fenster und schaute verträumt in die Nacht hinaus. Das Wetter war perfekt – wieder einmal eine dieser wunderschönen Sommernächte. Sollte sie? Wenn er sie schon wieder erwischte, wollte sie nicht wissen, wie er reagieren würde, schließlich hatte er bereits Andeutungen gemacht. Andererseits würde er keines Falls vor morgen Nachmittag wieder da sein, das hatte er selbst gesagt. Wo war also das Problem? Die Vampirin entschied, dass genug Zeit war um sich ein bisschen zu amüsieren. Sie würde es nicht übertreiben - nur ein paar Stunden und morgen würde sie schon wieder in ihrem Sarg liegen. Was war schon dabei? Bredica stellte die Flasche weg und lief ins Ankleidezimmer um sich umzuziehen.

Wie erwartet waren die Straßen voller Menschen. Grölende,

schwatzende Menschen soweit das Auge reichte. Sie feierten und lachten, tranken und saßen einfach nur gemütlich zusammen. Auch knutschende Pärchen waren darunter. Menschenkinder spielten mit den Straßenhunden und liefen den süßen Streuner-kätzchen nach um sie zu streicheln. Wenn man genauer hinsah erkannte man in dem Getümmel auch die Vampire. Bredica entdeckte eine ältere Vampirin, die versteckt hinter ihrer Handtasche von einem Menschen-Mann trank. Ein jüngerer Vampir war augenscheinlich auf Beutesuche. Er hatte reichlich Auswahl, betrachtete man die Menschenmädchen, die ihm von den Tischen aus kopflos angafften. Hier und da waren noch einige Angehörige ihrer Spezies am Werk. Sie nahmen voneinander keine Notiz, niemand tat das, jeder war nur auf sich selbst fixiert und auf die Jagd natürlich. Eine junge Vampirdame mit dicken Rastalocken ging schweigend direkt an Bredica vorüber.

Sie atmete tief ein, genoss die Nachtluft und das geschäftige Treiben hier. Es herrschte eine wunderschöne Idylle. Alles hatte seine Normalität. Bredica beschloss selbst auf die Jagd zu gehen. Sie hatte zwar schon reichlich Blut heute Abend, aber warum sollte man sich nicht mal etwas gönnen. Selbst gefangen schmeckte immer noch am besten. Sie suchte sich einen jungen Mann, den sie leicht von der übrigen Gruppe trennen konnte. Dort saß ein potentieller Kandidat auf einer Bank, nein, doch nicht. Eine Frau kam gerade von der Imbissbude herüber und setze sich zu ihm. Zu anstrengend! Sie suchte nach einem besseren Ziel.

Himmel! Konnte das wirklich sein? Das war doch nicht möglich! Sie glaubte nicht an Zufälle, war sich sicher, dass es kein Schicksal gab, aber bei einem war sie sich sicher und zwar, dass es sich bei dem Mann, der dort mit einem weiteren Menschen am Tisch saß um denselben handelte, den sie auf dem Bahnhof in Brașov gesehen hatte. Er hatte nicht mehr diese herausstechende Kleidung an, sondern trug jetzt eine Jacke und Hosen, alles aus Jeansstoff. Trotzdem war sie sich sicher, dass er es war. Gerade versuchte er den Hund, der sich unter seinem Stuhl niedergelassen hatte zu verscheuchen. „Warum kommen diese Streuner eigentlich immer zu mir?", murrte er.

Kurzentschlossen ging Bredica auf den Tisch zu. Sie zog ein Haarband aus der Rocktasche, band ihre Haare seitlich am Kopf zu einem Pferdeschwanz zusammen und schaltet ihren Charm ein. Lässig nahm die Vampirin dem mysteriösen Fremden gegenüber Platz. "Entschuldigen Sie, die Herren, ist hier noch frei?"

„Aber sicher doch. Ist immer frei für so schöne Frau", erwiderte der andere. Klarer Fall: Dieser Mensch war ein >null-acht-fünfzehn-Typ< von hier. Obendrein nicht mehr ganz nüchtern, wie es schien. Verdammt miserable Qualität, da lohnte sich die Mühe kaum. Bredica schenkte ihm ein seichtes Lächeln, er klotzte mit großen Augen zurück. Dann wand sie sich ihrem eigentlichen Interessengebiet zu. Sie war gespannt darauf, wie er reagierte. Er starrte sie einfach nur an ohne sich zu bewegen, als wäre er vom Blitz getroffen. Ruhig erwiderte sie seinen Blick. Es dauerte einige Minuten, bis der Mensch sich gefangen hatte. Er schloss seinen Mund wieder, blinzelte ein paar Mal heftig und fand schließlich seine Stimme wieder: „Äh, natürlich. Bleiben Sie ruhig sitzen. Möchten Sie vielleicht etwas essen?" Er begann bereits nach einem Kellner Ausschau zu halten. Schnell wehrte Bredica ab: „Nein, danke."

„Aber trinken werden Sie doch etwas mit uns?"

Der Betrunkene klinkte sich ein: „Aber natürlich, dass kann die Dame uns doch nicht abschlagen, nicht wahr, Lady?" Er gab dem Kellner ein Zeichen. „Wir brauchen noch ein Glas!", rief er.

Bredica ließ sich ein bisschen Wein einschenken und nippte davon. Nun ja, Blut war ihr um einiges lieber. Menschliche Nahrung oder Getränke hatten für sie keinerlei Geschmack, erst recht keinen Nährwert und viel davon konnten Vampire auch nicht vertragen. Wozu auch? Um den Schein zu wahren nahm sie trotzdem noch einen Schluck. „Gutes Tröpfchen, he?", fragte der Rumäne.

„Es geht. Ich muss gestehen, dass ich schon besserer Tropfen getrunken habe", erwiderte sie.

„Oho, eine Kennerin." Er gab seinem versteinerten Begleiter einen Stoß. „Wie unhöflich von uns, wir haben uns noch nicht einmal vorgestellt. Ich bin Elisei, eigentlich Taxifahrer, aber seit kurzem Vampirjäger." Sie musste unbewusst zusammengezuckt sein, denn er lächelte: „Keine Angst, Lady, mein Partner und ich, wir beschützen Sie vor diesen blutsaugenden Monstern. Jeder Zeit."

Daher wehte also der Wind. Wieder einmal zwei Wichtigmacher, die mit Kreuzen und Knoblauchzehen durch die Gegend liefen und nach verwesten Zombies Ausschau hielten, die ihre Opfer direkt auf dem Wochenmarkt niedermetzelten. Schon so viele von ihnen waren hier gewesen und hatten sich das große Ziel gesetzt ihren Bruder zu finden. Und natürlich war keiner von ihnen je erfolgreich gewesen. Scheinbar schienen die Menschen zu denken, nur sie würden sich weiterentwickeln und die Vampire würden da stehen bleiben, wo sie vor hunderten von Jahren standen. Diese beiden Männer würden auch keinen Erfolg haben, das zeigte allein schon die Tatsache, dass Elisei annahm *sie* vor Vampiren *schützen* zu müssen. Die Vorstellung, wie er reagieren würde, wenn er wüsste, wen oder besser was er vor sich hatte, trieb ihr ein Lächeln ins Gesicht. Vorurteile und Klischeedenken konnte einen nur allzu schnell ins Grab bringen.

Der andere Mensch sagte noch immer nichts, also musste sie wohl den ersten Schritt machen. Bredica stützte ihr Kinn in die Hände, sah ihn direkt an und fragte: „Und du? Anscheinend gehörst du eher zu der schweigsamen Sorte. Verrätst du mir trotzdem deinen Namen?" Im ersten Moment wirkte er etwas verwirrt, als hätte sie ihn aus dem Konzept gebracht. Der Augenblick verfolg und er erwiderte: „Dr. Erhan Helsing." Er räusperte sich. „Tut mir leid. Erhan natürlich. Einfach nur Erhan, das reicht."

Sie kicherte hinter vorgehaltener Hand. „Hm, Erhan, sehr gut. Ich nehme an du jagst ebenfalls Vampire."

„So ist es." Die typische Machohaltung, die wohl bei den Männchen jeder Spezies zu beobachten war, brach nun durch. „Ich habe in Deutschland an einer Privatschule Biologie mit Hauptfach Vampirismus studiert. Meine Forschungen zum Vampirismus sind in Deutschland einzigartig und vermutlich existieren selbst weltweit keine vergleichbaren Ergebnisse."

„Und nun bist du hier, um in Rumänien dein Glück zu versuchen und im besten Falle Graf Draculea aufzuspüren", vollendete Bredica die Ausführungen. Das machte ihn baff. „Das wollte ich gerade erzählen. Woher weißt du das?"

„Hört man hier nicht selten. Du bist in Transsilvanien, hier spielen die Kinder nicht Prinz und Prinzessin, sondern Vampir." „Bei meinem Freund ist es anders", versicherte Elisei. „Schon seine Vorfahren waren berüchtigte Vampirjäger. Du hast doch schon von seiner Familie gehört? Jeder kennt den Namen!"

Sie lehnte sich zurück. „Natürlich, aber erwischt hat Draculea offensichtlich noch keiner."

Der Rumäne kniff die Augen zusammen. „Wie kommst du darauf?" Die Vampirin ließ sich nicht beirren. „Würdet ihr sonst nach ihm suchen?" Das schien ihm einzuleuchten. „Auch wieder wahr."

Plötzlich schaltete Erhan sich ein: „Wie heißt du?" Wie aus dem Nichts kam diese eine Frage - gerade heraus, klar, ohne jegliche Umschweife.

„Mein Name ist Bredica", antwortete sie. Elisei nickte langsam und nahm einen Schluck Wein. „Ein schöner Name, irgendwie passt er zu dir. Gefällt mir." Erhan lehnte sich lässig auf den Tisch. „Wo er recht hat, hat er recht."

Sie hätte sich nicht so lange mit den Menschen aufhalten sollen und sollte es noch immer nicht. Die Norm der Vampire gebot nicht mehr zu tun als nötig war um das Opfer gefügig zu machen. Man sollte sich nicht mit der Person beschäftigen, nichts über sie erfahren, keine unwesentlichen Fragen stellen.

Fixiert und geradlinig auf dem Weg zum Ziel und danach verschwinden, bevor das Subjekt dazu kommt nachzudenken und dem hypnotischen Nebel den ihresgleichen bei ihnen unweigerlich auslöst, zu entkommen. So war es das Beste, weil der Mensch das Vorgehen nicht realisierte und weitermachte und der Vampir nicht dazu kam seine Gefühle mit dem Schicksal seiner Beute zu vermischen. Distanziert und sachlich bleiben war die Divise.

Aber sie konnte es nicht. Es war zu langweilig. Heute hatte sie Lust auf Abwechslung. Die Neugier siegte und Bredica blieb.

„Und? Wie viele habt ihr schon erwischt?"
Irritiert sah Erhan sie an. „Wie viele was?"
„Na wie viele Vampire?" Fast hätte sie gekichert, so bizarr kam ihr das Gespräch vor.
„Ach so." Er winkte ab. „Noch keine, allerdings fangen wir gerade erst an. Mein...ähm...Kollege...hat heute den ganzen Tag mit der Materialbeschaffung verplempert."
„Moment", verteidigte sich Elisei daraufhin mit erhobenem Zeigefinger. „Dafür haben wir das Beste vom Besten bekommen. Diese Qualität bekommst du nur in der Hauptstadt."
„Ach was", widersprach der Deutsche. „Wir mussten nicht nach Bukarest, weil wir die Ware nicht auch hier bekommen hätten, sondern viel mehr, weil du mit deinem Bruder verabredet warst." Bevor der Rumäne etwas sagen konnte fuhr er fort: „Jedenfalls werden wir erst morgen mit unserer Suche beginnen und deshalb sollten wir jetzt dringend in die Pension. Elisei muss seinen Rausch ausschlafen." Hektisch begann er nach dem Kellner zu winken um zu bezahlen. Eine Weile zögerte er, obwohl es in Erhans Gesicht zu lesen war, dass er noch etwas sagen wollte. Bredica war sich beinahe schon sicher, dass er schweigen würde, doch da rang sich der Vampirjäger doch noch durch: „Vielleicht sollten wir uns wieder treffen. Wenn Elisei und ich die Arbeit beendet haben. Dann könnte ich Ihnen mehr erzählen."
„Ja, vielleicht." Solche Dinge hörte sie öfter. Sie stand auf. „Es war

ein netter Abend. Vielen Dank, für die Einladung." Als die Vampirin sich zum Gehen wand rief Erhan ihr nach: „Moment! Du hast mir noch nicht verraten, wie ich dich wiedersehen kann!" Einmal noch drehte sie sich um und schenkte ihm ein Lächeln. „Wir werden uns treffen. Bran ist nicht so groß." Nun war es aber höchste Zeit zu gehen. Sie hatte schon viel zu viel gesagt.

Es war durchaus amüsant, sich unter die Menschen zu mischen. Einfach für einen Moment lang abzuschalten um den Konventionen und Problemen der Vampirwelt zu entkommen und sich von den merkwürdigen Fantasien der Menschenwelt unterhalten zu lassen. Bredica schüttelte den Kopf und murmelte sich selbst zu: „Du musst zur Vernunft kommen. Denk an deine Familie, denk daran, was es heißt eine Celemândre zu sein." Sie wusste, dass das nicht ging. Sie und ihr Bruder waren die Vorbilder für ihr Volk, diejenigen, zu denen es aufsah und nach denen es sich richtete. Sie dachte daran zurück, wie ihr Vater das ihnen beiden immer wieder erklärt hatte.
>Die jungen Vampire eifern ihren Fürsten nach. Wir sind das Idol, alle wollen so sein wie wir. Deshalb müssen wir ihnen vorleben, was richtig ist.<
Da lastete eine ungeheure Verantwortung auf ihren Schultern. Und da durfte sie sich nicht nach Ablenkung und simpler Unterhaltung sehnen.
Zeit um zum Wesentlichen zurückzukehren. Zurück zum Schloss, zurück zu ihrer Aufgabe. Ihre Aufgabe als Tochter der Familie Celemândre bestand nun einmal darin, den Idealen des Familienoberhauptes zu entsprechen, also ihrem Bruder und zu repräsentieren. Und der war gerade dabei Vampire zu bestrafen, weil sie sich gegenüber Menschen auffällig verhielten. Wie konnte sie, als seine Schwester nun denselben Fehler machen? Bredica entschied, dass sie sich in letzter Zeit einfach dumm verhalten hatte und das wieder gut machen würde. Sie war hier her gekommen um Nahrung aufzunehmen. Mit forschem Schritt ging die Vampirin weiter die dunkle Gasse entlang. Ein nichts ahnender

Mensch war im Begriff an ihr vorüber zu gehen, doch schon als er auf einer Höhe mit ihr war, wirbelte Bredica in einer formvollendeten Drehung herum, um die Zähne in seinen Hals zu schlagen. Sein Schrei verebbte allmählich, während sie sein Blut trank.

„Hast du ihre wunderschönen langen Haare gesehen?", fragte er Elisei. „Und ihre Augen? Diese hypnotischen Augen, ich könnte schwören sie waren beinahe schwarz. Sie sah einfach hinreißend aus in diesem Rock." Der Rumäne saß auf Erhans Bett im Gästezimmer der Pension. Er war nach dieser letzten Flasche Rotwein kaum noch ansprechbar. Müde rieb er sich die Augen und lallte: „Hatte sie merkwürdig ausgesehen. Hast du Bluse gesehen? Meine Mutter nicht einmal trägt sowas." Der Forscher winkte ab, während er geschäftig im Zimmer umherging und die erworbenen Forschungsgeräte sortierte. „Du hast doch keine Ahnung. Das ist retro. Ich bin sicher das ist einfach ihr Stil. Warum ist sie nur so schnell gegangen?"
„Keine Ahnung. Vielleicht steht sie nicht auf wirres Haar und Bartstoppeln."
„Barstoppeln?" Erhan strich sich über das Kinn. „Ich habe mich doch heute Morgen rasiert." Zweifelnd warf er einen Blick in den Spiegel. So ein Quatsch! Sein Gesicht war makellos glatt, aber da war etwas anderes, was ihm das Blut in den Adern gefrieren ließ. Erhans Finger wanderten hinunter zu seinem Hals, wo zwei kleine rote Flecken in Mitten eines großflächigen geröteten Flecks prangten. Sie waren kaum zu sehen, aber unbestreitbar da. Leider kannte er dieses Mahl nur zu gut. Er hatte es hunderte und tausende Male gesehen. Der Abstand und die Tiefe des Bisses passten genau zu einem Vampir.

Er stand da wie vom Blitz getroffen und starrte in den Spiegel. Irgendwann stand Elisei vom Bett auf. „"Was los? Festgewachsen oder was?" „Ich, ich habe...", stotterte Erhan. „Ich bin von einem Vampir gebissen wurden."

„Was? Wann?"

Der Deutsche fing an panisch auf und ab zu laufen, soweit das kleine Zimmer dies zuließ. „Wann?! Du bist gut, woher soll ich denn das wissen. Sag du es mir doch, du warst doch die ganze Zeit bei mir. Ein guter Assistent bist du. Du solltest mir helfen und stattdessen lässt du dich volllaufen und ich werde von so einem blutrünstigen Monster angefallen."

„Jetzt setz dich hin. Erstmal anschauen", sagte der Rumäne ganz ruhig, als ginge es hier um die banalste Sache der Welt. Er hielt mit einer Hand Erhans zottelige Haare zur Seite, mit der anderen strich er über den Biss. „Bist du sicher? Könnten auch zwei Mückenstiche sein."

„Quatsch!", herrschte dieser ihn an. „Zwei Mückenstiche? Genau nebeneinander und direkt auf der Halsschlagader und dann diese riesige Rötung?" Er wand sich wieder dem Spiegel zu. „Das waren zwei Eckzähne, sieh doch, der Abstand stimmt genau." Elisei wand sich desinteressiert ab. „Ich würde das nicht überbewerten. Es war sicher nur irgendein Insekt, ich habe solche Stiche immer mal. Außerdem, wann sollte dich denn ein Vampir gebissen haben? Wir haben doch nicht einmal einen gesehen. Meinst du nicht, das hättest du gemerkt?"

Erhan drehte sich zu Elisei um, eine Hand immer noch an seinem Hals. „Das dachte ich eigentlich." Ruhelos lief er hin und her, wohingegen sein Partner sich seelenruhig wieder auf dem Bett niederließ. „Fragen wir mal so: Was wäre denn, wenn es ein echter Vampirbiss wäre?"

„Was dann wäre?" Erhan fuchtelte wilde mit den Armen herum. „Eine Katastrophe wäre das. Ein fürchterliches Unglück, das wäre...das wäre fatal!" Schwer atmend lehnte er sich gegen den Rahmen der Badtür, um im nächsten Moment schon wieder zum Spiegel zu hechten.

„Nein, nein", erwiderte Elisei ruhig. „Das ist schon klar, aber ich meine: Was passiert dann?" Er vollführte eine Geste, als würde er einen Zauberstab schwingen. „Verwandelst du dich dann ruck zuck in einen Vampir oder ist das auch bloß eine Sage?" Erhan geriet noch mehr in Panik, als er die Antwort aussprach: „Ich habe keine Ahnung."

„Wieso hast du keine Ahnung? Du hast Vampir studiert, eine Doktorarbeit dazu geschrieben und an Vampiren geforscht." Er schüttelt den Kopf. „Und mein Bruder schwärmt immer so von deutscher Uni."

„Mein Fachgebiet ist nun mal nicht so einfach", verteidigte sich Erhan. „Über Vampirismus gibt es leider noch nicht so viele seriöse Bücher, die man zu Rate ziehen könnte."

„Du hast doch Vampire untersucht. Warum hast du es nicht ausprobiert."

„Diese Idee hatte ich auch", gab der Forscher zu. „Die Exemplare waren kein Problem, aber es fanden sich keine Freiwilligen für den Test - unglücklicherweise."

„Ja, das ist verständlich. Dann müssen wir dich eben genauso checken, wie die anderen." Er ging zu Erhans gepackter Tasche und öffnete sie: „Was haben wir denn alles gekauft für die Vampire?" Als erstes kramte er einen Holzpflock hervor. Der Deutsche riss die Augen auf. „Sag mal, spinnst du?" Sofort hob Elisei die Hände und ließ das Objekt wieder in der Tasche verschwinden. „Ok, ok, das ist keine Option. Aber wir haben doch noch etwas anderes...Haha, das wird uns nützen!" Er hielt eine Knoblauchzehe in die Höhe, worauf Erhan nur das Gesicht verzog. „Igitt, dann stinke ich den ganzen Tag wie ein Wiedehopf, außerdem mag ich absolut keinen Knoblauch." Zwar ließ sein Kamerad den Lauch gehorsam wieder in der Tasche verschwinden, aber einen kleinen Kommentar verkniff er sich nicht: „Ob das nicht schon ein schlechtes Zeichen ist, Erhans?"

Der Forscher sah ihn nachdenklich an, schließlich murmelte er: „Nein, das war schon immer so. Und hör doch endlich einmal auf Erhans zu mir zu sagen. Ich heiße Erhan. Er-han!"

„Ja-ja, ja-ja, schon gut, schon gut. Dann versuch es hiermit." Der

Rumäne zeigte die andere Hand in die Höhe, in der er einen Silberring hielt."

Es war dem Forscher deutlich anzusehen, dass er auch damit nicht ganz glücklich war. „Ich trage nicht gerne Ringe", murmelte er. „Das sieht ja aus, als sei ich verheiratet." Der Rumäne zuckte genervt mit den Schultern. „Mein Gott, dann weiß ich auch nicht weiter. Dann können wir höchstens noch darauf hoffen, dass dein Kreuz Wirkung zeigt."
„Wir wissen aber nicht, ob es bei Vampiren überhaupt eine Wirkung zeigt." Er drehte den Anhänger nachdenklich in der Hand. „Wenn du eine sichere Variante willst..." Elisei hielt das Schmuckstück demonstrativ in die Höhe.
Erhan überlegte einen Moment. Was für eine dumme Situation. Eigentlich wollte er es gar nicht wissen. Was, wenn ein Vampirbiss einen wirklich verwandelte? Theoretisch müsste er dann Suizid begehen. „Im Moment geht es mir recht gut. Ich werde es morgen ausprobieren", entschied Erhan schließlich. „Bist du sicher, dass das sinnvoll ist, denn denke ich...", setzte sein Kamerad sofort an. Bevor er ausreden konnte, unterbrach Erhan: „Also ich denke, ich muss mich nur ein bisschen ausruhen. Du hast selbst gesagt: Vielleicht ist es nur ein Insektenstich. Wir sollten nicht gleich übertreiben." Noch während er sprach, schob er seinen aufdringlichen Partner zur Tür hinaus. „Du solltest dich auch etwas ausruhen, nach dieser Menge an Wein.
„Wenn du meinst", erwiderte Elisei. "Ich bin dann in meinem Zimmer, sollte etwas sein. Du kannst mich jederzeit rufen, Haus ist hellhörig."
„Ja-ja, ist schon gut."
„Oder du einfach klopfst auf den Fußboden, ich höre das auch."
„Guter Tipp, das mache ich." Mittlerweile hatte Erhan seinen Freund auf den Flur bugsiert, wo sich dieser noch einmal umdrehte. „Wenn es dir lieber ist, könnte ich auch..."
„Nein, nein", unterbrach Erhan schnell. „Alles ok. Du kannst ganz beruhigt in dein Zimmer gehen."

„Aber..."

„Es ist wirklich alles gut und ich kann immerhin jederzeit klopfen."

„Ja, du hast recht. Stimmt. Daran habe ich gar nicht mehr gedacht."

„Du siehst: Alles in bester Ordnung. Wir brauchen beide ein bisschen Ruhe, damit wir uns morgen in die Arbeit stürzen können."

„Da, este corect." Jetzt war er schon ins Rumänische verfallen. Der Wein zeigte weiterhin Wirkung. Nicht zuletzt deswegen entschloss er sich nun tatsächlich dazu die Treppe hinabzusteigen. Erhan schlug mit einem erleichterten Seufzer die Tür hinter sich zu. Endlich war er ihn los. Nachdenklich strich sich der Deutsche noch einmal über den Hals. Vielleicht bewertete er die zwei kleinen Punkte wirklich über. Er war überarbeitet und verspannt, da bildete man sich schnell etwas ein. Außerdem ging der Wein auch an ihm nicht spurlos vorüber. Es war ein langer Tag gewesen, ein sehr langer Tag und deshalb war es das Vernünftigste ins Bett zu gehen und sich einmal richtig auszuschlafen. Das würde der Forscher jetzt tun.

Er sah auf den Wecker und stöhnte. Die Zeit wollte und wollte nicht vergehen. Es war erst drei Uhr morgens. Seit mindestens zwei Stunden wälzte er sich nun im Bett hin und her. Er konnte nicht schlafen, aber ausgeruht fühlte Erhan sich auch nicht. Eher im Gegenteil. Vorsichtig tastete der Forscher nach dem Biss an seinem Hals. War die Wunde etwas angeschwollen? Er tastete nach der Nachttischlampe und stand fröstelnd auf und machte sich auf den Weg ins Bad, um zum wahrscheinlich hunderttausendsten Mal in den Spiegel zu sehen. Bestimmt bildete er sich das nur ein, obwohl, etwas rot war die Stelle. Er hatte Schüttelfrost, Schweißausbrüche, Kopfschmerzen und dazu war ihm noch übel. Erhan erinnerte sich, dass er kurz vor seiner Abreise noch einen dieser bescheuerten Vampirfilme angesehen hatte. Die hatten dort ähnliche Symptome gezeigt. Verdammt, jetzt wurde er tatsächlich zum...

„Jetzt hör schon auf!", wies der Deutsche sich selbst zurecht. „Das ist alles nur Aberglaube! Und in diesem Film sind schließlich auch übertrieben attraktive Vampire in der Morgensonne verbrannt! Das hat mit der Realität gar nichts zu tun!"

Immerhin war er ein Wissenschaftler, der sich nicht von solchen Hirngespinsten beherrschen lassen durfte. Er glaubte nicht an Märchen, sondern an Tatsachen. Nur leider fühlte er allzu deutlich, dass die Tatsachen momentan gegen ihn sprachen.

Erhan wischte sich die Schweißperlen von der Stirn und stolperte zurück zu seinem Bett. Diese Kopfschmerzen! Das ganze Zimmer drehte sich um ihn herum. Das war das Letzte! Er wurde zum Vampir. In einigen Hollywoodfilmen wurde allerdings auch behauptet, dass ein Vampirbiss tötete. Das hatte er noch gar nicht in Erwägung gezogen. Welches von beiden war Schlimmer? Er wollte nicht sterben, soviel war klar, aber ein Vampir sein wollte er auch nicht. Allein schon die Vorstellung! Grauenhaft!

Erhan schwang die Beine wieder über die Bettkante und griff nach der Tasche. Unentschlossen musterte er die Knoblauchzehe, brachte es aber doch nicht über sich. Vampire hatten doch auch ganz andere Sinne als Menschen. Ihre Augen reflektierten Licht, ähnlich, wie die, einer Katze. Er müsste im Dunkeln besser sehen können...und auch besser riechen...Ein kleiner Spaziergang würde ihm gut tun. Dann könnte er ausprobieren, ob sich etwas verändert hatte. Der Forscher hievte sich hoch und öffnete beherzt die Zimmertür.

„AHHHHHHHHHHHH!" Reflexartig sprang er einen Schritt zurück und griff sich an die Brust.

Elisei trat ins Gästezimmer und betätigte den Lichtschalter. „Erhans, Erhans, ich bin es doch bloß, so beruhige dich doch." Der Deutsche starrte ihn an, als hätte er gerade eine Leiche gesehen. Es dauerte noch einen Moment, bis er ihn erkannte.

„Himmel, Elisei, was machst du denn hier? Es ist mitten in der

Nacht. Ich dachte du schläfst."

„Ich dachte, du hättest geklopft."

„Habe ich nicht."

„Es hat aber gepoltert."

„"Ich bin nur ganz normal durchs Zimmer gelaufen."

„Dann habe ich mich wohl getäuscht." Irgendwie hatte er auch auf ein Lebenszeichen von seinem Partner gewartet. Das Ganze war einfach zu spannend. Schon das kleinste Geräusch hatte ihn nach oben getrieben, bereit nachzusehen, ob ihn ein Wesen mit bleicher Haut und langen Reißzähnen erwartete. Zugegeben, gerade er als Vampirfan hatte erfasst, dass die Situation nicht ganz ungefährlich war. Vorsichtshalber hatte der Rumäne einen Elektroschocker in der weiten Tasche seiner Schlumperhose deponiert.

Dieses Bild hatte er allerdings nicht erwartet. Der Vampirjäger aus Deutschland stand schwitzend und zitternd vor ihm, die Haut nicht porzellanweiß, sondern mehr aschfahl. Leicht aus dem Konzept gebracht trat Elisei ins Zimmer, schloss die Tür hinter sich und führte den Kollegen wieder zum Bett. „Erhans, wie siehst du denn aus? Hast du denn gar nicht geschlafen?"

„Nun ja, ein bisschen."

„Und?"

„Was und?"

„Na hat sich irgend etwas...verändert?"

„Mir ist total schlecht, ich fühle mich dreckig und ich glaube mein Blutdruck ist zu hoch für einen Menschen."

„Vampire haben einen höheren?"

„Genau."

"Du siehst blass aus."

„Das ist egal. Vampire sind nicht immer blass."

„Hast du deine Zähne mal angesehen?"

„"Wieso? Sind sie länger geworden?"

„Weiß nicht, sind sie?" So wie Eliseis eigene erweiterte Zähne sahen sie keineswegs aus, aber woher sollte man wissen, ob Vampire überhaupt solche formvollendeten Beißer hatten. Diese guten Stücke waren immerhin perfekt gemacht. Erhans beantwortet die Frage bereits. „Es haben aber auch nicht alle Vampire ein ebenes Gebiss. Eigentlich müsste auch der gesamte Kiefer etwas größer sein..."

Der Deutsche sprang wieder auf um sich von oben bis unten im Spiegel zu begutachten.

„Du machst mich noch fertig." Das war gar nicht nötig. Allem Anschein nach machte er das schon so gut es ging selbst. Eine andere Frage schoss ihm ins Gemüt: „Dann sehen meine Zähne gar nicht echt aus?"

„Nein, nicht wirklich. Die Eckzähne vielleicht, aber die Form deines Kiefers insgesamt…"

„Aber wieso hast du mich dann neulich für einen Vampir gehalten?"

„Mein Gott, ich war verschlafen und wie ein Mensch siehst du schließlich auch nicht aus mit diesen riesen Dingern da." Daraufhin strich er sich die verschwitzten Haare aus dem Gesicht und lief wieder im Zimmer auf und ab. Am besten wäre es, wenn sie endlich Gewissheit hätten, entschied Elisei und bot deshalb an: „Ich hole das Blutdruckmessgerät meines Vaters, dann sehen wir mal, ob dein Blutdruck tatsächlich zu hoch ist, für einen Menschen."

Gesagt getan: Der Rumäne schlich sich ins Schlafzimmer, ohne seine Eltern zu wecken und stibitzte das Messgerät aus dem Nachtschrank. Als er zurück zu Erhans kam, tigerte dieser immer noch im höchsten Maße nervös herum und. „Hast du es?", fragte er, noch bevor Elisei den Raum richtig betreten hatte.

„Ja, ja, keine Panik. Ich weiß doch, wo mein Vater seine Wertsachen versteckt. Na dann wollen wir mal." Er legte seinem Partner das Gerät an und betrachtete es eine Weile nachdenklich. Wie bediente man so ein Ding überhaupt? Er war froh darüber, dass der Deutsche ihm die Sache abnahm.

„Ich mache das lieber selbst."

„Wenn du möchtest, kein Problem. Ich hoffe nur, dass du es richtigmachst." Er schien sich aber damit auszukennen. Vielleicht lernte man das auch beim Studium in Deutschland. Neugierig sah er seinem Freund über die Schulter um einen Blick auf die Anzeige zu erhaschen. „Und? Wieviel?"

Erhans wirkte eher geschockt, als zufrieden, als er verkündete: „180."

„Das ist zu hoch, nicht?" Der Deutsche nickte.

„Und für einen Vampir ist es normal?"- Abermals ein Nicken. Der Vampirjäger sank auf das Bett zurück. Er wirkte merkwürdig teilnahmslos.

„Alles ok, mein Freund?", fragte Elisei besorgt. Er legte Erhans eine Hand auf die Schulter. „Komm, nimm´s nicht so tragisch. Denk doch mal positiv. Jetzt kannst du das Lager des Feinds von innen ausspionieren. Wir können noch viel effektiver werden. Wir wissen jetzt, wie ein Vampir denkt, was ein Vampir braucht. Wir können sozusagen ins Innere sehen. Hey, das eröffnet uns ganz neue Möglichkeiten." Gerade hatte er den Satz zu Ende gebracht, da sprang sein Partner plötzlich wie von der Tarantel gestochen auf.

Elisei wurde vorsichtig. „Erhans, was hast du jetzt vor?"

„Von wegen Positiv! Das ist eine Katastrophe! Ein furchtbares, schreckliches Dilemma! Ich werde zum Vampir!"

„Vielleicht finden wir ein Gegenmittel. Ich habe da schonmal einen Film gesehen", schlug er noch vor, aber da war der Mann schon völlig aufgelöst aus dem Raum gestürmt und brüllte durchs ganze Haus: „Ich werde ein Vampir! Oh mein Gott! Wie schauderhaft!" Hätte er sich nicht etwas zusammenreißen können? Elisei war sich nicht sicher, wie seine Eltern das aufnehmen würden, aber irgendetwas trieb ihn zu der Vermutung, dass die beiden nicht glücklich damit sein würden einen Vampir unter ihrem Dach zu haben. Seine Mutter war sicherlich schon einem Nervenzusammenbruch nahe, wo sie doch auch noch so abergläubig war.

Irgendwo im tiefsten Transsilvanien fand derzeit eine Versammlung statt, von der Draculea niemals erfahren durfte. Das transsilvanische Vampirvolk, meist bestehend aus Bauern, Bäckern und anderen Landbewohnern, hatte sich in einer alten Lagerhalle versammelt. Es herrschte aufgeregtes Getuschel, was schlagartig verstummte, als ein älterer Vampir auf den Tisch stieg und das Wort ergriff: „Liebe Mitbürger, ich bin hocherfreut, dass so viele von euch unserem Ruf gefolgt sind. Meine Frau und ich erhielten in der vergangenen Woche unangenehmen Besuch von unserem Fürsten und ich gehe davon aus, dass es euch ähnlich ging." Zustimmende Rufe ertönten, worauf der Vampir zufrieden fortfuhr. „Obwohl wir ihm mit dem allergrößten Respekt begegnet sind, hat er uns verwarnt und unsere Familie bedroht." Er deutete auf ein leger gekleidetes Mädchen, mit dicken Rastazöpfen. „Er hat angedeutet unsere Tochter in sein Schloss zu rufen, weil sie einen Lebensstil hat, der ihm nicht zusagt. Jedenfalls scheint Graf Draculea heute mehr denn je, ein Volk das folgt zu verlangen. Wir alle müssen uns seinem Willen beugen oder seine Strafen fürchten. Er fordert immer härtere Arbeit von uns, immer mehr Abgaben, dabei ist es völlig widersinnig für Vampire derlei Arbeiten zu verrichten."

Es ertönten erregte Zwischenrufe: „Genau! Genauso ist es!" „Pflanzen anbauen und Körbe flechten sollen wir! Selbst Menschen haben dafür Maschinen!"
„Er war mit nichts zufrieden, mit nichts!"
„Da hatten es ja Vampire selbst im Mittelalter besser!"
„Du hast Recht. Da wusste man zumindest woran man war. Aber das hier ist Willkür!"
„Schikane ist das! Ganz genau!"
„Er hat unseren menschlichen Stallknecht ausgesaugt, nur weil er einer edlen Blutgruppe angehörte!", schrie eine Frau schluchzend.

„Und wir hatten ihn schon über zwanzig Jahre, da war er noch ein Kind!" „Dazu hatte er kein Recht, dieser Mensch gehörte uns!", pflichtete ihr Mann bei und legte den Arm um seine Frau. „Er kann sich nicht alles nehmen, bloß weil es sich in Transsilvanien befindet!"

Immer mehr Vampire sprangen auf, echauffierten sich und brüllten ihren Ärger heraus.

„Eins ist sicher", schaltete sich ein jüngerer Vampir ein, der ebenfalls auf dem Tisch stand. „Graf Draculea ist alles andere, als ein gerechter Herrscher. Wir leiden schon seit Generationen unter dieser Diktatur. Mit Vlad dem Pfähler begann vor über fünfhundert Jahren die Schreckensherrschaft und seit dem beugen wir uns, leben in Angst und unterwerfen uns Regeln, für welche wir nicht stehen. Ich frage euch: Warum? Wir sind ein modernes Volk. Wladimir Celemândre ist ebenso blutrünstig und herrschsüchtig wie seine Vorfahren es einst waren, wie alle Draculeas es waren. Was soll so ehrenhaft daran sein, Macht gegen andere zu missbrauchen? Ich frage euch: Unterstützt ihr seine Herrschaft noch?"

Ein lautes >Nein< ertönte.

„Dann sollten wir uns endlich wehren und diese Unterdrückung beenden. Es ist an der Zeit für die Revolution. Kameraden, lasst uns aufstehen und den Umsturz planen!"

Abrupt trat betretenes Schweigen ein. Eine Vampirin schaltete sich ein: "Draculea ist zu mächtig. Wenn wir gegen ihn rebellieren, wird er uns vernichten." Der Revolutionär straffte die Schultern. Er musste den Versammelten Mut machen. Jetzt war es an ihm alle Zweifel zu zerstreuen. Eine starke Gemeinschaft musste heute Nacht gebildet werden. Eine Gemeinschaft, die bereit und fähig war sich dem Grafen zu stellen. Das hieß aber auch, dass er nichts schön reden durfte. „Keiner behauptet, dass es einfach wird", setzte er an. „Draculea ist ein ernstzunehmender Gegner."

Wieder wurde getuschelt.

„Er ist ein Krieger."

„Er hat militärisch trainiert und kennt effektive Strategie. Der stärkste Vampir."

„Es heißt, er hat seine Fähigkeiten im Laufe des Lebens perfektioniert."

„Ich habe gehört er soll noch immer eine Elitetruppe von Vampiren besitzen, die für ihn spitzelt."

„Das habe ich auch gehört. Und er hat sie selbst im Kampf trainiert."

„Keiner kann gegen ihn ankommen."

„Er kennt alle erfolgreichen Methoden, seine Vorfahren haben ihn gelehrt."

Der Wortführer erschauderte, als er erkannte, wie wahr die Aussagen waren. Doch was auch passierte, der Kampf war unausweichlich. Es war Zeit für Veränderung. „Aber wir sind eine starke Gruppe, die sich organisieren wird. Die Anhänger des Grafen schwinden! Sie kommen stattdessen zu uns. Er hat nicht das osmanische Reich im Rücken, wie Vlad der Pfähler einst. Bedenkt, meine Freunde: Es ist nicht unmöglich! Das südliche Rumänien hat sich schon aus seinen Fängen befreit! Er hält schon längst nicht mehr die Walachei. Die Städter in Bukarest sind frei und wir Transsilvanier wollen das auch sein!" Ein junger Vampir stieg auf einen Tisch und brüllte: „Im Süden herrscht die Gemeinschaft der alten Bojaren. Ich habe einen Cousin in der Stadt. Er wird für uns Kontakt aufnehmen und Hilfe erbitten." Der Wortführer deutete, dankbar für die Unterstützung auf den Mann. „Da hört ihr es. Wir können es schaffen! Eine Strategie muss gefasst werden. Wenn wir mit List und Logik vorgehen, dann werden wir auch die Freiheit erlangen, die uns zusteht! Noch einmal frage ich euch: Brüder und Schwestern, wer von euch macht mit!"

Dieses Mal war die Menge nicht zu bremsen. Zustimmung, Euphorie, Tatendrang und Hoffnung erfüllten die Halle. Der Grundstein war gelegt. Pläne wurden geschmiedet. Endlich! Es wurde höchste Zeit, dass auch sie frei waren. Das ging schon viel zu lange so und jetzt war es endgültig zu Ende.

Bredica stand auf dem Balkon und lehnte sich auf die steinerne Brüstung. Sie lauschte den Geräuschen der Nacht. Alles war so friedlich. Der Wind säuselte und ein paar Fledermäuse huschten auf der Suche nach Insekten hin und her. Und doch hing eine seltsame Anspannung in der Luft. Vom weiten konnte sie einige Häuser sehen. Dort wohnten Vampire. Natürlich waren sie nur spärlich beleuchtet. Kein Vampir mochte grelles Licht.

„Zu gerne würde ich wissen, was du gerade denkst", meinte eine Stimme neben ihr. Er war also doch schon zu Hause. Ohne sich umzudrehen erwiderte die Vampirin: „Das geht mir oft genauso."

„Zu Schade, dass Vampire keine Gedanken lesen können.", stellte ihr Bruder fest.

„Und wenn so wäre, dann hätte das auch seine Nachteile."

„Wohl wahr, Schwester."

„Wie war dein Besuch beim Volk?"

Draculea trat neben sie an das Geländer und sah ebenfalls hinunter in den Garten. „Ermüdend."

„Irgendwelche besonderes Vorkommnisse?"

„Natürlich nicht. Doch nicht, wenn ich präsent bin."

„Selbstverständlich. Doch wie ich dich kenne, würdest du nur allzu gerne wissen, was sie tun und sagen, nachdem du gegangen bist. Es wurmt dich, dass du nicht erkennen kannst, wer von ihnen tatsächlich unterwürfig bleibt und wer es nur noch vorgibt."

„Ich muss eingestehen: Du bist eine der wenigen, die es versteht mich zu durchschauen."

Diese seltenen Momente waren angenehm. Wenn er sich tatsächlich einmal dazu herabließ, sich ihre anzuvertrauen.

„Tja, Blut verbindet, Bruderherz, ob man will oder nicht."

„So ist es."

Bredica runzelte nachdenklich die Stirn. Da kam ihr ein brillanter Gedanke. „Wenn sie dich sehen sind sie vorsichtig", stellte sie langsam fest, „aber das gilt nicht für mich."

Ihr Bruder wand sich ihr zu. Auf seinem Gesicht breitete sich ein anerkennendes Grinsen aus.

„Du meinst, du könntest spionieren."

„Ich könnte ein paar Ausflüge durch Transsilvanien machen und mich unter die anderen Vampire mischen."

„Das ist gut. Und wenn du zurückkommst, sagst du mir, was und vor allem wer dir aufgefallen ist. Denkst du, dass du das kannst?"

Sie verdrehte die Augen und lächelte: „Ich denke, das ist nicht sehr schwierig, vor allem da mich dort kaum einer kennt. Ich muss mich einfach nur umhören." Und nebenher konnte sie sich noch etwas amüsieren und aus diesem Loch herauskommen. Eine Weile sagte niemand etwas. Bredica vermutete schon, dass ihr guter Bruder in seinem Stolz die Hilfe abschlagen würde. Überraschender Weise reagierte er ganz anders. Der Graf wand sich nun seiner Schwester zu und sah sie direkt an. „Wieso bietest du deine Hilfe an, Schwester? Bisher hattest du nie Interesse an Politik."

„Das hat nicht viel mit Politik zu tun, es ist eher Ausspähen. Wie dem auch sei, unsere Mutter hat immer gesagt, die Familie müsse zusammenhalten. Also bin ich bereit dich zu unterstütztsten."

„Die Landvampire wirst du vermutlich auf dem Markt antreffen, wo sie ihre Handelsgüter an *Menschen* verkaufen." Das Wort >Menschen< spukte er mit Verachtung in der Stimme aus. „Wie konnte es so weit kommen? Vor nicht allzu vielen Jahrhunderten war es so, dass uns Opfergaben der menschlichen Parasiten gebracht wurden. Du wirst gleich im Morgengrauen gehen und so bald du etwas erfahren hast zurückkommen. Es war eine anstrengende Nacht. Ich ziehe mich jetzt in die Gruft zurück und will nicht gestört werden."

Bredica senkte den Kopf, bis ihr Bruder verschwunden war, dann hielt sie sich nicht mehr zurück. Sie führte beinahe einen Freudentanz auf. Obwohl sie in Wahrheit genauso müde war, machte es ihr nichts aus, auf den Markt zu gehen. Und endlich würde sie sich nützlich machen. Sie würde ihren Platz einnehmen, an der Seite ihres Bruders, um seine Herrschaft zu stützen. Endlich schenkte er ihr wieder etwas mehr Vertrauen und behielt seine Angelegenheiten nicht nur für sich. Einen Moment noch, sah sie in die Ferne. Die Spannung war noch immer da und brachte ihre Haut zum Prickeln. Wie vor einem Gewitter. Etwas lag da in der Luft. Nun, sie würde ihr Bestes dazu geben, dass alles gut wurde. Das versprach sie leise, wem auch immer.

Langsam öffnete Erhan die Augen und griff sich an den Kopf. Sein Schädel brummte immer noch ein bisschen. Es dauerte seine Zeit, bis er sich erinnerte, was in der letzten Nacht passiert war. Langsam sickerte es durch: Sie waren in Bukarest gewesen, dann bei Vadim, dann in dieser Kneipe hier in Bran und sie hatten viel zu viel getrunken - viel zu viel. Das Schlimmste: Irgendwann hatte ihn ein Vampir gebissen. In der Hoffnung, dass es doch nur einer dieser verrückten Albträume gewesen war, stürzte er zum Spiegel, aber natürlich waren die Bissstellen immer noch da, wenn auch schon leicht verblasst. Welche Ironie des Schicksals! Der Vampirjäger war dazu verdammt selbst ein Vampir zu werden. Erhan hörte das Knarren der Bodendielen auf dem Gang. Also war Elisei auch schon wach und es würde wohl keine fünf Minuten dauern bis er ins Zimmer...
Die Tür schwang auf.
>...geplatzt kam< vollendete der Deutsche den Satz gedanklich.
„Ah, du bist also schon wach", begrüßte der Rumäne ihn. „Sag mal, wie geht es dir? Wie fühlst du dich?"
„Eigentlich ganz gut", antwortete Erhan. Er war selbst recht überrascht darüber, aber sein Puls raste nicht mehr und die nachhallenden Kopfschmerzen fühlten sich nach einem ganz normalen Kater an. „Ich würde sagen normal, wenn da nicht der Biss wäre."
„Mhmm, vielleicht dauert es eine Weile, bis es wirkt."
„Was denn?"

„Das Vampirgift!"

„Das Vampirgift?"

„Gibt es das nicht?"

„Doch, ich denke."

„Wieso hast du es nie erforscht? Du bist Doktor Helsing. Selbst der alte Helsing muss das doch gewusst haben."

Erhan verdrehte die Augen. Dieses Thema mochte er überhaupt nicht, deshalb unterbrach er es so schnell wie möglich. Die beste Gelegenheit dazu: Seinem Partner Recht zu geben. „Ja, wahrscheinlich wirkt das Vampirgift noch nicht und weißt du was? Deshalb werde ich jetzt auch diesen verdammten Ring tragen." Er nahm den Silberring vom Nachtschrank und steckte ihn sich an den Ringfinger. Und jetzt brauchte er Ablenkung und Rache. „So, wenn ich irgendwelchen Ausschlag oder Verbrennungen bekomme, dann wissen wir was das heißt. So und jetzt sollten wir uns endlich wieder auf die Suche machen. Die Aufgabe für heute: Vampire aufspüren. Wir müssen diese elenden Blutsauger finden und unschädlich machen, bevor sie noch mehr Leute beißen."

Sofort war Elisei Feuer und Flamme. „Jawohl, Doktor Helsing." Er klopfte ihm auf die Schulter. „Jetzt klingst du wieder wie du selbst. Wir werden diese Missgeburten auslöschen. Die wehrlosen Bürger müssen beschützt werden." Er ging voran den Flur hinunter, griff seine Waffe vom Schrank, um sie lässig in den Gürtel seiner Hose zu stecken. So marschierte er stolz an seinen Eltern vorbei nach draußen.

Als sie das Haus verlassen hatten deutet Erhan auf die Pistole. „Hältst du es für sinnvoll das Ding einfach so offen herum zu tragen?"

„Wir sind Vampirjäger, wieso nicht?"

„Die Leute schauen schon ganz komisch und auch deine Mutter wirkte nicht gerade begeistert auf mich."

„Meine Mutter ist manchmal etwas schreckhaft. Das hat gar nichts zu sagen."

Offensichtich war er nicht von der Schusswaffe abzubringen, also gab Erhan es auf, auch wenn er befürchtete, dass sie früher oder später noch in Schwierigkeiten geraten würden, wegen dem Ding. Er wechselte das Thema. „Also, über Bran gibt es nicht so viele Sagen, alle alten Schriften beziehen sich eigentlich auf das Schloss. Vlad Draculea soll seinen Herrschaftssitz von seiner alten Heimat hierher verlegt haben und auf dem Schloss gelebt haben." Der Rumäne nickte: „Soso, das ist also der Vampir, nehme ich an." Erhan nickte. „Genau. Er beherrschte Menschen und Vampire. Er wurde auch Vlad der Pfähler genannt, doch seine vampirischen Anhänger nannten ihn meist nur Draculea. Das bedeutete wohl so etwas wie >der Nachkomme des Drachen<." „Was soll das denn für ein Unsinn sein? Ich kenne nun wirklich keinen einzigen Film, in dem Vampire etwas mit Drachen zu tun haben!" Erhan schmunzelte: „Ich wusste auch erst nicht, was ich davon halten sollte, aber es hat etwas mit seinem Vater zu tun. Den nannte man nämlich Vlad, den Drachen." Er zuckte mit den Schultern. „Es hat wohl etwas mit irgendeinem alten Orden zu tun, aber ich persönlich glaube Vampire identifizieren sich einfach mit dem, wofür der Drache steht: Macht, Stärke, Überlegenheit." Elisei sah ihn erstaunt an. „Woher weißt du das alles?" Der Forscher zuckte mit den Schultern. „Unser Job besteht nicht nur aus Praxis, mein lieber *Kollege*. Es gibt auch eine Menge Theorie. Als ich noch weit davon entfernt war, tatsächlich Vampire zu jagen, begann ich damit alte Bücher zu durchforsten. Sie waren natürlich alle in längst vergessenen, alten Sprachen." Erhan musste lächeln, während er in seinen Gedanken versank. „Es machte alles leichter, dass ich auf Kurt von Langleben getroffen bin. Er war meistens unnahbar und streng, aber er gab mir Materialien, mit denen ich arbeiten konnte und unterstützte meine Ideen finanziell. Und noch größeres Glück war es, dass sein Sohn an derselben Uni studierte. Er begann nach seinen Vorlesungen zu mir zu kommen und mir zu helfen. Sein Studium antiker Sprachen hat uns bei manchen Texten gerettet." Er lachte. „Oh Mann, wie viele Nächte haben wir da gemeinsam verbracht? Trotzdem können wir uns, was die alten Schriften angeht nicht sicher sein. Die Geschichte ist lange vorbei und Menschen neigen dazu Dinge auszuschmücken und sehr subjektiv anzuhauchen. Wer kann heute noch sagen, was damals wirklich passiert ist?"

Auf einmal standen sie schon vor dem Branschloss. Erhan warf seinem Partner einen Seitenblick zu. Er hatte ihn doch bewusst hier her gelotst. Elisei grinste breit und machte eine einladende Geste: „Das Vampirschloss. Du sagst doch selbst, dass dieser Pfähler hier gelebt haben soll. Und weißt du was: Das denke ich auch. Da drin gibt es nämlich ein paar fiese Folterinstrumente. Wo sollten wir Erfolg haben, wenn nicht hier." Er stieß Erhan von der Seite an. „Lass uns reingehen, das musst du gesehen haben."

„Nein, das glaube ich nicht. Warum sollte da überhaupt jemand wohnen, wenn es Führungen und zig Besucher gibt." Doch es half nichts...

Etwa eine Stunde später hatte der Deutsche eine Schnellführung durch das ganze Schloss plus Gelände hinter sich. Wie sich herausstellte, kannte sich Elisei, dieser Vampirnarr, hier besser aus als in seinem eigenen Zuhause. Touristen bekam man hier massenhaft zu sehen, aber leider sah es nicht danach aus, als ob sich jemals ein Vampir hier her verirrte, geschweige denn hier lebte. Erhan musterte unzufrieden seine >Marca de control< mit dem verblichenen Foto der Burg. Die 25 Lei hätten sie sich sparen können. „Das ist einfach ein riesengroßer Reinfall!", nörgelte er fluchend. „Dieses Kaff hier war meine große Hoffnung, nur leider treffe ich hier lediglich jede Menge Rumänen und Touristen! Meine Sponsoren wollen Ergebnisse, verdammt nochmal und wir tappen hier seit Tagen im Dunkeln und vergeuden nur unsere Zeit!...Und ich hasse das!"

Wütend zerriss der Forscher die Eintrittskarte, warf das Papier auf den Boden und trampelte darauf herum. Es war zum Verzweifeln. Niemals hätte er vermutet, dass er dermaßen scheitern würde, aber jetzt musste er es sich eingestehen. Seit der Deutsche seinen Fuß auf rumänischen Boden gesetzt hatte lief einfach alles schief. „Es ist zum verrückt werden!", brüllte er.

„Jetzt reg dich mal ab", unterbrach Elisei Erhans Ausbruch. „Deine Lamentiererei bringt uns auch nicht weiter. Das war doch nicht umsonst."

„WAS?! *DAS* war nicht umsonst?! Dann erklär mir bitte mal, inwiefern uns diese kleine Schlossbesichtigung weitergebracht hat. Mir jedenfalls erschließt sich das nicht, aber möglicherweise versteht das ja nur ein intellektuell begabter Rumäne wie du!" Erhan atmete schwer, als er seine Schimpfrede beendet hatte."

„Jetzt werde bitte nicht anmaßend, Erhans. Du solltest deinem Partner wirklich ein bisschen mehr vertrauen. Was ich jedenfalls sagen wollte...Willst du es denn überhaupt hören?"

Der Forscher stöhnte: „Spuck es schon aus."

„Na schön. Ich bin der Ansicht, wir suchen an der falschen Stelle." Ein zweifelnder Blick von Erhan. „Überleg doch mal. Wir sind die ganze Zeit davon ausgegangen, dass wir hier Vampire finden, wieso eigentlich?" Dies Frage erschloss sich Erhan nicht. „Transsilvanien, Vampire, die „Draculea der Pfähler" - Geschichte, die ich dir gerade erzählt habe, ist naheliegend und logisch, meinst du nicht?"

„Natürlich. Eben. Gerade deshalb. Er ist zu naheliegend und zu logisch. Meinst du vielleicht du bist der erste Ausländer, der hier durchkommt auf der Suche nach Vampiren? Versteh mich nicht falsch. Ich liebe meine Heimat, aber das hier ist Rumänien - eins der ärmsten Länder im tiefsten Osteuropa und unser Dörfchen ist nur eins von vielen irgendwo in den Karpaten. Was haben wir denn außer dem Schloss für Sehenswürdigkeiten? Zum Wandern geht der Deutsche in den Thüringer Wald, oder etwa nicht? Wir müssen uns nichts vormachen - Vampire sind das einzige, das uns noch attraktiv macht für die westliche Welt."

„Worauf willst du hinaus, Elisei?", fragte Erhan teils gelangweilt, teils auch gespannt.

Der Rumäne legte ihm vertrauensvoll den Arm um die Schultern und murmelte: „Also, wenn ich ein Vampir wäre, dann würde ich mich nicht ausgerechnet dort aufhalten, wo alle Welt mich vermutet."

Erhan ließ seinen Blick nachdenklich schweifen. Tatsächlich verkauften hier unzählige Ramschbuden Vampirartikel und die Menschen? Da war Elisei mit seinen verlängerten Eckzähnen und dem T-Shirt mit der provokanten Aufschrift >I want to drink your blood< das beste Beispiel. Hier würde er sich tatsächlich nicht aufhalten wollen, wenn er ein Vampir...ups. Wenn er ein Vampir *wäre*, war das überhaupt noch die richtige Formulierung. Vielleicht musste er sagen, wenn er dann ein Vampir *war*. Vorsichtig schielte der Vampirjäger auf den Silberring an seinem Finger- keine Anzeichen auf Verbrennungen, noch nicht. Als Erhan bemerkte, dass Elisei ihn beobachtete, sah er schnell wieder auf und wechselte das Thema. „Ähm und was würdest du vorschlagen?" Der Rumäne stemmte stolz die Hände in die Hüften. „Ich würde vorschlagen, dass wir an anderen Stellen suchen, in anderen Dörfern oder zum Beispiel in der Stadt. Wo bist du denn gebissen wurden? Hier kann es doch kaum gewesen sein. Wahrscheinlich ist es in Bukarest passiert." „Ich weiß überhaupt nicht, wann dieses Desaster passiert sein soll", stellte Erhan fest. Doch an sich erschienen ihm Eliseis Ausführungen ganz vernünftig. Warum sollte es ausgerechnet Bran sein? Die Menschen bauten ihre Häuser auch nicht mehr ringsherum um die alten Burgen, wie im Mittelalter. Warum sollten Vampire, selbst wenn sie einmal hier gelebt hatten, noch in der Nähe dieses alten Schlosses bleiben, das die Menschen schon vor Ewigkeiten entdeckt hatten. „Du hast recht", sagte er langsam. „Wahrscheinlich ist das hier der letzte Ort an dem wir Vampire finden." „Es ist zumindest der erste, an dem Vampirfans oder -jäger aufschlagen", entgegnete dieser. „Schau doch nur dich an." Seine Stimme strotzte vor Stolz.

„Also, neue Strategie: Wir nehmen uns zuerst die abgelegenen Regionen vor, dann die Dörfer im Umkreis..."

„Und dann fahren wir noch einmal nach Bukarest", beendete der Rumäne den Satz an Erhans Stelle. Er musste grinsen. Sicherlich hatte er wieder irgendetwas mit seinem Bruder abgemacht. Egal, man konnte es ihm nicht verübeln. Warum nicht das Nützliche mit dem Angenehmen verbinden. „Na schön, dann hol das Auto."

Bredica schlenderte über den Markt in Bran. Es war nicht gerade der nächst gelegene vom Schloss, aber irgendetwas zog sie wieder hier her. Außerdem hielten sich die höhergestellten Vampire kaum an Orten wie diesen auf. Vampire wie ihr Bruder verabscheuten die Art, wie Menschen ihren guten Namen auf so plumpe Weise durch den Dreck zogen. Wladimir sah sich nur ungern an, wie der ehemalige Zweitwohnsitz seiner Familie von Menschen überströmt wurde. Ergo, hier würden ihm niemand zufällig über den Weg laufen, es war ein guter Platz für geheime Pläne. Die Vampirin sah sich gründlich um. Eine gemischte Gesellschaft von Menschen und Vampiren, die sich hinter ausladenden Sonnenbrillen und Basecaps versteckten befand sich auf dem Platz. Nun, sie war da anders als ihr Bruder. Sie mochte dieses Gebiet. Die Menschen mit ihren naiven Vorstellungen waren doch immer wieder amüsant und heutzutage, wo die wenigsten wirklich an das Übernatürliche glaubten, war es doch unwahrscheinlich, dass einer von ihnen enttarnt wurde. Es war eine Zeit, in der Menschen sich jede Merkwürdigkeit auftischen ließen, solange man eine spannende Ausrede parat hatte, die ihren voreingenommenen Denkweisen logisch erschien. Diesen einen Vorteil konnte man sich doch wenigstens zu Nutze machen. Die bürgerlichen Vampire nahmen das ganze offenbar ähnlich locker. Vertreter beider Arten bummelten an den Ständen und kauften ein. Sie erkannte einen jungen, muskulösen Mann, mit feschem Haarschnitt. Von ihm hatte sie erst vor ein paar Tagen getrunken. Auch unter den Vampiren waren einige vertraute Gesichter. Dieses Bauernpaar da hinten hatte ihr Bruder schon einmal ins Schloss zitiert. Das war vor nicht allzu langer Zeit gewesen und dementsprechend gebeugt standen sie auch hinter ihrem Stand. Und diesen gutaussehenden Vampir hatte sie schon oft hier in Bran gesehen. Bei ihm konnte sie sich vorstellen, dass er es mit Draculeas altbackenen Prinzipien nicht ganz so ernst nahm. Er hatte sie auch gesehen und kam auf sie zu. Typisch Mann - die waren immer gleich, egal welcher Art sie angehörten. Sie wand sich ab und tat, als würde sie sich brennend für die weiße Bluse an dem Stand neben ihr interessieren. Da hauchte schon eine Stimme hinter ihr: „Hey, ich hätte nicht gedacht, dass wir uns so schnell wiedersehen." Sie drehte sich um und schaffte es kaum ihre Überraschung zu verbergen, als sie erkannte, wer dort hinter ihr stand. Es dauerte einen winzigen Moment, bis sie sich wieder gefangen hatte, doch dann stemmte sie die Arme in die Hüften, sah selbstbewusst zu ihm auf und sagte: „Sieh mal einer an, der Vampirjäger." Seine Augen leuchteten. „Du kennst mich also noch."

„Natürlich, so lange ist es schließlich noch nicht her." Verlegen fuhr er sich mit der Hand durchs Haar. Er sah etwas mitgenommen aus. Ah, dort an seinem Hals prangte ein Biss. Schon leicht verblasst, es musste also schon mindestens einen Tag her sein. Und der Vampir schien der blassen Hautfärbung nach zu urteilen durstig gewesen zu sein. Dazu noch der Alkohol von gestern Abend...der konnte froh sein, wenn er heute überhaupt noch geradeaus laufen konnte.

Eine Hupe riss sie aus ihren Gedanken. Bredica erkannte das Taxi am Straßenrand. Sie deutete zu der Stelle. „Dein Kollege wartet." Der Vampirjäger drehte sich um. „Ja", murmelte er. „Wir müssen los. Die Dörfer abklappern und Vampire suchen."

„Dann will ich euch auf keinen Fall aufhalten."

„Ähm danke." Er schickte sich an zu gehen, drehte sich jedoch noch einmal um. Wieder ertönte die Hupe, diesmal etwas energischer und länger.

„Himmel nochmal, ich komme ja schon", zeterte er vor sich hin und machte sich auf den Weg zu seinem Partner.

Der stellte doch keine Gefahr dar! Er würde keinen einzigen Vampir erkennen, wenn er vor ihm stand. Wenn sie das ihrem Bruder berichten würde, dann würde er den Vampirjäger und seinen Handlanger unverzüglich töten, soviel war klar. So regelten Vampirfürsten nun mal politische Angelegenheiten mit aufmüpfigen Menschen. Es war nur so, dass sie keinen Grund dafür sah. Diese beiden Kerle waren doch in höchstem Maße unterhaltsam und viel zu vertrottelt um gefährlich zu sein. Warum also ihnen das Leben nehmen? Die waren eher für die Menschen eine Gefahr, so dumm, wie sie sich anstellten.

Streng genommen hatte Draculea ihr nur aufgetragen nach den anderen Vampiren zu sehen, warum sollte sie ihn dann mit Informationen über Menschen langweilen, die völlig belanglos waren? Eine Stimme lenkte sie ab: „Wer war denn das?" Bredica drehte sich um. Es war der Gutaussehende. Er fuhr sich mit den Fingern durch die nachtschwarzen Haare. „Niemand", erwiderte sie betont ungerührt. Sie musste einen Tumult vermeiden. „Der ist ein ehemaliges Opfer von mir und hat mich wiedererkannt." Der Vampir lächelte: „Dann warst du wohl etwas ungeschickt." „Schon möglich", gab sie zu. „Ich habe ihm jedenfalls versichert, dass wir uns noch nie begegnet sind."

„Hat er dir geglaubt?"

„Natürlich. Ich kann sehr überzeugend sein."

„Oh ja, der unwiderstehliche Charm unserer Spezies und auch noch verbunden mit solcher Schönheit. Ich wette du kannst jeden Mann mit Leichtigkeit bezirzen."

Es war Zeit für das Vampirmädchen mit der Arbeit zu beginnen. „Was treibt dich denn so früh hierher? Du wirkst nicht so, als ob du für Draculea Dinge auf dem Markt verkaufen wölltest." Er betrachtete sie noch neugieriger. Anscheinend war sie direkt an den richtigen geraten. Bredica musterte den Vampir etwas genauer. Er war durch und durch modisch gekleidet. Er zupfte seine Lederjacke zurecht. „Du bist scharfsinnig", stellte er fest. „Ich bin wirklich aus anderen Gründen hier, aber dich habe ich auch selten auf dem Wochenmarkt gesehen. Warum liegst du nicht in deinem Sarg und ruhst dich von der Nacht aus? Irgendetwas verleitet mich zu der Annahme, dass auch du aus anderen Gründen hier bist." Sie zwinkerte ihm zu. „Du hast mich durchschaut." Vertrauensvoll legte er ihr eine Hand auf den Arm. „Sag nichts, lass mich raten. Du bist mit der politischen Situation unzufrieden." Ihr Schweigen deutete er offensichtlich als Zustimmung, denn der Mann interpretierte munter weiter. „Der alte Draculea ist ein Drache, da hat die Ursprüngliche Bedeutung des Namens schon völlig recht." Er deutete auf sie. „Du hast Bock auf frisches Blut in der Regierung. Ich kann dir gratulieren. Du bist an den richtigen geraten." Seine Rede klang ein bisschen, wie die eines Vertreters, der seine Ware auf clevere Weise unter die Leute bringen wollte, trotzdem, die Sache war von ganz allein in die Richtung gegangen, die Draculea wollte. Nun legte der Vampir ihr beide Hände auf die Schultern. Er war so nah an Bredica herangetreten, dass sie sein Afterschafe riechen konnte. „Pass auf Schätzchen, ich schlage dir etwas vor. Wir beide suchen uns ein nettes Opfer, zerren es in eine gemütliche Ecke und dann können wir in Ruhe einen kleinen Drink nehmen und nebenbei erklär ich dir alles bis ins kleinste Detail. Deal?"

Das Unterfangen war viel leichter, als sie gedacht hätte. „Gerne. Da bin ich mal gespannt!"

Jakov gab dem Menschen mit graziöser Handbewegung einen leichten Schubs, sodass er auf den Marmorfußboden glitt. Dann ließ er sich gegen die Rückenlehne seines Sofas fallen. Der menschliche Mann, der vor ihm lag hatte in den letzten Minuten einen starken Blutverlust zu verzeichnen gehabt, weswegen er sicherlich noch eine Zeit lang benebelt sein würde. Jakov konnte sich also durchaus eine kleine Ruhepause gönnen. Es war ein warmer Abend, vielleicht würde er heute Nacht einen kleinen Ausflug machen. Nur um runterzukommen. In letzter Zeit war er kaum zum Entspannen gekommen. Sein Internetportal boomte bei Männlein und Weiblein beider Arten und als ob das nicht schon genug wäre, wollte sein Vater ständig etwas anderes von ihm, weswegen er praktisch ständig im Stress war. Offenbar hatte er neuerdings einen Kontakt zum transsilvanischen Bauernvolk aufgetan, was er bisher immer strikt gemieden hatte. Da schienen sich Männer und Mägde mit Mistkabeln gegen ihren Herrn auflehnen zu wollen und erhofften sich Unterstützung vom alten Adel. Die Sache war tatsächlich längst überfällig, da musste der Vampir zustimmen, aber allem Anschein nach war der Umsturz nicht sehr gut geplant und Draculea einfach in einer Nacht und Nebel Aktion zu vertreiben war nicht nur äußerst leichtsinnig sondern geradezu ein Tänzchen mit dem Tod.

Eine vertraute Melodie riss ihn aus seinen Gedanken - das Klingeln seines Telefons. „Hach, nicht schon wieder!", stöhnte er, erhob sich langsam und nahm widerwillig den Hörer ab. „Ja!?", grummelte er.
„Guten Abend Sohn, würdest du wohl die Freundlichkeit besitzen, mich kurz aufzusuchen, ich habe etwas Wichtiges mit dir zu bereden." „Natürlich Vater, ich komme sofort", antwortete Jakov, wenn auch leicht verstimmt. Er legte auf und machte sich auf den Weg zum Fahrstuhl.

Jakov wohnte im Loft und sein Vater nur eine Etage über ihm, im Penthouse. Das Penthouse war die beste Wohnung des Hauses, mit anschließender Dachterrasse. Außerdem bestand eine Wohnzimmerwand komplett aus Glas, sodass man einen perfekten Blick auf Bukarest hatte. Das Haus war ein gutes Stück höher als die Umliegenden. Seinem Vater gehörte der gesamte Gebäudekomplex. Die besten Räumlichkeiten waren für ihn selbst reserviert, die nächstbesten für die Familie und der Rest für ihm verbundene Vampire oder auch ab und zu für gut zahlende Menschen einer seltenen Blutgruppe.

Als der Vampir das Forier betrat sah er seinen Vater schon im anschließenden Wohnbereich sitzen. Vor ihm lag ein ganzer Stapel Papiere auf dem Glastisch. Er seufzte. Das sah nach Politik aus. „Da bin ich", sagte er mit leicht resigniertem Unterton. „Was kann ich für dich tun?" Viorel de Zarlac deutete auf den Schreibkram. „Das sind die Briefe, die mich allein heute erreicht haben." „Wieder die Revolution gegen den Tyrannen?", riet Jakov. Viorel zog tadelnd eine Augenbraue hoch. „Bitte Sohn, dein Ausdruck!" „Ist doch wahr", grummelte der Vampir vor sich hin, allerdings so leise, dass der Obervampir es nicht hören konnte. „Und? Hast du dich schon entschieden?", fragte er. Wohl kaum, dann hätte er auf diese Ausschweifungen verzichtet und sofort Anweisungen verteilt.

De Zarlac stand auf, trat an die Fensterfront und sah nach unten auf die in Abendrot gehüllte Stadt. „Es wäre mir nur recht, wenn Draculea endlich verschwinden würde. Es würde einiges viel leichter machen." „Es ist längst überfällig", stellte Jakov fest. Als sein Vater nicht antwortete fügte er vorsichtig hinzu: „Vielleicht hätte man ihn schon vor vielen Jahren vertreiben sollen. Nun ist er so stark, wie die Celemândres vor ihm, wenn nicht sogar stärker."

Vielleicht hättet ihr diese Sippe schon viel früher ausmerzen sollen, damals, als ihr den Rest von Rumänien befreit habt. Da hattet ihr immerhin die Gelegenheit dazu.

Diesen Gedanken konnte er aber unmöglich laut aussprechen. „Vielleicht wäre das besser gewesen", gab er zu ohne sich umzudrehen. Perplex musterte der junge Vampir ihn. Er sah das ein!? Jetzt musste schnell nachgelegt werden. Jakov machte einen

Schritt auf seinen Vater zu. „Dann ist doch alles klar." Der Obervampir drehte sich um und betrachtete seinen Sohn mit einem Gesichtsausdruck, den dieser nicht deuten konnte. Seine Stimme klang mehr herausfordernd als fragend. „Inwiefern soll diese Sache klar sein, Sohn?" Der stechende Blick ruhte auf Jakov, sodass er ihn beinahe körperlich spüren konnte. Er räusperte sich nervös und erwiderte: „Naja, also ohne uns schaffen es die Transsilvanier auf keinen Fall. Und wenn du auch der Meinung bist, dass der...ähm...Graf Draculea weg muss, dann wäre das doch die beste Gelegenheit."

De Zarlac wand sich wieder der Aussicht zu. „Transsilvanien ist allerdings nicht unsere Angelegenheit. Wenn wir uns dort einmischen, dann müssen wir damit rechnen, dass man sich auch in unsere Angelegenheiten einmischen wird." „Du meinst, die Waffenruhe zwischen dir und Draculea wäre damit hinfällig", übersetzte Jakov unverblümt." Der Obervampir fuhr mit angespannten Muskeln herum, setzte augenscheinlich zu einer Zurechtweisung an. Letztendlich stieß er doch nur die Luft aus. Auf einmal klang der alte Vampir sehr müde. „Ich gedenke jedenfalls nicht, es zu überstürzen. Wir sollten die Situation erst genauer kennenlernen. Derzeit können wir nicht einschätzen ob die Aktion überhaupt Sinn hat." Jakov zuckte mit den Schultern. Das war grundsätzlich eine gute Idee, es erschloss sich ihm nur nicht, wie sein Vater das machen wollte. „Wenn du dort auftauchst, werden sie deine Hilfe geradezu verlangen. Das wird eine Masseneuphorie auslösen, glaubst du wirklich, dass du dann noch zurück kannst?"

„Du hast Recht, mein Junge. Deshalb werde ich natürlich nicht selbst gehen." Auf Jakovs Stirn bildete sich eine Falte. Worauf wollte er nur hinaus?
„Du wirst für mich gehen."

„Was?!", ungläubig starrte der junge Vampir seinen Vater an. Was verlangte er da von ihm? Was sollte das? „Ich?! Beim besten Willen Vater, aber du weißt, dass ich mit Politik nichts am Hut habe. Ich habe meine Webside und das reicht mir. Die Diskussion haben wir doch schon längst geführt." Viorel de Zarlac machte ein paar Schritte auf seinen Sohn zu und packte ihn mit stählernem Griff am Arm. „Ja, ich würde es lieber sehen, wenn du dich für politische Aspekte engagieren würdest. Ich hätte gerne einen Sohn, der in meine Fußstapfen tritt und, obwohl sie zweifelsohne nützlich ist, halte ich nicht viel von deiner Webside und dieser Internetsache im Allgemeinen. Es erschüttert alte Traditionen." Er stieß Jakov von sich weg und ließ sich auf dem Sofa nieder. „Darum geht es allerdings nicht. Auch nicht um deine banalen persönlichen Befindlichkeiten. Es ist nötig, dass die Lage in Transsilvanien überwacht wird. Wir müssen wissen, was dort geschieht, wie die Chancen stehen, wie Draculea reagiert und inwiefern das Ganze auch uns betreffen könnte! Mach dich wenigstens bei dieser Kleinigkeit nützlich, wo du doch sowieso beruflich und privat eine einzige Enttäuschung für mich bist! Herausfordernd sah er den jungen Vampir an. „Du wirst diese Aufgabe erfüllen, wenn ich es dir sage." Jetzt widersprechen und es hätte beträchtliche Konsequenzen.

Die Antwort war kaum mehr als ein Flüstern. „Ja Vater, natürlich."

Das stellte Viorel zufrieden. Seine Stimme wurde wieder so freundlich, als wäre das nichts weiter als ein gemütlicher Small-Talk. „Da wäre noch etwas. In einigen Briefen wurde auch von einem Vampirjäger gesprochen, der neuerdings in Rumänien sein Unwesen treibt." „Daher weht der Wind", murmelte Jakov. „Sie haben ein Problem, das Draculea nicht für sie löst. Deshalb sind sie vom Glauben an ihren ach so feinen Grafen abgefallen." Viorel wehrte aber ab: „Das ist eine andere Sache. Der Vampirjäger tauchte erst später auf. Er hat noch keine Beute gemacht, so wie die meisten. Aber anders als andere gibt er nicht auf und er scheint Fortschritte zu machen. Wir sollten nicht riskieren, dass er uns zu nahekommt.

Das weckte tatsächlich das Interesse des jungen Vampirs. „Dann muss er sich wirklich schlau anstellen", murmelte er. Vampirjäger gab es immer, ja, das war ebenso alltäglich wie Fantasy besessene Touris, aber einer, der tatsächlich hinter das Ganze kam...

„Seine Intelligenz ist nicht größer als die aller anderen Menschen vor ihm, das sieht man allein daran, dass er noch keinen Vampir getötet hat", unterbrach der Obervampir seine Gedanken. Niemals kann er wirklich lernen einen Vampir zur Strecke zu bringen. Aber Vorsicht ist besser als Achtlosigkeit." *Wieso eigentlich nicht*, fragte sich Jakov. War das denn so abwegig. Die Vampire entwickelten sich weiter, warum sollte das bei den Menschen anders sein? Sein Vater wand sich ab und erklärte: „Ich möchte jedenfalls, dass du die Augen nach ihm offenhältst. Er wurde bereits in größeren Städten gesehen, ich möchte nicht, dass dieser Mensch womöglich noch in Bukarest herumstreunt und Unruhe verbreitet. Ist - das - klar?" Die letzten Worte brachte er mit Nachdruck heraus. Jakov nickte. „Ja, alles verstanden. Ich werde nach ihm Ausschau halten." Sein Vater setzte sich wieder auf das Sofa und lächelte: „Das wäre dann alles." Er blickte zum Fenster. „Es wird eine klare Nacht. Die Revolutionäre pflegen sich um 24 Uhr zu treffen, der Standort steht da drauf." Der Vampir reichte Jakov einen Umschlag. „Du solltest dich jetzt auf den Weg machen. Und erstatte mir Bericht!" Jakov deutete eine leichte Verbeugung an. „Sobald ich etwas weiß." Dann drehte er sich um und verließ das Penthouse.

„Na also, langsam wird es doch mit uns", meinte Elisei fröhlich. Erhan stapfte hinter ihm her. Heute war ohnehin schon eine ungemütliche Nacht, warum musste es da zu allem Überfluss auch noch regnen? Am liebsten wäre er schnurstracks zurück in die Pension gefahren. Stattdessen stapften sie wieder einmal durch irgendein Dorf am Rande der Zivilisation. Erhan verkniff sich die Meckereien, schließlich konnte Elisei nichts für diese nächtliche Expedition. Grund dafür war ein Anruf aus Deutschland. Von Langleben machte Druck. Er verlangte mehr fundierte Ergebnisse, nicht nur das, er stellte konkrete Anforderungen. So wollte er zum Beispiel feststellen in welchen Zeiträumen Vampire in der Natur aktiv waren. Bisher waren sie immer nur morgens und abends auf Jagd gegangen. Erhan hatte verschwiegen, dass sie bisher keine wirklichen Erfolge zu verzeichnen hatten. Wobei ein Ergebnis hatten sie schon. Er war noch immer nicht zum Vampir geworden. Das ließ ihn hoffen, dass er den Biss schadlos überstanden hatte. Bei Nacht durch die Gegend zu fahren hatten sie bisher allerdings vermieden. Nicht zuletzt, weil das Gelände sehr unwegsam und die transsilvanischen Dörfer nur spärlich beleuchtet waren und somit waren sie als nachtblinde Menschen hier eine leichte Beute. Schon wieder stürzte der Deutsche über irgendeine Unebenheit auf dem Boden und landete unbeholfen in einem halb eingebrochenen Bretterzaun.

„Ah, verflixt!" Fluchend rieb er sich die Seite. „Tja, du bist es eben nicht gewöhnt", stellte Elisei kichernd fest und hielt ihm die Hand hin, um seinen Kameraden aufzuhelfen. Erhan ergriff sie. „Danke." Er klopfte sich den Staub von der Kleidung und ging weiter. Skeptisch sah er sich um. In einigen der Häuser brannte noch Licht. Durch die Fenster waren schemenhafte Gestalten zu erkennen. Elisei war neben ihn getreten. „Meinst du einige von ihnen sind Vampire?" fragte er schaudernd und zuckte zusammen, als es in ein einem Gebüsch neben ihnen raschelte.

„Was war das?!" Der Rumäne zog seine Waffe aus der Jackentasche und machte ein paar Schritte rückwärts. „Das waren nur Fledermäuse", erklärte Erhan belustigt.

„Vielleicht sind es Vampire, die sich verwandeln?", schlug sein Freund mit unsicherer Stimme vor.

„Unsinn, Vampire können sich nicht in Fledermäuse verwandeln", gab der Vampirjäger zurück, während er seinen Weg durch das Dorf fortsetzte. Schnell holte Elisei zu ihm auf. „Woher willst du das wissen?"

„Wenn es so wäre, dann hätte sich wohl kein Vampir jemals finden oder fangen lassen. Außerdem ist sowas anatomisch einfach unmöglich. Wo soll das alles hin? - Die Knochen die Organe...Lassen wir das! Jetzt reiß dich zusammen. Wir müssen uns konzentrieren."

„Ja" Die Antwort kam zwar etwas zittrig, aber entschlossen, doch kaum hatte sich Erhan wieder abgewandt, da schrie Elisei hinter ihm laut auf. Er fuhr herum. „Himmel nochmal, Elisei, was ist denn nun schon wieder los? Hast du etwa eine Fledermaus gesehen?" Statt zu antworteten deutete Elisei mit ausgestrecktem Finger auf das nächste Haus. Erhan folgte seinem Blick und ein Lächeln zog über sein Gesicht. „Aaaah, Volltreffer." Das würde ihm den Job retten. In diesem Fenster war ein Schatten zu sehen, der eine weitere Gestalt gegen den Tisch vor sich gedrückt hielt und gierig aus deren Hals trank. Er schob die Ärmel seiner Jacke ein Stück nach oben. „Nun, dann wollen wir mal zur Sache kommen." Als Elisei immer noch wie angewurzelt stehen blieb drehte er sich zu ihm um und kritisierte: „Hey, konzentrier dich! Was ist denn bloß los mit dir? Darauf warst du doch die ganze Zeit so wild." Er gab seinem Freund einen Klaps auf die Schulter. „Denk daran, wir sind Vampirjäger. Wir werden die Menschen hier von dieser Tyrannei befreien. Das ist unser Ziel und jetzt lass uns endlich loslegen." Endlich zog Elisei seinen Dolch und folgte Erhan ins Haus.

Hoch motiviert stürmte Erhan ins Haus. Zu seiner Überraschung und Enttäuschung war das Wohnzimmer leer. Er bedeutete Elisei die anderen Räume zu durchsuchen und sah sich selbst weiter um. Vorsichtig zog er den Vorhang am Fenster beiseite und sah hinaus in die Dunkelheit. Nichts war zu sehen. Die Vampirin war so schnell verschwunden, wie sie gekommen war und zwar mit dem Opfer.

Seufzend ließ er sich in den Sessel am Kamin fallen und stütze den Kopf in die Hände. Eine Welle des Selbstmitleids überkam ihn und er murmelte: „Keine Ergebnisse, keine Beweise, keine Unterstützung. Ich habe keine Unterstützung mehr."

Jemand räusperte sich hinter ihm, sodass er zusammenzuckte und mit einem schrillen Schrei herumfuhr. Er fasste sich mit der rechten Hand an die Brust und murmelte: „Elisei, du bis es nur! Schleich dich doch nicht so an!" „Tut mir leid", erwiderte der abwehrend. Ich wollte nur sagen, dass in diesem Haus niemand mehr ist." Der Vampirjäger nickte. „Gut" Viel mehr konnte er nicht dazu sagen. Er sah aus dem Fenster. Der Regen hatte zugenommen und mittlerweile war es so dunkel, dass er kaum noch die Hand vor Augen sehen konnte. In den umliegenden Häusern war überall das Licht aus. Ich denke hier werden wir kein Glück mehr haben", meinte er. „Lass uns gehen, ich bin sowieso schon nass bis auf die Knochen." „Warum so niedergeschlagen?", fragte Elisei arglos. „Das fragst du noch", erwiderte Erhan. „Wenn es so weiter geht bin ich ruiniert. Dann...Ich weiß auch nicht, was ich dann machen soll." Der Rumäne nahm ihn am Arm und zog ihn hoch. „Jetzt hör mal auf so zu reden. Es ist nur noch eine Frage der Zeit, bis wir Erfolg haben." „Wir haben jetzt fast alle Dörfer durch", gab der Vampirjäger zu bedenken. Sein Partner nickte ernst: „Ich frage mich, warum die Blutsauger sich nicht blicken lassen. Irgendetwas müssen sie doch planen." Als ob er soeben die Lösung gefunden hatte, fügte er begeistert hinzu: „Das kann nur die berühmte >Ruhe vor dem Sturm< sein." Er bemerkte, dass Erhan nicht überzeugt wirkte. „Das siehst du in jedem Film. Und dann, wenn es soweit ist, sind wir vorbereitet." Beschwingt ging er voran nach draußen. Der Vampirjäger folgte ihm trübsinnig hinaus in den Regen und trat prompt in eine Pfütze. „Verdammt, das ist aber auch ein Mistwetter!" Er hob seinen Fuß und...starrte schockiert den rot verfärbten Stoff an.

Bredica konnte das komische Gefühl, was sie umgab nicht abschütteln. Dieser gutaussehende Vampir hatte sie in eine Art alt

Scheune mitgenommen und diese war vollgestopft mit Vampiren. In dem allgegenwärtigen Stimmengewirr konnte sie kaum verstehen, was ihr Begleiter ihr erzählte. Unter so vielen Vampiren gleichzeitig war sie noch nie gewesen. Genau genommen hatte sie sich nie mit anderen abgegeben, außer mit ihrem Bruder. Das ziemte sich nicht. „Das sind wir - die Revolutionäre - und das ist unser Treffpunkt. Weißt du, Schätzchen, du solltest zu uns gehören." „Was genau habt ihr nun vor?", fragte sie vorsichtig. Er grinste. „Wir werden gemeinsam einen Weg finden diesen Tyrannen zu stürzen. Ein für alle Mal und je mehr wir sind, umso besser ist es." Er legte der Vampirin beiläufig eine Hand auf die Schulter. „Entschuldige mich. Meine Rede wartet." Damit drängte er sich eilig durch die Menge davon.

Bredica musste schlucken. Das war es also, was Draculea so unruhig machte. Er musste es bereits geahnt haben. Doch das waren keine sich selbst überschätzenden Idioten. Diese Vampire hatten ein Ziel und offensichtlich einen Plan und anscheinend auch noch jede Menge Willenskraft. Draculea dagegen war ein Einzelkämpfer, obwohl ihm natürlich eine Kampftruppe zur Verfügung stand. Er war unberechenbar und mächtig, soviel war sicher, aber wenn diese Truppe es schaffte sich perfekt zu organisieren, dann konnten sie tatsächlich eine Chance haben. Es wäre ein Fehler sie zu unterschätzen. Eine Gänsehaut lief ihr über den Rücken, denn vor ihrem inneren Auge, sah sie den Mob bereits in ihr Herrenhaus einmarschieren.

Ein lautes Räuspern riss sie aus ihren Gedanken. Erstaunlicher Weise breitete sich augenblickliche eine Stille aus, in der man eine Stecknadel hätte fallen hören können. Ihr Begleiter war auf einen Tisch in der Mitte der Halle gestiegen und ergriff nun das Wort: „Es erfüllt mich mit Freude zu sehen, dass wir immer mehr und mehr werden! Mit jeder Nacht, in der wir uns hier treffen nimmt die Zahl unserer Anhänger zu und das ist gut so. So viele von uns haben begriffen, dass wir nicht mehr im Mittelalter leben, obwohl unser Graf das offenbar glaubt. Wir sind bald stark genug, um anzugreifen. Alles, was wir brauchen ist unsere Willenskraft, unser Teamgeist und..."

Ein Geräusch am Tor hinter ihr lenkte ihre Aufmerksamkeit ab. Noch ein neuer Rekrut? Auf den ersten Blick passte er ganz und gar nicht hier her. Er wirkte vornehm mit seiner feinen Kleidung und dem nach hinten gekämmten Haar, das in einer lockeren Welle zurückfiel. Er wirkte so, als ob er das selbst ganz genauso einschätzte. Er sah sich kurz um, atmete tief durch und ging dann auf Bredica zu. „Guten Abend", murmelte er. „Sagen Sie, bin ich denn hier richtig bei den Mägd...äh, bei den Aufständlern gegen Draculea?" „Das sind Sie", erwiderte sie mit einem Lächeln. Weil er immer noch etwas perplex wirkte, beschloss, sie das Gespräch fortzuführen." Ich bin allerdings auch zum ersten Mal hier. Ich heiße übrigens Bredica." Er deutete eine Verbeugung an - ganz der Gentleman vom feinen Adel und gab ihr die Hand. „Mein Name ist Jakov de Zarlac. Mein Vater Viorel de Zarlac, Bojar und Oberhaupt der Vampirbevölkerung der Walachei, schickt mich, um mit euch zu reden."

Sofort wendeten sich alle Blicke auf sie. Ein Vampir schrie nach vorn: „Jackter, Jackter, die Hilfe aus Bukarest ist da! Sie haben uns einen geschickt!" Ein anderer rief: „Ich wusste es! Sie sind auf unserer Seite! Sie werden uns helfen!" Sofort wurde Jakov nach vorne zum Tisch geschoben. Jackter reichte ihm die Hand und zog ihn zu sich hoch. „Herzlich willkommen, mein Freund!", begrüßte er ihn, nachdem er ihn einen Moment lang verwundert gemustert hatte. „Wir sind alle sehr froh dich zu sehen." Zur Zustimmung jubelte sie Menge. „Ich bin Jackter, der Organisator dieser kleinen, bescheidenen Truppe." Er klopfte Jakov auf die Schulter. „Also Kamerad, wie sieht es aus? Können wir auf dich und deine Sippe zählen?" Er tat Bredica fast etwas leid, wie er so verloren auf dem Potest stand. Der Neuankömmling aus der Hauptstadt räusperte sich, dann setzte er etwas unbeholfen zur Rede an: „Nun ja, ich bin Jakov...de Zarlac. Und mein Vater Viorel de Zarlac schickt mich. Bojar und Oberhaupt der Vampirbevölkerung der Walachei. Ich soll mit euch reden und...ähm...mit euch gemeinsam herausfinden, was wir am besten als Nächstes tun sollten." Jackter ergriff Jakovs Hand und steckte den Arm in die Höhe, als hätte er einen Olympiasieger zu beglückwünschen. „Leute! Hört ihr das?! Er ist mit im Boot!" Der Rebell ließ seine Hand wieder los und trat an die Tischkante. „Kein Grund zur Panik, alles läuft nach Plan. Unser Jakov wird die Lage checken. Also, Leute, sagt unserem Kameraden alles, was er wissen will und haltet euch nicht zurück. Es ist wichtig, dass er alles über unserer Situation erfährt!" Nun wand sich Jackter an Jakov: „Misch dich unter das Volk, mein Freund. Du bist heute unser Gast und ich wette sie sind alle sehr erpicht darauf dich kennenzulernen." Er zwinkerte ihm zu. „Beute haben wir natürlich auch organisiert. Bediene dich nur, unsere Freunde werden dir alles zeigen." Er gab ihm einen Klaps auf die Schulter, unter dem der Vampir das Gleichgewicht verlor und nach unten in die Menge taumelte, die sofort auf ihn einstürzte. Von da an konnte sie ihn nicht mehr sehen.

Erhan betrat mit seinem Freund gemeinsam sein Gästezimmer. Das Haus war stockdunkel gewesen. Alle anderen schliefen offensichtlich schon, inklusive des Haushundes, der vollgefressen neben dem Schuhschrank im Hausflur lag. Sie waren so leise wie möglich die knarrende Holztreppe hinaufgestiegen, waren dabei über das ein oder andere Gerümpel gestolpert, bis zu einem vollgehängten Wäscheständer. Endlich angekommen ließ sich der Vampirjäger aufs Bett fallen. Wenn er Elisei so musterte, dann musste er feststellen, dass sie beide etwas mitgenommen aussahen. Kein Wunder, nach dieser Tour. Sie hatten zwar keine Vampire entdeckt, doch wenn er seinen Schuh betrachtete war es nur allzu offensichtlich, dass dort jemand getötet und sorgfältig entsorgt worden war, von wem oder was auch immer. Da sie nichts

Genaues wussten und diese Tatsache für beide gruselig war, verlor keiner der beiden mehr ein Wort darüber. Anschließend warf er einen Blick auf seine eigenen Sachen. „Ich fürchte, wir müssen bald wieder shoppen gehen", stellte er fest und deutete auf seine zerrissene und mit Schlamm verkrustete Jacke. „So in Jammer", gab sein Partner zurück. „Es war so ein schönes Stück!" Kopfschüttelnd wechselte er das Thema: „Meinst du der Typ, der uns vorhin gefolgt ist war ein Vampir?" Erhan zuckte mit den Schultern. „Das scheint dich zu beschäftigen", murmelte er. „Leider werden wir es nicht erfahren, er war schließlich plötzlich verschwunden." „Im Schatten", flüsterte Elisei. „Still und heimlich,…wie ein Vampir." Erhan wollte gerade etwas dazu sagen, da rumpelte es auf dem Flur. Er hob achtsam einen Zeigefinger und raunte Elisei zu: „Hörst du das?" „Ja", murmelte der. „Das war der Wäscheständer. Meinst du das war…der Vampir?" Erhan war sich diesbezüglich nicht sicher. „Lass uns gehen und nachsehen", schlug er leise vor. Er schnappte sich seinen Silberdolch vom Nachttisch, postierte sich neben der Tür und lauschte. Elisei schlich langsam durch den Raum an seine Seite. „Er ist uns trotzdem gefolgt, wir haben ihn nur nicht mehr gesehen." „Das wissen wir noch nicht", zischte der Deutsche. Nun komm, sei endlich still!"

Er presste das Ohr wieder gegen die Tür. Es rumpelte immer noch im Flur, dann hörte er Schritte, Schritte die auf sie zukamen. „Einen Moment noch, warten", wisperte er. „Noch einen Augenblick und…JETZT!" Er schlug die Tür auf und sprang hinaus auf den Korridor, Elisei dicht an seiner Seite. Das nächste was sie hörten, war ein schriller Schrei. Elisei knipste neben ihm das Licht an, sodass sie erkennen konnten, wer da vor ihnen stand - eine vor Schreck erstarrte Frau mit einem Wäschekorb in den Händen. „Oh mein Gott", flüsterte Elisei Erhan zu. „Es war nur meine Mutter." Der betrachtete peinlich berührt erst seinen Dolch, dann seine dreckige Erscheinung bis hin zu den blutroten Schuhen.

„Unglücklicherweise sieht es ganz so aus."

Nachdem der Hausherr auch noch dazugekommen war, hatte es keine zehn Minuten gedauert, bis man Erhans Sachen gepackt und ihn samt denen hinausbefördert hatte. Nun stand er im Dunkeln, vor dem Gartentor, besser gesagt, vor dem kläffenden Hund und sah zurück zu dem wütenden Gastgeber und seiner Frau, die ihn immer noch mit entsetzt aufgerissenen Augen anstarrte. „Das tut mir leid", murmelte er. „Das wollte ich nicht." Als Elisei an seiner Seite auftauchte bat er: „Könntest du deinen Eltern vielleicht ausrichten, dass ich diesen Vorfall zutiefst bedauere?" Elisei nickte ernst. „Natürlich rede ich mit ihnen. Ich meine, das war doch nur eine dumme Verwechslung." Er klopfte ihm beruhigend mit der Hand auf den Unterarm und schob ihm seine Pistole, die er noch immer in der Hand hatte zu. "Warte hier, ich klär das."

Erhan sah ihm nach, wie er selbstsicher zu seinen Eltern schritt und eine angeregte Diskussion begann. Als er kurz darauf zu ihm zurückkam, hatte er allerdings so seine Zweifel, ob sie tatsächlich nach seinen Vorstellungen verlaufen war. „Und?", fragte er skeptisch. Elisei legte ihm seinen Arm um die Schultern und drängte ihn beiläufig in Richtung Auto. „Familie wird doch manchmal so überschätzt. Irgendwann muss doch das Küken das Nest verlassen, nicht wahr?"

Kurz darauf saßen die beiden in Eliseis Taxi und fuhren die dunkle Landstraße entlang. Schließlich brach Erhan das Schweigen: „Wo fahren wir hin?" „Nach Bukarest, das hatten wir doch sowieso vor." Wieder folgte Schweigen. Zögerlich fuhr Erhan fort: „Du solltest dich nicht wegen mir mit deinen Eltern streiten." Elisei kicherte: „Wie süß von dir Erhans. Mach dir mal keine Sorgen. Ich schicke Vadim zu ihnen. Der alte Diplomat wird das klären. Die kriegen sich schon wieder ein."
„Manchmal nicht."
„Wie meinst du das?"

„Ich sage nur, dass Rückhalt wichtig ist. Ehe man sich versieht steht man alleine da."

Elisei sah den Vampirjäger von der Seite an. „Was..." Doch weiter kam er nicht. Erhan fiel ihm schrill ins Wort: „ELISEI!!! Pass doch auf!!!" Er griff nach dem Lenkrad und riss es herum, aber es war schon zu spät. Die Zeit schien sich zu verlangsamen, während die beiden schreiend dem Abgrund entgegensahen. Statt dem Straßenverlauf zu folgen rauschte das Auto geradeaus weiter in den Straßengraben.

Jakov trat das Gaspedal durch, bei offenem Verdeck, um durch den Rausch der Geschwindigkeit nach dieser Begegnung wieder runter zu kommen. Jeder dieser Rebellen hatte ihm einzeln erklären wollen, wie sehr man unter der Diktatur litt und wie hart Draculeas Strafen waren. Jeder wollte ihm seine persönlichen Verluste mitteilen und dafür eine Portion Mitleid erhalten. Er schien nun genau zu wissen, wessen Tochter wann entführt wurde und wessen Bruder man grundlos getötet hatte. Die Politik war einfach nicht sein Ding. Warum war er nur der Sohn eines Bojaren, wie Viorel de Zarlac? Aber es nützte nichts. Familie - der höchste Wert. Ein Sohn musste seinem Vater dienen, sonst war er der zivilisierten Vampirwelt nicht mehr würdig. Das hier war immer noch besser als vogelfrei zu sein. Wer wollte das schon?

Ruckartig trat er auf die Bremse und brachte den Wagen mit quietschenden Reifen zum Stehen. „Heiliger Luzifer, was ist das denn?" Da lag ein Autoreifen und diverse Kleinteile dazu auf der Straße. Jakov zog in Erwägung einfach auf den Acker auszuweichen, aber das schadete dem teuren Lack. „Was solls? Dann räume ich es eben beiseite."

Er stieg aus und grummelte leise vor sich hin. Transsilvanien stand seinem Ruf tatsächlich in nichts nach - nichts als Dreckecken.

Und pöbelnde Bauern. Irgendwo schrien zwei von denen lautstark herum. Jakov trat näher heran, um besser verstehen zu können.

„Man darf dich wirklich während der Fahrt nicht ansprechen. Sieh dir nur an, in welchem Schlamassel wir jetzt schon wieder stecken."

„Das kann doch passieren, in der Dunkelheit. Dann rufen wir eben den Pannendienst."

„Gib mir dein Handy, mein Akku ist leer."

„So ein Mist, meins liegt noch bei meinen Eltern."

„Ach, das darf doch nicht wahr sein! Wir stecken hier fest. Wie lange wird es dauern, bis hier jemand vorbeikommt?"

„Dann müssen wir laufen. Bis zum nächsten Dorf sind es vielleicht nur noch so 20 Kilometer."

Aha, Touristen aus Deutschland. Obwohl, der eine sprach Deutsch mit einem gewissen Akzent. Wie dem auch sei, offensichtlich waren die mit ihrem Wagen im Straßengraben gelandet. Es gab hier eine einzige, gut überschaubare Straße und diese konnte man wirklich noch verfehlen? Wie belustigend. Mal sehen wie diese Menschen aussahen, vielleicht war daraus ein angenehmer Snack für unterwegs zu machen.

Der Vampir trat an den Straßengraben heran. Naja, der Anblick war nicht so berauschend - ziemlich zerlumpte Gestalten, dreckig und zerzaust. Sollte er die mitnehmen? Blut blieb Blut, aber das Auge aß ja bekanntlich mit...

Aber sie hatten ihn sowieso schon gesehen. „Da ist jemand!", rief der eine erleichtert. „Na Gott sei Dank. Hey, hallo, helfen Sie uns bitte!" Sie kamen auf ihn zu getaumelt. Sowie sie näher kamen wich Jakov einen Schritt zurück und verzog angewidert das Gesicht. Der Jackenärmel des einen Mannes war durchtränkt von Blut. Er hasste es selbst, aber bei dem Anblick von so viel Blut wurde ihm immer wieder schlecht. Der Geruch war köstlich, aber er konnte es nicht sehen. So peinlich das auch war, er konnte es nicht ändern. Tja, einer der vielen Gründe, aus dem sein Vater sich einen anderen Sohn wünschte.

„Oh, das Blut", verstehend nickte der andere Mann. „Die Autoscheibe ist gerissen und mein Kollege hat sich am Glas geschnitten. Ist halb so schlimm, ich habe es schon verbunden. Nicht grundlos ist der Verbandskasten in jedem Taxi Pflicht." Er grinste triumphierend. Nun ja, der sah wenigstens einigermaßen sauber aus, den würde er sich gönnen und dem anderen würde er hinterher eins überziehen. Vorsicht war hier wohl kaum nötig, den beiden Trotteln würde doch sowieso keiner glauben. Er leckte sich genüsslich die Lippen und ging langsam auf ihn zu. „Was soll das denn? Was haben sie vor?" Alarmiert taumelte der Mann rückwärts, bis er mit dem Rücken zum Auto stand. Jakov präsentierte sein Gebiss und stürzte sich auf den Hals seines Opfers. Das kreischte laut auf und etwas Unerwartetes passierte. Ein brennender Schmerz durchzuckte ihn. Der Vampir ließ von dem Mann ab und wirbelte herum.

Das war Adrenalin pur. Erstaunlicherweise. So oft hatte er mit Vampiren geforscht, aber nun hatte er ein wildes und augenscheinlich extrem starkes Exemplar vor sich. Eines, das im Begriff war seinen Freund zu töten. Er hatte stümperhaft reagiert, äußerst stümperhaft. Ihm den Dolch in den Rücken zu rammen war Selbstmord gewesen, er wusste, dass der Vampir sich schnell erholen würde.
Bingo. Der Typ sah sehr wütend aus. Zu Erhans Verteidigung war einzig und allein vorzubringen: Es war spät, er stand von dem Unfall noch unter Schock und...darauf war er einfach doch nicht vorbereitet. Bisher hatten er und Bastian immer ausgeklügelte Angriffspläne gehabt, mit Fallen und Rückzugsmöglichkeiten. Aber wie sollte man hier auf die Schnelle eine sinnvolle Strategie entwickeln? Der Vampir fletschte seine Reißzähne. Was nun? Das Ungetüm kam auf ihn zu. Er hob erneut seinen silbernen Dolch und warf Elisei einen flüchtigen Blick zu. Er stand noch immer an

derselben Stelle und gaffte den Vampir mit großen Augen an.

Verdammt Elisei, mach doch was...

Endlich schien er aus seiner Starre zu erwachen. Sein Partner sprang dem Vampir auf den Rücken. „Ich würde das lassen, wenn ich du wäre!", brüllte er. „Wir sind nämlich Vampirjäger! Ja, da guckst du ziemlich dumm aus der Wäsche und wir sind dazu noch eindeutig in der Überzahl. Da flackerte irgendetwas in den Augen des Vampirs auf. Mit einer einzigen Bewegung schüttelte er Elisei ab und warf ihn in einigen Metern Entfernung zu Boden, wo dieser erstmal liegen blieb. „Ach ihr seid das", sagte er. Erhan schauderte. Ein Vampir, der mit ihm sprach. Wie ein Mensch. „Ich habe von euch gehört. Aber ihr seht gar nicht aus, wie die üblichen Unruhestifter."

Erhan wich einen Schritt zurück. *Und du siehst nicht aus, wie ein Vampir*

„Ihr wirkt nicht, wie Radikale."

Erhan schluckte. *Und du siehst nicht aus, wie ein gewissenloses Monster.* Über diesen Gedanken war er selbst erstaunt, aber so war es. Und hätte er sie ernsthaft töten wollen, dann hätte er das längst tun können, soviel war sicher.

Nein, Schluss jetzt! Das war ein Blutsauger, ein Monster, ein Mörder. Er spielte nur mit ihnen, weil er wusste, dass er den beiden immer noch überlegen war.

Er atmete tief ein und aus und stürmte auf seinen Gegner zu. Der wich so plötzlich zur Seite aus, dass Erhans Augen der Bewegung nicht folgen konnten Er schlug ihm den Dolch aus der Hand und packte ihn am Nacken.

Verdammter Mist! Erhan versuchte sich erfolglos zu befreien. Jetzt hatte er seine letzte Chance endgültig verspielt. Der Vampir starrte ihn aus lodernden Augen an. Dem Forscher blieb nichts mehr, als abschließend noch ein bisschen zu provozieren. Wenn schon, dann in Würde untergehen. "Na komm schon, Blutsauger. Dann fang endlich an", krächzte er. „Schlachte mich ab. Mach schon, lass es uns hinter uns bringen." Noch einmal strich der Vampir betont langsam mit einem krallenartigen Fingernagel über seine Halsschlagader. Unwillkürlich hielt Erhan die Luft an. Nach einigen Sekunden, die dem Vampirjäger wie Minuten vorkamen, ließ er ihn los und begann zu lachen. „Ich mache mir doch nicht an euch die Hände schmutzig. Ihr seid Draculeas Problem, nicht meins. Und gerade jetzt werde ich mir sicher keinen Extra-Ärger einhandeln. Nein, so nötig habe ich es nicht." Damit ließ er Erhan los und öffnete seine Autotür, stieg ein und fuhr mit quietschenden Reifen davon.

Erhan sah ihm leicht perplex nach. Irgendwann tauchte Elisei neben ihm auf und legte ihm einen Arm auf die Schulter. „Wahnsinn, was war das denn eben?" Er sah seinen Freund von der Seite an und fügte lächelnd hinzu: „Was ist denn mit dir los? So von der Rolle habe ich dich ja nicht mehr gesehen, seitdem du den Vampirbiss hattest." Instinktiv betrachtete Erhan seine Hand mit dem Silberring. War das vielleicht der Grund, warum er ihn verschont hatte? Vielleicht hatte der Vampir gesehen, dass Erhan selbst gerade zu einem Schattenwesen mutierte. Wieso hätte er ihn dann töten sollen? Aber Elisei hatte er auch nichts getan, warum? >Ihr seid Draculeas Problem, nicht meins.< Was sollte das heißen? Er brauchte etwas Zeit um seine Gedanken zu ordnen. Erhan schüttelte den Kopf. Das Wichtigste zuerst. „Wir müssen hier irgendwie wegkommen. Komm schon, schnapp dir, was du tragen kannst und dann nichts wie weg zum nächsten Dorf, wer weiß welches Ungeziefer hier als nächstes vorbeikommt." Er wischte seinen Dolch im Gras ab. „In welcher Richtung liegt denn das Dorf?" Elisei erwiderte: „Das ist einfach, wir müssen nur weiter der Straße folgen." Beide luden sich ihre Taschen auf die Schulter.

„Dann lass uns keine Zeit verlieren." Sie waren noch keine hundert Meter gekommen, da begann Elisei mit der Verarbeitung seiner Erlebnisse: „Echt Erhan, das ist ja der Wahnsinn! Hast du seinen Kiefer gesehen. Der Typ sah doch ganz normal aus, aber als er die Reißzähne gezeigt hat…Das war ja gewaltig. Ich frage mich, wie das Gebiss in seinen Mund passt…..."

Wahrscheinlich würde das so weiter gehen, bis sie das nächste Dorf erreicht hatten. Doch Erhans Gedanken drifteten langsam von dem Vortrag über Gebisstypen ab und hing seinen eigenen Gedanken nach. So vielen Vampiren war er in den letzten Jahren begegnet, aber gerade diese 10 Minuten hatte haufenweise Fragen aufgeworfen.

Ungeduldig lief er auf dem Balkon hin und her. Sie war nun schon einen ganzen Tag und die halbe Nacht lang weg. Hatte sie wirklich die ganze Zeit das Volk beobachtet. Selbst in den unangenehmen Mittagsstunden? Oder war sie wieder nur ihren Vergnügungen nachgegangen? Wenn sie nicht seine Schwester wäre, dann hätte er längst...

Er hatte die Hände zur Faust geballt, zwang sich aber nun, wieder zu entspannen. Wenn sie dieses Mal sein Vertrauen erneut missbrauchte, dann würde er ihr endgültig die Strafe zukommen lassen, die sie schon lange heraufbeschwor. Vielleicht würde er sie nicht töten. Sie war immerhin Teil der Familie, aber verstoßen konnte er sie, verbannen und für vogelfrei erklären. Damit wäre sie noch gut bedient. Aber vielleicht tat er ihr doch Unrecht. Das Blut einer Celemândre steckte in ihr. Die nötigen Anlagen besaß sie doch und die Instinkte, die Fähigkeiten. Sie musste nur gezügelt werden. Vielleicht würde sie dieses Mal ihr Temperament zu seinen Gunsten nutzen.

Draculea begab sich zurück ins Anwesen und nahm in seinem Ohrensessel Platz. Das, was Bredica ihm liefern würde war ohnehin nur noch die Bestätigung, für das, was schon lange klar war. Hier braute sich etwas zusammen. Diese minderbemittelten Bodenkriecher katzbuckelten noch vor ihm und glaubten tatsächlich, er bekäme nicht mit, was da lief. Nun, dann mussten sie auch mit den Konsequenzen leben und die würden folgen, sobald seine kleine Schwester zurück war.

Die Tür knarrte und leise Schritte waren im Flur zu hören. Da war sie. Draculea sah auf und fixierte seine Schwester, die sich förmlich vor ihm verneigte. *Ja, so ist´s recht, Bredica.* „Ich hoffe, du bringst mir Neuigkeiten, nachdem du so lange fort warst", verlangte er mit Nachdruck in der Stimme. „Die habe ich", entgegnete Bredica mit unterdrückter, aber unbezweifelbarer Aufregung. Sie setzte sich, auf den Stuhl, der seinem Platz am nächsten war und beugte sich zu ihm. „Du musste vorsichtig sein", platzte es aus ihr heraus. „Sie planen einen Aufstand gegen dich." Draculea nickte. Genau das, was er erwartet hatte. Das war die einzige Schlussfolgerung, die aus all dem Ungehorsam hervorging, ganz zu schweigen von der Faulheit und den fehlenden Abgaben. Bredica sah ihn mit flehendem Gesichtsausdruck an. „Du musst dich friedlich mit ihnen einigen. Glaub mir, es sind zu viele. Niemals kannst du diese Meute besiegen." Der Fürst stand auf und öffnete die Tür, die ins Forier führte. Seine Schwester folgte ihm eilig. „Sieh dir all diese Gemälde an, Schwester", forderte er sie auf. „Was zeigen sie?"

„Unsere Familie."

„Richtig. Die Familie Celemândre. Unsere - deine und meine - Vorfahren. Alle von ihnen haben kämpfen müssen. Einige haben Schlachten geführt. Verloren und gewonnen." Er verharrte bei dem größten Kunstwerk: Die Darstellung eines Schlachtfeldes mit einem dunklen Mann auf einem schwarzen Pferd. Dieser trug den Samtumhang, der nun Draculeas Schultern zierte. Er spürte seine geschichtsträchtige Last, das Blut, aber auch die Euphorie zahlreicher Kämpfe und wurde dadurch bestärkt in seiner Gewissheit. Er deutete mit einem Kopfnicken auf das Bild. „Wer ist das?" Verblüfft sah sie ihn an. „Was soll das? Wie sollte ich das nicht wissen, so oft, wie Vater von ihm gesprochen hat? Das ist Vlad der Pfähler, der erste Draculea."

Draculea lächelte: „So ist es. Er hat unserem Namen alle Ehre gemacht. Wo es nötig war suchte er Verbündete und wo es nötig war wand er sich wiederum von ihnen ab. Er fürchtete sich nicht vor Kämpfen, die gekämpft werden mussten. Er gewann und verlor, aber niemals verlor er seinen Stolz. Er tat, was getan werden musste -Vlad der Pfähler."

Draculea eilte weiter den Gang entlang. Es blieb keine Zeit zu verlieren. „Und genau das werde ich jetzt auch tun." Seine Schwester ließ nicht davon ab, ihm nachzulaufen. „Warte! Wo willst du hin?! Wladimir! Was hast du vor?! So glaube mir doch! Hör dir wenigstens an, was sie dir zu sagen haben! Du kannst eine Lösung finden!"

Da war sie wieder: Die Haltung ihrer Mutter, so gutgläubig, so naiv. Deshalb hatte sie ihrer Zeit sterben müssen. Graf Draculea drehte sich nicht um, sondern ging unbeirrt seines Weges. Im Wagen wartete sein menschlicher Chauffeur. Er schlief noch, wahrscheinlich auf Grund des Blutverlustes vor wenigen Stunden. Nun hatte Bredica ihn eingeholt. „Was hast du vor?", fragte sie noch einmal. Er fuhr zu ihre herum und herrschte sie an: „Das soll nicht deine Sorge sein! Die Politik mache ich und ich erwarte, dass du deine Pflicht tust und mich dabei unterstützt, unter Einsatz deines Lebens, so wie es sich gehört!" Er nahm sie beim Arm und zog sie näher an sich heran. Mit schneidender Stimme flüsterte er: „Deine Loyalität gilt mir, so wie die aller anderen in Transsilvanien und jeder der sich widersetzt wird teuer bezahlen müssen." Er stieß sie weg, sodass sie zurücktaumelte. „Nun sage mir: Wo treffen sich diese verfluchten Deserteure?"

„In der alten Lagerhalle bei..."

Das reichte schon, er wusste, welche Halle sie meinte. Er hörte ihr nicht weiter zu, sondern riss die Tür des Wagens auf. „Aufgewacht! Ich muss los! Sofort!", brüllte er den Fahrer an. Der schreckte hoch und griff wie automatisiert nach dem Lenkrad. „Natürlich, Chef. Augenblicklich Chef." Er knallte die Tür vor der Nase seiner Schwester zu und zeterte: „Worauf warten Sie? Fahren sie schon los!"

„Natürlich, Chef. Sofort, Chef." Ruckartig setzte sich der dunkelrote Sportwagen in Bewegung.

Erhan konnte kaum in Worte fassen, wie erleichtert er war, als sie endlich in Bukarest angekommen waren. Der Weg bis zum nächsten Dorf hatte sich endlos hingezogen und es war stockdunkel gewesen. Als sie dann tatsächlich eine Ansammlung von Häusern erreicht hatten, hatte ihnen zunächst niemand die Tür geöffnet. Als sie dann schließlich doch zu einer Hausfrau gerieten, die so gnädig war, ihnen kurz das Telefon zur Verfügung zu stellen, hatten sie ein Taxi gerufen, das sie zum nächsten Bahnhof bringen sollte. Auf dessen Ankunft mussten sie dann nur eine Stunde warten und die Zugfahrt danach kam Erhan noch länger, als beim letzten Mal vor. Jetzt waren sie durch ein ärmlich aussehendes Viertel gewandert und standen endlich vor der Tür zu Vadims Wohnung. Die Tür ging auf und Erhan sah in ein vertrautes, freundliches Gesicht, das heute allerdings eher nachdenklich wirkte. Vadim fiel Elisei sofort um den Hals und begrüßte den Forscher dann ebenso überschwänglich. „Mensch, froh bin ich, euch sehen. Mama und Papa erzählt haben größte Schauermärchen." „Ok, dann haben sie dich also schon angerufen", stellte Elisei fest. „Sag mal, können wir bei dir pennen, Bruderherz. Nur heute, morgen suchen wir uns ein Motel." Vadim schob die beiden praktisch in seine Wohnung. „Ist doch klar, immer reinkommen. Haben nicht viel Platz, wie du weißt Bruder, aber wird gehen. Erhan, haben du schon gefunden, Vampire?" Der Forscher winkte ab: „Bitte bohre nicht in offenen Wunden."
„Dann vielleicht es gibt sie doch nicht."
„Natürlich gibt es sie", protestierte Elisei. „Einer von denen wollte mich gerade abschlachten. Wenn Erhan ihm nicht den Dolch in den Rücken gerammt hätte, wäre ich jetzt tot." Er machte eine kurze Pause. „Oder vielleicht einer von denen." Erhan erschauderte und erwähnte dann beiläufig: „Ich glaube ja eher nicht mehr

daran, dass der Biss eines Vampirs verwandelt."

Vadim schüttelte den Kopf. „Lieber Himmel, jetzt erst einmal ausruhen. Setzen doch. Bitte." Er deutete auf das Sofa und hob eine Schale vom Tisch auf. „Wollen Keks?" Der Deutsche nahm eines der Plätzchen und setzte sich. Obwohl er ihn kaum kannte, hatte er doch den immer positiven Vadim vermisst.

Jakov stolperte in die Wohnung seines Vaters. „So ein Mist", stöhnte er. Warum hatte er von diesen dreckigen Menschen Notiz genommen? Der kleine Messerstich würde bald verheilt sein, aber die Verbrennung war aufs äußerste unangenehm. Warum musste dieser Mistkerl auch einen Dolch aus purem Silber besitzen. Gerade er, mit seiner makellosen, blaublütigen Abstammung war doch besonders empfindlich bei so etwas.
Als er ihn kommen sah, stand Viorel de Zarlac von seinem Designersofa vor der Fensterfront auf und kam auf ihn zu. „Um Luzifers Willen, was ist denn mit dir passiert, Junge?" „Nichts", erwiderte der gereizt. „Ich bin diesem Vampirjäger begegnet."
„Du hast ihn doch nicht etwa getötet, oder?" Warum interessierte sich dieser machtgeile Mann jetzt mehr für diesen Menschen, als für...Egal. Das Thema war eine alte Kamelle.
„Nein, natürlich nicht. Er gehört Draculea und außerdem hatte er noch einen Handlanger bei sich." Jakov biss die Zähne zusammen, als er sich auf den nächstgelegenen Stuhl setzte. „Und der gehörte *eindeutig* Draculea. Der Typ hat vielleicht nach seinem Vampirgift gestunken, das glaubst du gar nicht. Hat anscheinend kein schlechtes Blut."

Sein Vater nickte mehrfach und kam mit zunehmend besorgtem Gesicht auf ihn zu. „Bitte steh auf mein Junge, dein Blut verfärbt die Bezüge...Ach herrje, dein linker Lungenflügel ist ruiniert, aber das macht nichts, meine sind beide in meiner Jugend draufgegangen. Ich werde das nähen, leg dich auf den Tisch, aber nicht doch, pass auf, der Teppich."

Jakov ließ sich vorsichtig auf die Tischplatte sinken, damit auch bloß kein Blut auf den weißen Fußboden tropfte. „Da siehst du mal, wie dumm diese Menschen doch sein können, wenn Draculea einen von denen sogar häufig als Wirt nutzt. Aber dieser, der dich angegriffen hat, hat sich gar nicht ganz so dumm angestellt."

„Das habe ich schon gemerkt", murmelte Jakov und spannte alle Muskeln an, als die kalte Nadel seine Haut berührte. „Ja, er hat wirklich beherzt zugestochen, zwischen den Rippen hindurch. Und er verwendet reines Silber, naja gut, dass weiß ja jedes Kind. Ziemlich verbrannt, aber solche Erfahrungen macht man. So, ich bin fertig." Teils kritisch, teils geringschätzig fügte er hinzu: „Wenn du Glück hast, wirst du keine Narben zurückbehalten. Die jungen *Männer* werden auch weiterhin auf dich fliegen." Jakov hievte sich vom Tisch hoch. *Bitte nicht schon wieder diese Leier.* Stattdessen fragte er: „Lassen wir das, sag mir lieber, wie wir weiter vorgehen. Die Transsilvanier rechnen fest mit deiner Unterstützung."

Viorel de Zarlac benutzte das blutüberströmte, zerrissene Hemd des jungen Vampirs, um den Tisch damit abzuwischen. „Ich denke nicht, dass ich sie ihnen gewähren werde." So sehr er wollte, Jakov konnte sich nicht zurückhalten: „Das kannst du nicht. Siehst du denn nicht, dass du eingreifen musst? Diese Leute da oben sind schon viel zu weit gegangen! Der Schritt ist getan! Wenn du dich jetzt weigerst, dann schickst du diese Leute in den Tod." Offensichtlich hatte er zu sehr provoziert. Die Augen seines Vaters sprühten Funken. „Du wagst es, meine Entscheidung in Frage zu stellen? Bist du am Ende auch noch ein *Verräter*?"

„Ein Verräter?! *Ich* soll ein Verräter sein?! Ich weiß, dass dir nichts von dem, was ich anpacke recht ist, Papa, aber alle deine Befehle habe ich ausgeführt! Ich habe nie erwartet, dass du mich anerkennst oder mir dankst, aber ein Verräter?! Entschuldige Vater, das schlägt dem Fass den Boden aus."

„Du mischst dich in Dinge, die dich nichts angehen! Dabei kannst du froh sein, dass du all die Jahre hier unter meinem Dach bleiben durftest, obwohl du rein gar nichts zustande bringst!"

„Ach wirklich? *Du* hast doch selbst ab und zu von meiner Webside profitiert. Die Welt hat sich verändert, Papa. Das Mittelalter ist vorbei, du musst dich damit abfinden. Und *du* warst es, der mich überhaupt erst zu diesen Leuten da hochgeschickt hat! Ich sage dir, es wird Krieg geben, wenn du nicht eingreifst, und glaubst du vielleicht, es wird spurlos an der Walachei vorbeigehen, wenn die da oben Draculea attackieren! Ich sage dir, wir müssen uns vereinen, sonst werden wir alle bitter bezahlen!"

„Dann verschwinde doch, wenn du meinen Entschluss nicht stützen willst!", brüllte sein Vater. „Ich habe den Auftrag dieses Volk zu schützen - meine Vampire und im gleichen Zug die Menschen, von denen wir uns ernähren!"

„Aber genau das tust du nicht! Es werden so viele Unschuldige sterben!"

Der alte Vampir kam auf ihn zu. So zornig hatte Jakov ihn noch nie erlebt. Er zog einen Stuhl vom Tisch weg, drehte ihn um und brach ein Stuhlbein ab. Nun hielt er den improvisierten Holzpflock fest in der rechten Hand und klopfte damit in einem monotonen Rhythmus gegen die linke Handfläche, während der Bojar weiter auf ihn zukam. Aus seiner Stimme sprach die blanke Wut und eine beängstigende Entschlossenheit. „RAUS! Raus aus meinem Haus! Ich will dich NIE wiedersehen! Du bist hier niemandem mehr willkommen." Der Rest war nur noch ein gefühlskaltes Knurren: „Du bist nicht mehr mein Sohn."

Jakov wand sich ab. Er hatte genug gehört. Schnell verließ er den Raum. Als die Tür des Fahrstuhls sich schloss, hörte der Vampir noch, den lauten Knall, mit dem das Stuhlbein in die Wand einschlug.

Dann hatte er ihn nun also zum Abschuss frei gegeben - nirgends mehr willkommen, verachtet, wie eine Ratte in der Gosse. „Eines Tages musste es so kommen", murmelte er, wie zu sich selbst. Er hatte es irgendwie auch satt, wie Dreck behandelt zu werden. Er würde seine Sachen packen und gehen. Am Ende war sein Vater genauso berechnend wie Draculea.

In seinem Loft stopfte er schnell das Nötigste in seine Reisetasche, auf höchst unordentliche Weise, obwohl das eigentlich nicht seine Art war. Heute musste es so gehen. Nichts wie raus hier! Er war erleichtert, als er die schwere Metalltür aufstieß und den kühlen, nächtlichen Wind auf der Straße spürte. Er wand sich nach links. Gar nicht weit weg, war ein fünf Sterne Hotel, da würde er zunächst mal ein Zimmer nehmen...

Ein atemloses Keuchen lenke ihn ab. Eine Gestalt tauchte hinter dem nächsten Häuserblock auf und stolperte blindlings auf ihn zu. Jakov schnappte selbst erschrocken nach Luft, als er den Vampir erkannte. Das war der Revolutionär, der Wortführer, Jackter. Er kam ihm entgegen und stützte ihn. An der dreckigen Lederjacke klebte jede Menge Blut und...Jakovs Nasenflügel zuckten...und das war offensichtlich sein eigenes Blut. Der Vampir unterdrückte einen Anfall von Übelkeit. Schnell wand er den Blick davon ab und sah seinem Gegenüber stattdessen in die Augen. „Jackter, du meine Güte, was ist denn nur passiert?"

„Draculea", presste dieser hervor. Der Schock stand dem Rebellen ins Gesicht geschrieben. „Er war da, in der Lagerhalle." Er stockte. „Und? Was ist dann passiert?", drängte Jakov sacht. Der Revolutionär schluckte, bevor der erneut anhob. "Wir waren am Ende der Versammlung, einige waren bereits gegangen. Er sagte, dass er uns nicht dulden werde. Wir wären ungehorsam gewesen und deshalb würden wir bestraft werden. Dann hat er..."

„Ja." Der junge Vampir beugte sich vor und legte Jackter die Hand auf den Unterarm. „Was war dann? Was hat er euch angetan?"

Die Antwort war beinahe ein Schluchzen. „Er hat alle getötet – gepfählt - alle außer mir. Mich hat er absichtlich leben lassen. Ich sollte die Nachricht verbreiten, dass alle, die zu uns gehören, sterben werden. Er schwor uns alle zu finden." Er fiel Jakov um den Hals. „Ihr müsst uns helfen. Alle Bojaren müssen sich gegen ihn verbünden. Er war sehr selbstsicher. Er hat ganz bestimmt eine Armee. Bitte, wir müssen stärker werden. Wir können doch nicht mehr zurück."

Ein kalter Schauer lief Jakov über den Rücken, aber ruhig bleiben war angesagt. Sie hatten es angefangen, nun mussten sie durch. „Schon gut, murmelte er. Lass uns erst einmal in ein Hotel gehen. Du stehst unter Schock."

Zum Glück war das Hotel nicht weit entfernt. Jakov hatte Jackter seinen eigenen Mantel umgehängt, um das Blut zu verdecken. Dass sie unbehelligt in die Suite gekommen waren, war nur dem Umstand geschuldet, dass Menschen schlechtere Augen und dazu noch einen viel schlechteren Geruchssinn als Vampire hatten. Als die Tür endlich hinter ihm ins Schloss fiel, warf Jakov seine Taschen erleichtert in die Ecke. Er sah zu Jackter. Nun war es wohl entschieden, dass sie Kameraden waren. Der Krieg hatte begonnen. Der Vampir seufzte. „Zieh erst einmal die Jacke aus, wir müssen die Wunde versorgen." „Kannst du das denn?", fragte Jackter skeptisch. Er erwiderte beinahe resigniert: „Haben wir denn eine Wahl?"

„Na gut." Jackter zog seine Jacke und sein Hemd aus und setzte sich auf den Stuhl.

Jakov öffnete nacheinander alle Schränke. „Bügeleisen, Bügelbrett, Kleiderbügel, hier muss doch irgendwo...Na also, da ist es ja." Er zog Nadel und Faden aus einer Schublade hervor und ging hinüber zu seinem Kameraden. „Oh, na dann. Da werden wir erstmal einen Waschlappen brauchen."

Das weiße Hotelhandtuch färbte sich rot. Vor Jakovs Augen begann sich alles zu drehen, aber er blinzelte kräftig und schüttelte den Kopf, um die Übelkeit zu vertreiben. Es war keine Zeit mehr für Phobien. Trotzdem war er froh, als die Wunde - sie war beträchtlich groß und verdächtig nah am Herzen - endlich genäht, war.

Sobald er fertig war wich er zurück und wusch sich im Bad kräftig die Hände. Jakov sah in den Spiegel. „Das Draculea das getan hatte, obwohl noch gar nichts passiert war. Das war eine Kampfansage, mehr noch ein psychologischer Schachzug. Damit hatte *er* den Krieg begonnen und *er* würde ihn auch beenden wollen. Damit hatten sie die Kontrolle verloren und es galt sie so schnell wie möglich wieder zu finden. Der junge Vampir verließ das Bad und warf Jackter ein weißes Hemd aus seiner Reisetasche zu. „Hier, das kannst du anziehen." Er nahm es entgegen. „Danke, ich weiß wirklich zu schätzen, was du für uns tust. Wie sieht es denn nun aus? Dein Vater muss so bald wie möglich zu uns kommen. Am besten, wir brechen gleich auf." Jakov atmete tief ein und aus, bevor er seinem Partner reinen Wein einschenkte: „Jackter...mein...ähm...Vater wird nicht mit uns kommen." Genau genommen traf die Bezeichnung Vater nun auch nicht mehr zu. „Von Viorel de Zarlac ist nichts mehr zu erwarten."
Der Rebell war geschockt. „Was? Warum? Das kann doch nicht sein. Wie sollen wir es schaffen? Wir können nicht allein gegen Draculea ankommen."
Das war leider logisch, aber das würde Jakov nie aussprechen. „Jetzt hör mal auf, wir schaffen das. *Ich* werde euch helfen und ein paar von Viorels >großartigen< Genen müssen ja auch in mir stecken."
So ganz überzeugt sah der Revolutionär noch nicht aus. „Hey, wir schaffen das", versprach Jakov, aber er durfte es auch nicht schönreden. Er bedeutete Jackter, sich neben ihn aufs Sofa zu setzen. „Wir sollten uns nichts vormachen. Ein Krieg ist nicht gut. Wir werden noch mehr Opfer zu betrauern haben und viele Unschuldige werden hineingeraten. So ist es immer. Aber da müssen wir durch und wir werden es schaffen. Ich werde an deiner Seite stehen, Jackter, das verspreche ich." Dieser ergriff seine Hand und nickte ernst: "Danke."

„So, du musst dich jetzt erstmal ausruhen und deine Verletzung kurieren." Jackter wollte wiedersprechen, doch Jakov fuhr schnell fort: „Du bist ihr Anführer, du wirst sie leiten und es bringt uns nichts, wenn du nicht bei Kräften bist."

Der Rebell seufzte: „Na gut."

„Na also. Du bist doch vernünftig. Du musst etwas essen. Ich besorge dir ein bisschen Blut." Jakov musterte seinen Kameraden ausführlich. „Du willst sicher eine junge Frau." Er klappte sein Laptop auf.

Jackter runzelte die Stirn. „Was machst du da?"

„Ich habe da eine Webside."

Der Revolutionär rutschte an ihn heran und las: „Www.herzblut.ro. Was ist das?"

„Für Menschen ist es eine ganz normale Partnervermittlung. Wir bieten erste Dates an, aber auch zwanglose Treffen. Ich hoffe, irgendwann wird sie international."

„Das ist ja genial."

Stolz stieg in Jakov auf. „Danke dir." Er deutete auf ein Bild. „Die hier sucht noch nach einer Verabredung. Was hältst du von ihr?"

„Perfekt."

Als Erhan an diesem Morgen aufgewacht war, taten ihm sämtliche Knochen weh. Die Luftmatratze war wirklich hart gewesen, aber Vadims Wohnung bestand nur aus einem Zimmer. Er selbst schlief für gewöhnlich auf der Couch, wie sich herausstellte. Diese hatte er nun Elisei zur Verfügung gestellt, sodass für ihn selbst und Erhan nur Luftmatratzen übrig blieben. Und der junge Forscher *hasste* Camping, aber immerhin konnte er froh sein, dass sie überhaupt hier unterkommen durften. Der Tag war auch nicht viel besser weitergegangen. Eine Vielzahl an Stunden waren auf dem Bukarester Kommissariat draufgegangen, wo sie den Unfall von gestern Nacht melden mussten und sich im Zuge dessen ausführlich für ihre >Fahrerflucht< zu rechtfertigen hatten. Zu ihrer aller Glück waren sie durch zahlreiche, fantasievolle Ausreden und die Investition einiger Lei unbeschadet aus der Sache herausgekommen. Als sie endlich ihren restlichen Kram aus dem Wagen holen und gehen durften, war es schon Nachmittag. Auf dem Rückweg zur Wohnung hatte Erhan sich schnell noch ein paar neue Sachen gekauft, da seine in letzter Zeit doch überdurchschnittlich gelitten hatten, dann hatten sie sich zu einer Lagebesprechung in einer kleinen Kneipe mit Vadim verabredet.

Elisei nahm soeben einen Schluck von seinem Bier und hob an: „Morgen hat Vadim frei. Ich schicke ihn nach Bran. Hier kann er uns sowieso nicht nützlich sein - zu gutmütig und zu diplomatisch, aber er kann meine Eltern beruhigen. Man weiß nie, was die jetzt tun werden. Am Ende rufen sie noch die Polizei, der Schock von neulich sitzt sicherlich tief. Gerade bei meiner Mutter, weißt du." Erhan nahm einen ausgiebigen Schluck von seinem Bier. An diese Nacht wollte er sich nicht erinnern. In den schlaflosen Stunden der letzten Nacht, in denen er auf der Luftmatratze keine Ruhe gefunden hatte, hatte er Gelegenheit gehabt die Geschehnisse gedanklich zu verarbeiten. Er hatte seine Erfahrungen daraus gezogen und beschlossen, dass dies nun mal vorbei war und deshalb kein Grund bestand weiter darüber nachzudenken. Es war nun mal so: Passiert ist passiert.
„Jedenfalls ist mein Vater mehr so ein >Macher< und das in Kombination zu meiner überängstlichen Mutter...das kann manchmal gefährlich sein", beendete der Rumäne gerade seine Ausführungen."
Schluss jetzt mit dem Thema. „Ja, ja, lass ihn das nur machen, aber hast du auch eine Idee für unsere Mission?" Sofort war Elisei Feuer und Flamme. „Ich habe gedacht, wir nehmen uns zuerst den Norden vor. Um diese Jahreszeit hängen viele Leute im >Parcul Herâstrâu< rum."
„Herâstrâu? Da waren wir doch schonmal neulich, oder?"
„Ja, aber wir haben nicht nach Vampiren Ausschau gehalten. Am Abend treiben sich viele Leute im Park rum und der >Parcul

Herâstrâu< ist so ziemlich der größte in der Gegend." Er knuffte Erhan in die Seite. „Mensch, habe ich da eine Menge Nächte verbracht. Da könnte ich dir was erzählen..."
„Na Hauptsache du besäufst dich nicht wieder", unterbrach ihn Erhan.
Sicherlich hätte sein Partner noch einige Anekdoten erzählt, wenn nicht Vadim das Lokal betreten hätte. „Salut, Freunde. Seht, wen ich haben mitgebracht!"

Erhan traute seinen Augen nicht, als Bastian von Langleben vor ihm stand und die Arme ausbreitete: „Erhan, Kumpel! Komm schon, lass dich drücken." So überrumpelt wie er war, ließ Erhan sich vom Stuhl hochziehen und umarmte seinen langjährigen, besten Freund. „Mein Gott, Bastian! Was treibt dich denn hier her?"
Er ließ sich auf dem freien Stuhl neben Erhan nieder. „Die Semesterferien haben begonnen und da dachte ich mir: Warum sich ein Abenteuer entgehen lassen? Das ist doch schon Jahre her, dass wir zwei mal zusammen im Urlaub waren und vielleicht kann ich dir ein bisschen zur Hand gehen, auf deiner Suche nach Draculea."
„Naja, dein Vater ist sicherlich ein bisschen enttäuscht", hob Erhan an, doch sein Freund beschwichtigte sofort: „Ach, lass dich mal nicht verrückt machen, du kennst ihn doch. Er weiß, dass du mit Elan rangehst und er investiert schließlich nur, aber du machst die Arbeit. Also muss er sich gedulden. Das ist eben kein >Null-Acht-Fünfzehn-Projekt<."

„Habe ihn zufällig getroffen an Flughafen, nicht wahr?", Vadim lächelte Bastian freundlich zu. "Dieb wollte ihm Tasche stehlen, aber zum Glück konnte helfen."
„Ja", gab der Student zu. „Das war genial, wie du den Eimer umgetreten hast und dieser Idiot im Wischwasser ausgerutscht ist."
„Ja, ja, sowas mir passieren ab und zu. Könnte da erzählen Geschichten..."
„Und deine Kekse sind fantastisch."

„Können haben noch mehr, wenn wir sind zu Hause. Meine Wohnung sehr klein, aber ich haben noch Luftmatratze."

Erhan lehnte sich entspannt zurück. Er freute sich sehr, seinen Freund zu sehen. Nach den chaotischen Tagen hier, brachte er ihm irgendwie ein Gefühl von Heimat. Vadim schien ihn zu mögen. Die beiden waren bereits in ein Gespräch vertieft, nur Elisei wirkte missmutig. Er bestellt ein neues Bier und murrte: „*Der* hat uns noch gefehlt."

Als er zurück zum Schloss kam, stand Bredica bereits am Tor. Ob sie die ganze Zeit über hier gewartet hatte? Eine irrationale Freude überkam ihn.

Unter seinem wachsamen Blick zog der Fahrer die Handbremse an, stürzte nach draußen und hechtete regelrecht zur anderen Wagenseite um seinem Grafen die Tür aufzuhalten - recht so. Er blieb noch solange stehen, bis man ihm seinen Umhang um die Schultern gelegt hatte, dann schritt er gemächlich auf das Schloss zu. Kurz bevor er bei seiner Schwester ankam, wand er sich noch einmal zu dem Menschen um. „Ich werde dich schon bald wieder brachen", verkündete er. „Bis dahin sollte der Wagen gereinigt sein. Gnade dir Luzifer, wenn ich dann auf meinen weißen Bezügen noch einen Tropfen Blut sehe." „Jawohl Chef, natürlich", versprach er heftig nickend und machte sich auf den Weg zurück zum Wagen. Dieser Mensch wusste durchaus, dass Draculea nicht spaßte, auch wenn er dafür sorgte, dass ihm seine wahre Natur nach wie vor verborgen blieb.

„Nun Schwester, gab es Zwischenfälle, während ich weg war?" Er sprach sie sachlich an, ohne ihr indiskutables Verhalten bei seiner Abfahrt zu erwähnen - eine großzügige Geste, die ihr selbstverständlich nur zuteilwurde, da sie nun einmal seine nächste Verwandte war.

„Was? Nein, natürlich nicht", ihre Stimme überschlug sich beinahe vor Aufregung. Offenbar war sie gänzlich von ihren Emotionen gesteuert und das bereits in dieser noch harmlosen Situation. Keine gute Eigenschaft, angesichts der bevorstehenden Schlacht, wie er unwillkürlich feststellen musste. Doch er hatte ohnehin vor, diesen Widerstand so bald wie möglich niederzuschlagen. *Krieg*, so konnte man dies wohl kaum nennen, immerhin waren seine jämmerlichen Gegner keine Krieger, sondern ausschließlich dumme Landbevölkerung.

Bredica riss den Grafen schließlich aus seinen Gedanken. Sie hatte ihn von allen Seiten gründlich betrachtet und dabei in der Luft herumgeschnüffelt, wie ein Hündchen, dass panisch sein verwundetes Herrchen untersuchte. Draculeas Mundwinkel zuckten. Wie zutreffend dieser Vergleich doch war. Nur war er nicht verwundet, nein, an seinem Gewand klebte ausschließlich das Blut zahlreicher Aufständischer, die er in die Lagerhalle angetroffen, oder auf dem Nachhauseweg aufgegriffen hatte. Angesichts dieses Ausmaßes an Unverfrorenheit, Dummheit und Feigheit erachtete er es nicht mehr für nötig, sich an die Etikette in Bezug auf Hinrichtungen zu halten. Das wäre reine Zeitverschwendung gewesen bei diesem Gesindel.

Glaubten sie doch tatsächlich mit *ihm* verhandeln zu können! Pah! Selbst wenn er sich die unnötige Mühe machte darüber nachzudenken, kam ihm kein einziger noch so banaler Grund in den Sinn, aus welchem er *die* überhaupt anhören sollte.

„Nun mach es doch nicht so spannend, Wladimir!", bettelte Bredica. „Was ist in der Lagerhalle passiert? Dein Umhang trieft ja vor Blut. Ließen sie nicht mit sich reden?"

„Reden." Mit ruhiger Stimme wiederholte er das Wort, ließ es sich langsam auf der Zunge zergehen. Das war die Haltung ihrer Mutter. „Wahre Grafen *reden* nicht. Sie lassen Taten sprechen."

"Aber sollte man sie nicht trotzdem..." Seine Schwester verstummte, sobald Draculea die Hand hob, befolgte den unausgesprochenen Befehl sofort. „Sollte man was?", fragte er drohend.

„Sie anhören? *Gnade* walten lassen und damit diesem Ungeziefer auch noch *Recht* geben? Sollte man sie in dem, was sie sich leisten bestärken? >Ja, macht nur, stellt das Gesetz eures Herrschers infrage! Widersetzt euch und fordert Verhandlungen, nur zu!!!<" Seine Stimme wurde immer lauter und schwoll an zu reinem Gebrüll. „Habe ich diese Unwürdigen gebeten, sich ins Unglück zu stürzen?!", brüllte er herausfordernd. „Lagen nicht alle Karten von Anfang an offen?!" Wütend deutete er mit ausgestrecktem Arm zum Fenster hinaus. „Nein Bredica, diese Vampire wussten, welche Strafen ihnen drohen und sie haben sie bewusst in Kauf genommen, indem sie sich wiedersetzten! Was ist die Pflicht des Draculea?!" Es herrschte einen kurzen Moment lang Schweigen, während Bredica ihn anstarrte, wie ein verschrecktes Rehkitz. „Unsere Aufgabe ist es dem Volk, über das wir herrschen ein Vorbild zu sein! *Ich* zeige ihnen an, was richtig ist, *ich* gebe ihnen die Gesetze! Tue ich das vielleicht zum Spaß?! Damit jeder dahergelaufene Trottel mit mir *verhandeln* und meine Regeln ändern kann?! Ließe ich sie gewähren, was für ein Oberhaupt wäre ich dann?! Wie sollte man weiter zu mir aufschauen? Wie sollte man weiterhin Ehrfurcht vor mir haben?!" Der abschließende Satz zu diesem Thema war nur noch ein Knurren, das keinerlei Widerrede duldete: „Diese Parasiten haben ihr Schicksal selbst gewählt. Ich werde Konsequenz zeigen und ihnen geben, was ihnen zusteht."

Draculea durchquerte den Raum und ließ sich in seinen antiken Ohrensessel fallen, in welchem seiner Zeit bereits Vlad der Pfähler seine Abende verbracht hatte. Heute fühlte er sich ihm besonders nah. Das Gefühl von Macht hüllte ihn ein, wie eine warme Decke. Bredica war ihm gefolgt. Sie machte den Anschein, dass sie ihre Meinung zu diesem Thema gerne noch kundgetan hätte, war allerdings doch schlau genug, dies zu unterlassen - war auch besser für sie.
Offenbar war ihr schon etwas anderes eingefallen. „Nun gut", murmelte sie widerwillig. „Aber ich haben doch *gesehen* wie viele

es waren und außerdem kam noch ein Vertreter eines Adelshauses in Bukarest dazu. Wenn sich nun auch noch die Bojaren einschalten..."

„Wenn sich die Bojaren einschalten", unterbrach der Graf seine Schwester, „dann wird sie dasselbe Schicksal ereilen, wie das des gesamten restlichen Gesindels. Mag sein, dass ich bisher so großzügig war, sie auf ihrem Territorium gewähren zu lassen, doch *ich* bin immer noch der Herrscher von Rumänien - auch ihr Graf und bald werde ich sie lehren respektvoller zu sein." Draculea lehnte sich selbstzufrieden zurück und legte die Beine auf die Tischkante.

Er hob den Kopf und verkündete den Satz, der im Laufe der Zeiten beinahe eine rituelle Bedeutung gewonnen hatte: „Bâtâlia a început!" Es klang wie eine Beschwörungsformel, als würde dieser Ausspruch die Tatsache erst wirklich machen. Er richtete den Blick auf Bredica und wiederholte noch einmal: „Der Kampf hat begonnen! Bald werden sie sich wieder treffen und einen neuen Ort für ihre Verbrechen ausmachen."

„In dem Glauben, dass ich dort keinen Einfluss auf sie hätte", fügte er etwas verträumt hinzu, bevor er seine Schwester wieder unerbittlich fixierte. „Du wirst weiter spionieren. Mach dich sobald wie möglich auf den Weg und berichte mir jedes noch so kleine Detail. Nun geh mir aus den Augen, ich muss Vorbereitungen treffen."

Sie sah verloren aus, als sie sich vor ihm verneigte, aber etwas anderes als zu gehorchen konnte sie nicht tun. Er hatte völlig bewusst klare Anweisungen gegeben, die nur auf eine Art zu deuten waren.

Bevor Bredica sich zum Gehen wand, rief er sie noch einmal zurück. „Ach, Schwester..."

Sie drehte sich um und sah ihn direkt an, wartete. Er genoss den Moment, der uneingeschränkten Machthabe.

„Vergiss niemals wem deine Loyalität gilt."

Ihre Antwort klang fassungslos, ja sogar etwas verletzt. „Was soll

das denn heißen?"
Er ließ sich dennoch nicht beirren. Sicher war sicher. „Du weißt schon, was ich meine. Nun geh."
Er lehnte sich entspannt zurück und gönnte sich einen Moment Ruhe, bevor er alles in die Wege leiten würde. Das Gespräch war beendet.

>Parcul Herâstrâu< war am Abend herrlich, da hatte Elisei wirklich Recht.
Sie hatten den ganzen Tag wie auf glühenden Kohlen gesessen und auf Vadims Rückkehr von der Familie gewartet. Umso größer war die Erleichterung, als die Entwarnung kam. Es war dem Meisterdiplomaten also gelungen die beiden zu beruhigen. Obwohl es laut Vadims Schilderungen nicht leicht gewesen war. Sie hatten das Haus bereits mit sämtlichen Kruzifixen ausgestattet, die in Bran zu finden waren und eine zwielichtige Dame engagiert, die sich als >Dämonenaustreiberin< bezeichnete. Dementsprechend lange hatte es gedauert, um sie von der Unnötigkeit dieser Aktionen zu überzeugen und ihnen klarzumachen, dass alles in bester Ordnung war. Doch, wie Elisei immer wieder versichert hatte, wenn es einer konnte, dann Vadim. Nach dieser anstrengenden Aufgabe, die seinen vollen Einsatz und die Aufbietung all seiner Fähigkeiten gefordert hatte, hatte Vadim sich für den Rest des Tages >frei genommen<. Der Rest ihrer kleinen Truppe, hatte sich, wie geplant, auf den Weg in die Nordstadt gemacht.
Es war eine wunderschöne Parkanlage, die einen großen See beinhaltete. Beim letzten Mal war das alles kaum zu ihm vorgedrungen. Wie der Rumäne versprochen hatte, war der Andrang an diesem warmen Sommerabend groß - sehr viele Menschen...und Vampire? Der Deutsche hielt angestrengt nach blassen Gesichtern Ausschau, nach irgendwelchen Typen, die sich abseits der Gruppen aufhielten und die leicht bekleideten Mädchen mit etwas zu

hungrigen Blicken beobachteten. Tja, mal wieder nichts Unge-wöhnliches, leider. Bastian trat neben ihn und sah sich nickend um. „Nicht ganz das, was wir von Rumänien erwartet hatte, nicht? Wie es scheint kann man sich hier richtig amüsieren." Er deutete auf das Lokal, in dem sie beim letzten Mal eingekehrt wa-ren. Erhan schauderte, als er sich an diesen Abend erinnerte. Er hatte nur ein positives Ereignis gehabt und das war immerhin hier gewesen...

„In dem Laden da hinten gibt es doch sicher geile Cocktails, oder Elisei", wand er sich an den Rumänen.

„Ja", antwortete der gereizt. „Worauf du dich verlassen kannst, aber wir sollten uns lieber konzentrieren. Wir sind ja nicht zum Trinken hier, oder hast du das vergessen."

Komisch, dass er so abweisend war. So kannte der Forscher sei-nen Partner gar nicht. Er war doch sonst eher der Typ Spaßvogel, der sich die Zeit einfach nahm, wenn es ums Amüsieren ging, auch wenn man sie gerade nicht hatte. Außerdem bekam er, wenn er so darüber nachdachte immer mehr Lust, die Bar zu betreten. Eine Abkühlung konnte ja nicht schaden und man konnte bei der Gelegenheit mal nachschauen ob...

Erhan schüttelte den Kopf, um den Gedanken loszuwerden. Keine gute - vor allem keine sachliche - Begründung und das passte außerdem gar nicht zu ihm. Was war nur mit ihm los?

Stattdessen konzentrierte er sich wieder auf Elisei. „Was ist denn mit dir passiert? Warst du es nicht, der mir ständig predigt man solle das Angenehme mit dem Nützlichen verbinden?" Kurz wirkte er ertappt, doch dann grinste er breit: „Dasselbe könnte ich dich fragen. Was ist mit dem Erhans passiert, der so schnell wie möglich zurück nach Hause will, um seine Ausrüstung zu sortie-ren?"

„*Erhans*?", murmelte Bastian neben ihm, doch der Deutsche be-deutete ihm schnell still zu sein und raunte seinem Freund zu: „Lassen wir das Thema." Es war besser, keine neuen Streitpunkte aufkommen zu lassen, die Chemie zwischen den beiden war sowieso schon von mehr als bedenklich - besser die Gefahr einer Explosion vermeiden. Der nickte nur und sagte stattdessen laut: „Also, was ist nun? Gehen wir da rein oder suchen wir draußen weiter?" Damit fing er sich einen giftigen Blick von Elisei ein, doch er hob sofort beschwichtigend die Hände: „Hey, ich will mich nicht einmischen. Ihr seid der Boss. War nur ein Vorschlag, mehr nicht." Das schien den Rumänen zumindest ein wenig milder zu stimmen.

Um diesen kleinen Machtkampf endlich zu unterbrechen traf Erhan schließlich die Entscheidung: „Lasst uns doch kurz reingehen. Wir trinken was und überlegen, wie wir das Gebiet hier systematisch durchkämmen können. Ohne Plan kommen wir sowieso nicht weiter." Er sah Elisei an, als er fortfuhr. „Wir verbinden das Nützliche mit dem Angenehmen und sobald wir wissen wie wir vorgehen wollen, legen wir los." Der Rumäne nickte langsam. „Na schön, dann lasst uns reingehen." Während sie auf die großen Säulenbögen, zugingen, welche den Eingang markierten, wand sich Elisei mit unverhohlenem Triumpf in der Stimme an Bastian: „Seht hin und staunt! Ich präsentiere: Das Rock Café Bukarest."

Jakov lehnte auf der Fensterbank und starrte hinaus - schon seit Stunden. Jackter war so erschöpft gewesen, dass er sofort eingeschlafen war, nachdem er mit der jungen Frau fertig war. Jakov hatte die leicht benommene Dame anschließend nach draußen gebracht und mit der obligatorischen Rose in der Hand nach Hause geschickt. Sie würde, annehmen, dass sie einen prächtigen Abend verbracht hatte. Danach hatte er versucht ebenfalls etwas zu schlafen, aber es war unmöglich nach den Geschehnissen der letzten Stunden zur Ruhe zu kommen. Die Gedanken in seinem Kopf überschlugen sich geradezu, zahlreiche Erinnerungen und Emotionen stürmten auf ihn ein. Alles führte letztendlich immer zu dieser schwerwiegenden Tatsache: Er war vogelfrei - von seiner Familie und damit von der gesamten Vampirwelt verstoßen. Das Ausmaß dieser Auseinandersetzung mit seinem Vater war gigantisch. Es hieß, dass er in der Vampirgesellschaft nichts mehr wert war - ein Ausgestoßener. Im Klartext hieß das, dass es niemanden kümmerte, was mit ihm passierte, ergo: Er stand ganz alleine da. Er schauderte beim Gedanken daran, was das aus einem machen konnte.

Aber trotzdem gab es da die Vampire, die sich auf ihn verließen - die Rebellentruppe, die die Unterdrückung durch die Familie Celemândre beenden wollte. Eigentlich war es besser für sie, sich einen anderen zu suchen. Sich mit einem *Verräter* - und als solcher galt er jetzt - zu verbünden, war fast unschicklicher als die Revolution an sich. Nur leider blieb ihnen keine Zeit. Der Tyrann hatte den Krieg begonnen und er würde sicher nicht wie ein anständiger Gentleman warten, bis seine Gegner sich in aller Ruhe formiert hatten. Er würde zum vernichtenden Schlag ansetzen, sobald er selbst bereit dazu war und Jakov hatte die dunkle Ahnung, dass dies bald der Fall sein würde. Also sicher: Es war vernünftiger bei den anderen Bojaren Hilfe zu ersuchen, auch wenn sie nicht den gleichen Einfluss hatten, wie Viorel de Zarlac und höchst wahrscheinlich ohne ihm im Rücken auch nicht handeln würden. Doch diese Zeit blieb einfach nicht. Alles, was am Ende blieb war eine Truppe von Personen, die nicht viel von Kampf- und Kriegsführungsstrategien verstanden - und da schloss er sich mit ein. Sie mussten einen verdammt guten Plan entwickeln, um dabei bestehen zu können, denn eins war klar: Es war illusorisch anzunehmen, dass Draculea sich auf Verhandlungen einlassen würde.
Jakov seufzte resigniert und stieß sich vom Fenster ab. Sofort spürte er einen stechenden Schmerz an der Einstichstelle auf seinem Rücken. Verdammte Menschen! Vielleicht konnten sie darauf hoffen, dass sie doch näher an Draculea herankamen. Wenn die beiden *Vampirjäger* in Transsilvanien etwas Unruhe stifteten

und Draculea piesackten, dann wäre er wenigstens etwas abgelenkt. Das würde ihnen wiederum bessere Chance einräumen. Darauf konnte man sich allerdings auch nicht verlassen.

„Hey", ertönte eine müde Stimme vom Sofa her. Jackter war aufgewacht und richtete sich mühsam auf. Jakov eilte schnell zu ihm, um ihn notfalls zu stützen. „Gehts?", fragte er. Der Revolutionär nickte. „Ist halb so wild. Geht schon wieder. Ich hatte Glück." Einen Moment herrschte Schweigen, während Jakov sich in den Sessel neben dem Sofa sinken ließ. Beide wussten, dass es kein Glück gewesen war, sondern Draculeas Plan. Er hatte nicht vorgehabt Jackter zu töten, zunächst nicht. Aber er hatte eine Stelle gewählt, mit der er ihn doch gut schwächen konnte und er hatte ihm mehrere seiner Mitstreiter genommen. Der Rebell brach schließlich das Schweigen: „Was machen wir nun? Was ist denn in deinen Vater gefahren, sag mal! Es war doch alles schon beschlossene Sache! Verdammt, wir können keinen Rückzieher machen. Was denkt er sich? Will er uns in den Tod schicken? Typisch Bojar!" Als er Jakovs Blick auffing, fügte er schnell hinzu: „Also nichts gegen dich Kumpel, ich meine nur...Das ist wirklich unfair." Jakov drängte die aufsteigenden Emotionen zurück. „Ist schon gut", murmelte er. „Du hast Recht, es ist unfair." Nach einem kurzen Zögern fügte er hinzu: „Und das habe ich ihm auch gesagt."

Nun schien Jackter ehrlich schockiert. „*Du* hast deinem *Vater* die Meinung gegeigt?! Also ich wundere mich ernsthaft, dass du nicht tot bist." Wahrscheinlich sollte das eher als Scherz gemeint sein, aber Jakov konnte darüber nicht lachen. „Er hat mich rausgeschmissen", erklärte er trocken. „Ich bin vogelfrei."
Die Miene des Rebellen wechselte zu totaler Fassungslosigkeit. „Du hast dich mit deinem Vater verkracht, wegen *uns*?! Heiliger Luzifer, du weißt was das heißt, oder?"
Der andere Vampir nickte langsam. „So lange habe ich ihm den Rücken freigehalten und alle seiner Entscheidungen ausnahmslos

akzeptiert. Ich...," er stockte kurz, bevor er fortfuhr, „...ich wollte das nicht so. Ich habe ja versucht ihn zu überzeugen, aber er wollte nicht auf mich hören. Stattdessen hat er mir nur alles Mögliche vorgeworfen. Aber diese Entscheidung konnte ich nicht mittragen, nicht wo ich doch *weiß* wie falsch sie ist und was für Folgen sie hätte." Entschlossen hob er den Kopf. „Es ist unverantwortlich dieses Risiko einzugehen, nur um die Waffenruhe mit dem Tyrannen nicht hinfällig werden zu lassen. Ja, Draculea sollte man nicht zum Feind haben, das grenzt an Selbstmord. Aber es wird Unschuldige treffen, so oder so, denn die Revolution ist nicht mehr aufzuhalten. Der Zeitpunkt ist da und ich werde auf der richtigen Seite stehen." Nach einer kurzen Pause fügte er hinzu: „Mit den Konsequenzen muss ich dann wohl leben."

Jackter starrte ihn nur an. Einmal holte er tief Luft, als ob er etwas sagen wollte, stieß sie dann aber mit einem Seufzen wieder aus. Nach einigen Minuten des Schweigens schien er sich etwas gefasst zu haben. „Äh...puh....Das sind ja erdrückende Neuigkeiten. Ich kann es nicht fassen, dass du das in Kauf genommen hast, um uns zu helfen. Jeder Vampir mit halbwegs intaktem Verstand hätte schön die Finger davon gelassen. Aber ich bin froh, dass du dich so entschieden hast." Jakov schnaubte: „Freu dich mal nicht zu früh. Du hättest eine fähige Kampftruppe gebraucht, eine Armee und ich bin nur eine Person, die null von so etwas versteht." Jackter grinste. „Der behütete Sohn, der sich stets vorbildlich verhielt und sich auch nie – niemals auf der Straße geprügelt hat." Nun musste Jakov tatsächlich lächeln. „Leider wahr."
Jackter stand vorsichtig auf und ging, wenn auch etwas steif, zum Schreibtisch. Er war ganz offensichtlich ein Kämpfer, der nicht vorhatte aufzugeben. „Du musst wissen: Draculea ist mit seinem Volk etwas zu weit gegangen. Inzwischen sind wir ein beträchtlicher Haufen von Vampiren geworden, die sich entweder nach Freiheit sehnen oder nach Rache dürsten. Soll heißen: Wir haben eine ganze Menge Kämpfer mit starken Motiven. Was wir min-

destens genauso dringend brauchen ist ein hervorragender Stratege." Er dreht sich zu Jakov um. „Und der bist du."

Jakov begab sich ebenfalls zum Schreibtisch. „Du hast Recht, das liegt mir schon eher. Also gut, wenn wir nur den Hauch einer Chance haben wollen, dann sollten wir einen verdammt guten Plan haben." Jackter grinste beinahe diabolisch. „So sieht's aus, Partner." Jakov entfaltete die Karte, die auf dem Schreibtisch lag und zeichnete ein Kreuz ein. „Dort hat er euch überfallen." Er zeichnete einen größeren Kreis. „Also ist das das Gebiet, in dem er uns erwartet. In erster Linie ist es wichtig, uns so schnell wie möglich zu organisieren. Wir brauchen eine Struktur, alle müssen sich einig sein und wissen, wie wir in jeder möglichen Situation reagieren. Wir müssen uns also so schnell wie möglich sammeln - an einem sicheren Ort. Stellen wir uns also die Frage, wo würde er uns am wenigsten erwarten?"

Jackter seufzte: „Eins habe ich mittlerweile festgestellt: Er hat seine Augen und Ohren überall und ich bin mir sicher, dass er nun alle leerstehenden Gebäude und verlassenen Orte überwachen wird."

„Mhmm", in Gedanken versunken drehte Jakov den Kugelschreiber zwischen seinen Fingern. „Also doch keine alten Ruinen. Dann brauchen wir also eine Vertrauensperson, die uns in ihren >vier Wänden< Asyl gewährt."

"Die müsste aber erstens ziemlich abgebrüht sein, um eine Bande von Verrätern des Regimes reinzulassen und zweitens müsste sie ziemlich große >vier Wände< haben."

Jakov nickte nachdenklich. Sein Blick war in die Ferne gerichtet. „Ich habe da schon jemanden im Auge."

Erhans Blick wanderte sofort zur Bar…und da stand tatsächlich *sie*. Das erdbeerblonde Mädchen mit der Blumenranke auf dem Arm. Tiffany. „Setzen wir uns an die Bar?", fragte Bastian in diesem Augenblick. „Geiler Schuppen, übrigens", fügte er an Elisei gewandt hinzu. „Du hast nicht übertrieben. Wenn die Drinks genauso gut sind wie das Ambiente..." „Die Drinks sind fantastisch hier", gab der Rumäne kurz angebunden zurück. „Lass mich raten: Das hast du auch nicht *erwartet*." Auch das noch! Erhan stellte sich innerlich darauf ein, dass es gleich zwischen den beiden knallen würde, doch zum Glück ging der Deutsche nicht auf die Provokation ein, sondern schmunzelte nur. „Das hatte ich vielleicht wirklich nicht erwartet, aber *erhofft* hatte ich es mir schon." Er klopfte Elisei auf die Schulter und brach in gellendes Gelächter aus, während er zur Bar vorausging. Es war schon immer sein Markenzeichen gewesen, dass er aus jeder Situation das Beste machte, einfach immer passend reagierte und ausgiebig über seine eigenen Witze lachen konnte.

Konnte manchmal nerven, aber wirkte offensichtlich anziehend auf die Damenwelt. Da war der Beweis: Kaum am Tresen angekommen begann er schon Tiffany um den Finger zu wickeln. Sie schob ihm ein Cocktailglas entgegen und lehnte sich dabei recht weit über den schwarz glänzenden Bartresen zwischen ihnen. Erhan blinzelte. Vielleicht hatte er sich auch getäuscht.

Er bekam keine Zeit weiter darüber nachzudenken, denn Elisei war an seine Seite getreten und raunte ihm ins Ohr: „Das gefällt mir nicht." „Was gefällt dir nicht?", fragte der Deutsche. „Ich dachte du kommst gerne hier her. Das muss dich doch an deine Jugend erinnern..." „Nein", unterbrach sein Partner. „Das meine ich nicht. Dieser Typ." Er deutet mit dem Kinn zu Bastian, der in ein Gespräch mit Tiffany vertieft war. „Er taucht einfach von heute auf morgen hier auf und mischt sich in unsere Angelegenheiten. Was will der auf einmal hier?" Die Antwort war für Erhan offensichtlich. „Basti ist mein Freund, Elisei. Wir kennen uns schon seit Jahren und außerdem ist sein Vater mein Hauptsponsor. Das ist doch nicht ungewöhnlich, dass er mal vorbeikommt." Elisei schien kein bisschen beruhigt zu sein. „Das kann er dir vielleicht auftischen und bei meinem Bruder wundert mich auch nichts, aber meiner Meinung nach ist da was faul. Ich meine, hätte er sich nicht vorher ankündigen können bevor er bei uns reinschneit oder hat er etwa deine Nummer nicht? Höflicher wäre es auf jeden Fall gewesen, denn er bringt hier alles nur durcheinander. Wie dem auch sei, ich gehe jetzt mal für kleine Vampire." Schon war er in Richtung Toiletten verschwunden.

Kopfschüttelnd sah Erhan seinem Partner nach, während er zur Bar ging und auf dem Hocker neben Bastian Platz nahm. Sein langjähriger Freund wand sich ihm zu und fragte: „Sag mal, welche Laus ist denn deinem neuen Kumpel da über die Leber gelaufen?" Erhan zuckte mit den Schultern. Wenn er das mal wüsste. "Schätze er ist etwas überrumpelt. War ziemlich viel für uns alle in den letzten Tagen und du hast dann wohl gewissermaßen das Fass zum Überlaufen gebracht."

„Da hast du wohl Recht, man begegnet schließlich nicht jeden Tag einem Nachfahren von *dem* Vampirjäger Helsing." Bastian boxte dem Forscher in die Seite. „Weißt du noch, wie ich reagiert habe?" Erhan musste grinsen. „Zuerst hast du mir nicht geglaubt und als ich dir dann mit Beweisen gekommen bin warst du erstmal völlig perplex und wolltest immer mehr Fakten haben. Selbst die wissenschaftlichsten Theorien haben dich interessiert. Du konntest kaum genug bekommen."

„Dann haben wir angefangen alles um die Vampire zusammen zu machen." Beide lachten. „Ohne deine Sprachkenntnisse hätte ich einen Haufen Texte sicher heute noch nicht übersetzt." Basti lehnte sich lässig zurück. „Schon möglich, aber die Arbeit an unseren Fallen hat mir eindeutig mehr Spaß gemacht." Erhan schmunzelte: „Da hatte ich dir auch endlich mal etwas entgegenzusetzen." „Aber nur weil du die Pläne deines Vaters aus den alten Tagebüchern hattest", feixte Basti.

Es tat gut, mal wieder eine ungezwungene Unterhaltung über die alten Zeiten zu führen. Dennoch änderte das nichts an der Realität...

„Ach ja", kicherte Bastian. „Und nun sitzen wir hier, zusammen auf Vampirjagd."

Erhan nickte. „Ich denke gerne an die alten Zeiten. Aber jetzt mal Karten auf den Tisch, Basti. Bist du tatsächlich nur hier zum Sightseeing oder gibt es Probleme zu Hause?"

„Ach Erhan, du durchschaust mich aber auch immer. Mein Vater macht Druck. Er will Ergebnisse. Es tut mir leid, aber ich glaube, wenn du nicht bald etwas Überzeugendes liefern kannst, dann verlierst du einen wertvollen Sponsor." Bastian seufzte. „Ich wollte es dir eigentlich noch nicht sagen, um dir nicht noch mehr Druck zu machen, aber so sieht es leider aus. Und deine Mutter…naja, du kennst ja ihre Einstellung." Der Forscher nickte wieder. Nach dem, was sein Freund ihm erzählte, war er ziemlich sicher, dass seine Mutter gerade am Durchdrehen war. „Vielleicht sollte ich mich mal bei ihr melden", murmelte er. „Wir haben nichts mehr voneinander gehört, seit ich nach Rumänien geflogen bin. Sein Freund blickte skeptisch drein: „Meinst du, dass das eine gute Idee ist? Das zieht dich doch nur runter."

Erhan zuckte hilflos mit den Schultern „Kann schon sein, aber irgendwann muss ich mich dem allen stellen. Seit ich die Studienreise begonnen habe schiebe ich das alles vor mir her und mittlerweile hat sich ein ganzer Haufen Mist angestaut." Er seufzte noch einmal. Kein gutes Thema für einen fröhlichen Abend. Trotzdem: Er sollte nachfragen, in Erfahrung bringen, was nach seiner Rückkehr auf ihn warten würde…

„Nun, wie sieht es aus, Schätzchen? Wie wär´s mit einem Drink?" Tiffanys samtweiche Stimme riss ihn aus seinen Gedanken. Spontan beschloss der Vampirjäger sich später damit zu beschäftigen. Was brachte es schon, sich jetzt den Kopf darüber zu zermartern? Nun war er hier in Bukarest, mit einer Mission und nur das stand im Moment im Vordergrund. Entschlossen nickte er der feschen Kellnerin zu. „Gern. Dasselbe wie beim letzten Mal."

Zielstrebig gingen sie nebeneinander her durch die Straßen

von Bukarest. Jackter konnte erstaunlich gut Schritt halten, trotz der frischen Verletzung. „Jetzt mach es doch nicht so spannend, Partner", stichelte er. „Wir latschen schon seit einer Ewigkeit durch die Gegend. Willst du mir nicht endlich verraten, was wir vorhaben?" Jakov verdreht die Augen. Diese Fragerei hatte bereits begonnen, als sie das Hotel verlassen hatten. „Wir werden jetzt eine Vampirin treffen, die sich ganz sicher nicht besonders um Vorschriften schert und deshalb gehe ich davon aus, dass es auch in ihrem Interesse ist dem Adel eins auszuwischen. Ich würde sogar sagen, dass sie den Vampiradel hasst." Jackter runzelte die Stirn. „Dir ist schon klar, dass du dich auf sehr dünnem Eis bewegst, oder. Hast du etwa vergessen, wer du bist?"

„Nein, ich weiß ganz genau, wer ich jetzt bin. Und wie *du* weißt, gehöre ich jetzt nicht mehr zum Vampiradel. Sie ist unsere beste Chance, also sei höflich. Da sind wir." Jackter sah sich um und stellte dann mit unverhohlenem Interesse in der Stimme fest: „Parcul Herâstrâu. Ein gutes Jagdgebiet im Sommer. Werden wir hier nicht vielen Vampiren begegnen?" Jakov nickte: „Ja, aber an solchen Orten ist man manchmal am unauffälligsten.

Sie waren mittlerweile am Ziel angekommen - eine Bar, deren Eingang mit mehreren Säulenbögen verziert war. Jakov deutete mit dem Kinn in die Richtung und erklärte: „Ich dachte wir buchen eine kleine >geschlossene Gesellschaft< da drin. Das ist auf den ersten Blick nichts Ungewöhnliches, weder für Vampire, noch für Menschen, also hoffe ich, dass wir nicht mehr behelligt werden, sobald wir erst drin sind." Der Rebell grinste. „Klingt gut, also bleibt nur noch zu hoffen, dass sie >Ja< sagt." Er klopfte Jakov freundschaftlich auf die Schulter. „Dann wollen wir das ganze Mal in trockene Tücher bringen." Zielstrebig marschierte er auf den Eingang zu. Jakov holte einmal tief Luft und folgte ihm dann. Er hatte lange über das bevorstehende Gespräch nachgedacht. Wie er am besten anfangen sollte, wo er ansetzen konnte und was alles schiefgehen könnte, hatte er mehrmals durchgespielt. Aber nun wurde es ernst und obwohl die Chancen, dass diese windige

Person gerade ihnen half nicht gerade rosig waren, war es doch die einzige sinnvolle Möglichkeit, die ihm einfiel. Hoffentlich ging das gut.

In dem Lokal saßen vereinzelte Menschen an den Tischen, aber es waren keine Vampire anwesend. Das stimmte Jakov schon einmal optimistischer. Es war sicherlich leichter, ein Gespräch mit ihr zu führen, wenn keine richtigen Zeugen anwesend waren, die möglicherweise Spitzel im Auftrag der Obrigkeit sein konnten. Das Adelsvampire Menschen schickten war äußerst selten. Aufgaben wie Spionage wurden nie menschlichen Diener zugetragen. Sie galten nicht als verlässliche Quelle in solchen Angelegenheiten, immerhin konnten sie nicht einmal zwischen Mensch und Vampir unterscheiden. Laut Vampirdefinition waren Menschen >Wesen, deren Verstand zum komplexen Denken fähig ist, jedoch häufig von vergänglichen Emotionen irrgeleitet wird. Ihre Lebensdauer ist gering und ihre Sinnesorgane abgestumpft, sodass sie nur dazu fähig sind einen geringen Teil dessen wahrzunehmen und zu leisten, was ein Vampir vermag<. Aber genug davon, er driftete ab. Es galt jetzt bei der Sache zu bleiben. Er sollte hier keinen Vortrag über Politik und Menschenkunde halten, sondern eine Verbündete für die Revolution gewinnen. Also richtete er seinen Blick auf das Entscheidende.

Sie stand hinter der Bar und polierte sorgfältig ein Cocktailglas. Jakov stupste seine Partner mit dem Ellenbogen an und nickte in ihre Richtung. „Das ist sie - Tiffany." Jackter wiederholte gedehnt: „Tiffany, so, so." „Sie nennt sich nur so", erklärte Jakov weiter. „Ihr Nachname ist niemandem bekannt. Sie ist die einzige lebende Vampirin ihrer Blutlinie und hat deshalb keinerlei familiäre Verpflichtungen. Diese *Freiheit* wächst ihr gelegentlich über den Kopf - zumindest nach den Maßstäben der Bojaren."
„Gut, also ist das unsere Frau. Sieht doch ganz umgänglich aus."

„Findest du? Dann bete zu Luzifer, dass es so bleibt."
„Meinst du wirklich das bringt was?"

„Nicht wirklich. Los, lass es uns hinter uns bringen."
Jakov straffte die Schultern und ging zur Bar, Jackter direkt neben
ihm.

Erhan lehnte mit dem Rücken an der geschlossenen Badtür in
Vadims Wohnung. Er hatte sich für einen Moment dahin zurückgezogen, um ungestört telefonieren zu können. Obwohl Bastian
ihm davon abgeraten hatte, ließ es ihm keine Ruhe. Er hatte gewusst, dass er so schnell wie möglich Ergebnisse liefern *musste*,
aber wie seine Sponsoren reagieren würden, wenn er nicht lie-
ferte, darüber hatte er nie nachgedacht. Der Forscher seufzte.
Wollte er es eigentlich wissen? Eigentlich wollte er nicht, aber es
ließ ihm auch keine Ruhe. Er würde sowieso nicht ruhig schlafen
können, bevor er Klarheit hatte, also war es besser, wenn er Gewissheit hatte. Dann würde er immerhin wissen, womit er es zu
tun hatte. Entschlossen scrollte er durch die Kontaktliste seines
Handys und tippte auf die Nummer seiner Mutter. Gerade formte
sich in seinem Kopf die Idee, wieder aufzulegen, da meldete sich
schon eine Stimme: „Ja?" Sie klang gereizt, ganz offensichtlich
kurz angebunden und daraus war zu schlussfolgern, dass sie sich
wohl nicht sonderlich freute von ihm zu hören. Erhan schluckte.
„Hallo Mama, ich bin es, Erhan." Da er keine Antwort bekam redete er weiter: „Bastian ist bei uns vorbei gekommen und
hat...naja...angedeutet, dass es Probleme gibt. Und...ähm...da
wollte ich nur mal hören, wie´s so geht."
Einen Moment herrschte Stille. Vielleicht würde sie ja einfach auflegen. Die Phase des guten Zuredens hatten sie am Tag seiner Abreise hinter sich gelassen und am selbigen hatte er im Anschluss
auch eine gehörige Standpauke kassiert. Vielleicht war jetzt alles
gesagt.
Plötzlich brach seine Mutter das Schweigen: „Bist du denn endlich zur Vernunft gekommen, Junge? Es kommt zwar etwas spät,

aber dann hätte sich dieses furchtbare Desaster wenigstens ge-
lohnt." Bewusst überging der Vampirjäger den ersten Teil und
fragte stattdessen: „Was für ein Desaster? Wovon redest du?"

„Wovon ich rede? Von allem eben! Von der ganzen Situation.
Diese bizarre, verdrehte, kaum zu glaubende Situation. Ich rede
von der Tatsache, dass mein Sohn sich in einem der ärmsten Länder Europas aufhält und nach Horrorgestalten sucht. Davon, dass
mich alle hier fragen, wo du bist und was du machst und ich mich
schämen muss, zu antworten und davon, dass ein gewisser Herr
von Langleben Geldansprüche von unerhörtem Ausmaß an uns
stellt, die ich unmöglich begleichen kann."
Der erste Teil waren nur die üblichen Anschuldigungen, die ihm
ein schlechtes Gewissen machen sollten, aber der letzte Satz ließ
ihm das Blut in den Adern gefrieren. „W-was für Geldansprüche?", stotterte er.
Die Stimme seiner Mutter war emotionslos. Sie schilderte sachlich
die Lage, wahrscheinlich um nicht hysterisch loszuschreien. „Er
fordert den Kredit zurück den er dir für deine *Forschungen* gegeben hat. Also ich habe mich jedenfalls schon immer gefragt, was
dieser intelligente Mann damit bezweckt, dich in deinem Wahnsinn zu unterstützen, aber nun ist es ja klar. Er hat offensichtlich
vor, Profit daraus zu schlagen. Ist ja logisch, dass er sich dabei so
ein absurdes Projekt aussucht, mit dem man im Zweifelsfall nicht
einmal vor Gericht ziehen kann."

Erhan ließ sich an der Tür entlang zu Boden sinken. Er fand
keine Worte, wusste nicht, was er sagen konnte. Er verstand das
alles nicht. „Aber, das war kein Kredit", hauchte er mit kraftloser
Stimme. „Er war Sponsor meiner Vampirforschung. Er hat das
Geld der Wissenschaft zur Verfügung gestellt." Die Stimme seiner
Mutter klang bissig: „Tja, wer soll dir das glauben?" Sie seufzte
und ihr Stimm wurde milder, fast mitleidig: „Wenn du dich doch
nur selbst hören könntest. Mir geht es doch nur um dich, mein

Junge. Ich mache mir Sorgen, verstehst du. Wie sich das alles entwickelt hat! Du hast dich da in etwas hineingesteigert und du musst *jetzt* damit aufhören, hörst du? Du hast die Geistergeschichten deines Vaters einfach zu ernst genommen. Du musst endlich einsehen, dass das nur Märchen sind, Erhan. Hexen, Geister, Flüche, Vampire - das sind nur Gruselgeschichten."
Erhan schüttelte müde den Kopf. „Warum kannst du mir nicht glauben? Warum kannst du die Möglichkeit nicht einmal in Betracht ziehen?"
„Weil es *un*möglich ist!"
„Ich habe Vaters Tagebücher gelesen. Darin sind all seine Forschungen, seine Ergebnisse und Gedanken. Er hat mich vorbereitet, ohne dass wir beide es geahnt haben. Es passt alles zusammen, das musst du doch sehen!"
„Wie oft soll ich es dir noch sagen? Dein Vater schrieb Geschichten! Er hatte vor seine Arbeit an den Nagel zu hängen und zu schreiben. Er hatte einfach zu viel Fantasie. Erhan, das sind nur Gruselgeschichten!" Sie war immer lauter geworden. Den letzten Satz brüllte sie nur so in den Hörer. Der nächste Satz war nur ein Flüstern: „Das war ein Autounfall, Erhan. Und ich vermissen ihn jeden Tag, wie du auch. Bitte, komm nach Hause. Wir müssen retten, was noch zu retten geht. Hier in Deutschland können wir uns an Leute wenden, die dir helfen können. Ich will dich nicht eines Tages in der Psychiatrie sehen."

Der Forscher riss die Augen auf. Er war wie gelähmt. Sie hatte es noch nie laut ausgesprochen. Ja, angedeutet hatte sie es tausende Male, aber nie hatte sie es ihm direkt ins Gesicht gesagt. „Du glaubst also, ich bin verrückt? Du meinst, ich bin geisteskrank und das alles, was ich dir seit Jahren zu zeigen versuche sind nur Wahnvorstellungen?" Trocken gab sie zurück: „Ich bin sicher, dass es unter Fachleuten eine Bezeichnung für dein Leiden gibt. Vielleicht eine Psychose?"
Erhan sagte mit Nachdruck in der Stimme: „Mama, ich bin nicht verrückt. Ich habe Beweise und das weißt du. Das ist alles seriöse

Wissenschaft und *ich* will nur das Beste für uns *alle*."

Ein abfälliges Schnaupen war zu hören, dann stellte sie fest: „Mit dir ist nicht mehr zu reden, ebenso wie mit deinem Vater früher. Ich werde jetzt auflegen und ich lege dir nahe, so bald wie möglich zurück zu kommen, wenn nicht, dann kann ich für nichts mehr garantieren."

Erhan holte Luft um etwas zu sagen, doch da ertönte schon ein monotones Piepen. Das Gespräch war beendet.

Er blieb noch einige Minuten auf dem geschmacklosen Fliesenboden des winzigen Badezimmers sitzen, um das Gespräch zu verarbeiten. Als er sich schließlich einigermaßen gesammelt hatte, stand er auf und drückte die Türklinke herunter. Mit einem Quietschen schwang sie auf und der Deutsche sah in drei mitleidige Gesichter. Sie mussten alles gehört haben, es war in diesem Neubau schlicht unmöglich etwas geheim zu halten. Er durchquerte den kleinen Raum und setzte sich zu den dreien an den Tisch. „Probleme mit der Familie?", fragte Vadim mitfühlend. Erhan nickte. Bastian rückte auf dem Sofa etwas näher an ihn heran. "Sorry, dass wir mitgehört haben, aber es war echt schwer zu überhören. Habt ihr Geldprobleme? Kann ich euch irgendwie helfen? Der Forscher seufzte: „Dein Vater verlangt anscheinend sein Geld zurück." Irritiert runzelte Bastian die Stirn. „Das kann doch gar nicht sein. Deine Mutter muss da etwas falsch verstanden haben." Erhan schüttelte den Kopf: „Das glaube ich nicht. Meine Mutter vermutet vielleicht überall Verschwörungen, aber sie ist pragmatisch und sie versteht ganz sicher nichts falsch." Bastian kratzte sich nervös am Arm. „Aber...ich kann mir das absolut nicht erklären."

„Ist schon gut", murmelte Erhan. „Ich mache dir ja auch keinen Vorwurf, du kannst ja nichts dafür, aber ich...Ich bin am Ende.

Elisei lehnte sich auf den Tisch. „Jetzt übertreib doch nicht gleich, Erhan. Schlaf erstmal drüber, dann sieht alles schon wieder anders aus."

„Dann sag mir doch was!", schrie Erhan. „Was soll denn morgen anders sein? Meinst du vielleicht, dass uns morgen plötzliche eine Horde Vampire ins Haus rennt, wo wir doch seit Tagen vergeblich jagen? Am besten ich lege mich hin und schlafe ein bisschen drüber, in der Zwischenzeit werden sich meine Probleme sicher in Luft auflösen." Er hielt plötzlich inne und biss sich auf die Unterlippe. „Tut mir leid, ich wollte nicht ungerecht sein, aber alles wofür ich gearbeitet und gekämpft habe zerbricht gerade nach und nach. Es ist ein mieses Gefühl festzustellen, dass man seine Ziele nicht erreichen wird." Die Ziele, auf die sein gesamtes Leben bisher ausgerichtete gewesen war.

Vadim stand auf. „Ich machen heißen Kakao für alle. Ist gut für Seele und für Nerven. Wir jetzt brauchen." „Ja, aber bitte mit Schuss!", rief ihm sein Bruder nach. „Er hat schon Recht", stellte Bastian fest. „Du solltest dich nicht überstürzt aufregen. Das bringt gar nichts. Deine Studienreise ist schließlich noch nicht vorbei." Elisei erinnerte ihn: „Du bist doch Dr. Erhan Helsing, vergiss das nicht." Vadim kehrte mit einem Tablett zurück und reichte dem Forscher eine Tasse. „Hier. Trinken einen Schluck und gleich fühlen besser." Alle wollten sie ihn aufmuntern, aber dieser Gedanke ließ sich nicht mehr vertreiben: *Ich bin ruiniert.*
Und leider wurde er nach und nach zur Realität. Die Vielzahl der kleinen Rückschläge fügte sich zum großen Ganzen zusammen. Er war Doktor Erhan Helsing, Doktor der Biologie mit Hauptaugenmerk auf den Fachbereich Vampirismus. Darauf war er nach wie vor stolz und *er* würde das auch nie vergessen. Nur fragte er sich allmählich tatsächlich, ob ihm das in der >Realität< irgendetwas brachte.

Jakov und Jackter hatten an der Bar Platz genommen. Tiffany musterte sie mit kritischem Blick, dann fixierte sie Jakov grimmig. „Was habe ich mir denn dieses Mal zu Schulden kommen lassen?" Jakov erwiderte ernst: „Ich bin nicht im Auftrag von Viorel de

Zarlac hier."

Sie zog elegant eine Augenbraue hoch. „Das ist ja mal ganz was Neues. Was willst du dann hier? Sag jetzt nicht ihr beide wollt nur einen Drink." Jakov öffnete den Mund zu einer Erklärung, aber Jackter meldete sich vor ihm zu Wort: „Dagegen hätte ich nichts einzuwenden. Hast du denn etwas Gutes für uns anzubieten?" Tiffany zögerte einen Moment irritiert, doch sie fing sich schnell wieder und stellte fest: „Das lass mal meine Sorge sein. Gib mir eine Minute und ich zaubere euch was Nettes." Jackter lehnte sich weiter über den Tresen und deutete auf Tiffanys Dekokte. „Eine hammermäßige Kette hast du da um - ein Verehrer?"

Sie sah mit offensichtlicher Feindseligkeit zu Jakov. „Was wäre wohl die politisch korrekte Antwort? Ein Geschenk eines anhänglichen Blutwirts? Nur angenommen, um den Schein zu wahren?" Nun denn, Karten auf den Tisch! Sonst würden sie wohl nie über die versteckten Anschuldigungen hinauskommen. Er deutete zum Barhocker neben sich. „Darf ich dir Jackter vorstellen? Er führt eine Revolution an, um Transsilvanien von der Schreckens-herrschaft der Draculeas zu befreien." Tiffany unterbrach ihn mit einem Kichern. „Das wurde aber auch Zeit, dass sich jemand der Sache annimmt." Anerkennend nickte sie Jackter zu und fügt mit fast schon anzüglichem Blick hinzu: „Da hast du dir viel vorge-nommen, sehr mutig von dir." Dann wand sie sich wieder ihren Cocktailgläsern zu. Jackter sah Jakov von der Seite an und gab unterhalb des Bartresens ein drängendes Handzeichen. „Ja, ja", zischte Jakov und wand sich sofort wieder an Tiffany: „Also, das Problem ist Folgendes: Jackters Gruppe war bereits dabei sich zu formieren und Strategien zu entwickeln, doch die letzte Ver-sammlung hat der Graf gesprengt und mit Hinrichtung gedroht." Nach einer kurzen Pause fügte er hinzu: „Und dann alle Anwe-senden außer Jackter hingerichtet."

Sie sah auf und starrte die beiden mit entsetztem Gesichtsaus-druck an. Jakov atmete erleichtert auf. Nun hatten sie zumindest ihre Aufmerksamkeit. Er setzte schnell nach: „Wir nehmen mit ziemlicher Sicherheit an, dass alle Transsilvanier und alle möglichen Treffpunkte unter Beobachtung stehen, deshalb suchen wir nach...einer geeigneten Location - ja, so könnte man es nennen." Tiffany zuckte mit den Schultern. „Das tut mir wirklich leid, aber was soll ich da machen?" Unverblümt stellte Jackter fest: „Wir dachten, wir könnten das Restaurant benutzen. Hier würde Draculea uns wohl am wenigsten erwarten."

„Ich verstehe immer noch nicht, was ihr gerade von mir wollt? Da steckt doch wieder irgendeine Bojaren-Verschwörung dahinter. De Zarlac hat zig Hallen, die ihr benutzen könntet. Also Schluss jetzt mit den Spielchen! Was wollt ihr?" Jakov antwortete nüchtern: „Keine Spielchen. Wie schon gesagt, sind wir nicht im Auftrag von Viorel de Zarlac hier. Er hat sich gegen die Revolution entschieden." Er fing Tiffanys ungläubigen Blick auf und bekräftigte erneute: „Er wird uns nicht beim Kampf unterstützen." „Was?", fragte Tiffany fast herausfordernd. „Ich soll dir glauben, dass du hinter dem Rücken deines großen Vaters hier bist? Jakov Stanislav de Zarlac, der vorbildliche Bojarensohn?" Er stellte trocken fest: „Ich bin vieles, aber für Viorel de Zarlac war ich nie ein >vorbildliche Sohn<. Allerdings bin ich keineswegs hinter seinem Rücken hier. Er kennt meine Entscheidung. Sagen wir einfach, unsere Wege haben sich getrennt." Tiffanys Augen wurden noch größer, als sie verstand. „Das glaube ich nicht", ächzte sie. „Vogelfrei? Du? Weißt du was das heißt?" Jakov zog die Augenbrauen hoch. Eine dumme Frage - wer wusste das nicht? „Es ging nicht anders", murmelte er. „Ich konnte seine Entscheidung nicht stützen."

Jackter mischte sich schließlich ein: „Ich denke wir wissen alle, was >vogelfrei< bedeutet. Aber kommen wir zur Sache zurück. Wir brauchen Unterstützung, um Draculea entgegentreten zu können und in erster Linie brauchen wir einen neuen, sicheren Versammlungsort. So wie sich das für mich anhört, hatte Jakov Recht damit, dass du nicht gerade hinter den aktuellen Politikern stehst. Also, was spricht dagegen uns zu helfen? Und glaub mir, wenn du de Zarlac nicht ausstehen kannst, dann willst du Draculea nicht kennenlernen." Sie verdrehte die Augen: „Du musst mir nichts über die *Schreckensherrschaft der Draculeas* erzählen. Ich kenne ihre *Politik*." Jackter grinste zufrieden. „Gut, dann weißt du ja, dass sich seit den letzten Jahrhunderten nichts daran geändert hat und verstehst, wie wichtig die Revolution ist." Tiffany wand sich ab. „Die Bojaren sollten euch helfen. Ich bringe mich so nur in Gefahr." Sie drehte den Kopf und sah Jakov direkt an. „Das solltest du doch am besten wissen." Der erwiderte prompt: „Jetzt hörst du dich genauso an, wie Viorel de Zarlac. Aber mal ganz im Ernst, dir muss doch klar sein, dass es uns alle betrifft. Die Revolution hat schon begonnen und Draculea schlägt zurück." Er zuckte betont gleichgültig mit den Schultern. „Wenn er die Rebellen gepfählt hat, wird er auch hierher kommen. Dann stellt sich die Frage, wer mächtiger ist - Draculea oder die Bojaren. Könnte sein, dass du bald einen neuen Boss bekommst. Vielleicht gefällt Draculea dir ja besser als ich."

Das Schweigen zog sich endlos hin. Jakov dachte schon, sie würde endgültig ablehnen, doch da legte sie ihr Geschirrtuch auf den Tresen und seufzte: „Also gut. Ihr könnt das Restaurant haben, aber draußen wird das Geschäft weiterlaufen. Mehr kann ich nicht tun, sonst wird Aufsehen erregt. Ihr werdet euch ruhig und zivilisiert verhalten - also kein Rumschreien, keine zerbrochenen Gläser und das Mobiliar bleibt ganz, verstanden? Und tut bloß euer Bestes, mir keinen Draculea-Spion hier rein zu bringen." Die beiden Vampire nickten gleichzeitig. „Alles klar", versicherte Jackter. „Alles wird ganz normal aussehen, Ehrenwort. Du hast uns allen gerade den Hals gerettet." Jakov stand auf und zog ihn mit sich hoch. „Dann solltest du deine Leute so schnell wie möglich informieren." Er wand sich an Tiffany: „Danke Tiffany und denk daran: Wir stehen jetzt auf derselben Seite." Sie schnaubte nur. „An die Vorstellung muss ich mich erst noch gewöhnen."

Die Vampire verließen gemeinsam das Lokal. „Ok", raunte

Jackter Jakov ins Ohr. „Irgendwie scheint ihr euch nicht ganz grün zu sein." Der erwiderte: „Wie gesagt: Sie liegt hin und wieder im Clinch mit dem herrschenden Bojaren und dreimal darfst du raten, wer ausgeschickt wurde um ihre Ordnungswidrigkeiten zu ahnden." Jackter kicherte leise, als sie das Lokal verließen.

Bredica stieg aus dem Taxi, das an einer dunklen Straßenecke gehalten hatte. Der Fahrer hing benommen in seinem Sitz. Sie hatte anscheinend ein kleines bisschen zu viel genommen. Macht nichts. Der Park war riesig. Hier würde ihn keiner finden und wenn er aufwachte, würde er seelenruhig weiterfahren und annehmen nichts wäre passiert. Jackter hatte sie über das sichere Netzwerk der Revolutionäre, in das sie ebenfalls aufgenommen wurde, informiert, dass das nächste Treffen hier stattfinden würde. Also im Parcul Herâstrâu. Sie hatte die Information an ihren Bruder weitergegeben und war dann sofort aufgebrochen. Ihr Taxi hatte sie in die Nähe der angegebenen Koordinaten gebracht. Nicht direkt zum Ziel, wie Jackter ausdrücklich verlangt hatte. Oberste Regel: Kein Aufsehen erregen. Auf keinem Fall riskieren, dass Draculea dem Versammlungsort herausfinden könnte. Sie grinste. Wenn er wüsste, dass Draculea den Ort längst kannte. Doch einen Angriff würde es heute nicht geben. Ihr Bruder hatte beschlossen, das heutige Treffen geschehen zu lassen. Die Revolutionäre sollten keinen Verdacht schöpfen oder ahnen, dass es einen Maulwurf unter ihnen gab. Ihre Aufgabe war es, so viel wie möglich über das herauszufinden, was sie planten. Damit man sie schneller vernichten konnte. Sie schauderte. Warum traf er diese Entscheidung? Warum keine friedliche Auseinandersetzung. Man konnte es doch wenigstens versuchen. Das war allerdings nicht ihre Entscheidung. Sie hatte hinter ihrem Familienoberhaupt zu stehen, komme was wolle. Also los.

Sie wurde von niemandem weiter beachtet, während sie sich dem Treffpunkt nährte. Weder Mensch, noch Vampir beachtete sie. Der Ort war clever gewählt. Sie stellten sich nicht dumm an. Trotzdem konnten sie es nie und nimmer mit Draculea aufnehmen. Diese Vampire rannten in ihr Verderben. Sie schlenderte unter den Säulenbögen entlang, bis zum Eingang des Restaurants. Hinter der Tür wurde sie direkt vom Revolutionsführer empfangen. „Jackter", begrüßte sie ihn und sah sich anerkennend um. „Nicht schlecht, der Treffpunkt. Wie bist du nur darauf gekommen?" „Ich habe Hilfe bekommen", gab er zu und winkte einen Vampir zu sich heran. Sie erschrak, als sie ihn erkannte. Er hatte doch die Bojaren auf seine Seite gezogen. Das gab der Truppe bessere Chancen sich zu wehren. Äußerlich blieb sie ruhig. „Oh, Jakov de Zarlac", begrüßte sie ihn erfreut. Sie machte einen leichten Knix und nickte anerkennend. „Also steht uns wahrscheinlich eine Armee zur Verfügung?" Als er den Kopf schüttelte schwankte sie zwischen Verwirrung und Erleichterung. Jackter antwortete für seinen Partner: „Nein, sein Ex-Vater sitzt nicht mit im Boot. Wir haben nur Jakov, aber besser als nichts." Mit einem Grinsen klopfte er dem Bojarensohn auf die Schulter, als wären sie schon ewig die besten Kumpel.

Nun war sie ehrlich schockiert. Wie konnte er diesen Weg wählen? Sich vom Familienoberhaupt loszusagen, das war quasi Hochverrat. Wie konnte er diese Schande über seinen Vater bringen? Wie konnte er es wagen sich loszusagen. Sie erinnerte sich an alles, was ihre Mutter ihr dazu beigebracht hatte. Wer vogelfrei war, der war in der Vampirgesellschaft bis in alle Ewigkeit verachtet und allgemein galt die Devise, dass die Verachteten besser tot sein sollten, als lebendig. Also drängte sich ihr die Frage auf: „Wie konntest du die Vogelfreiheit in Kauf nehmen?" *Wie konntest du das tun, was den Meisten größten Hass oder Angst entlockt? Wie konntest du es tun, wissend was es nach sich ziehen würde?* Schlimmer als die Tat an sich waren zweifellos die Folgen: Kein Zuhause, keine Zuflucht, keine Familie, nur noch Hass, irgendwann **Tod**.

Seine Antwort war klar und ohne Ausweiche. „Er hatte sich dagegen entschieden, eure Revolution zu stützen. Damit verdammt er nicht nur euch, sondern auch Menschen und Vampire in Bukarest zum Tode und das kann ich nicht stützen. Er sieht nicht was er anrichtet, aber ich sehe es und da er sich nicht von mir reinreden lässt, muss ich selbst handeln." Sie nickte nachdenklich. Das war eine sehr selbstlose Entscheidung. Ihr Bruder würde ihn verspotten, pfählen und vor den Toren des Schlosses aufstellen. Offensichtlich war Bojar de Zarlac nicht ganz so sadistisch veranlagt. So verabscheuenswert sein Entschluss auch war, so musste sie ihm trotzdem Respekt dafür zollen. Und für ihren Bruder war das auch besser. Also antwortete sie nur mit einem Lächeln: „Auf jedem Fall ist das besser als nichts." Sie deute zu den Vampiren, die neben der Bar saßen. „Dann lasst uns mal zu den anderen gehen und loslegen. Ich bin schon gespannt, was ihr euch ausgedacht habt."

Jackter folgte seinem Partner und Bredica zum >großen Tisch<. Sie hatten alles, was die Bude hergab zusammengeschoben und sich ringsherum versammelt. Gerade betrat Tiffany das Restaurant mit einem Tablett. "Alles okay da draußen?", fragte er. Sie zuckte nur mit den Schultern. „Soweit ich sehen kann nur die üblichen Gäste." Als er sie weiter beobachtete, verdrehte sie die Augen und fügte hinzu: „Es sind jedenfalls nur Menschen, aber weiß ich, ob Draculea sich neuerdings Sklaven als Späher hält?" Es machte den Rebellen nervös, dass er dem grausamen Grafen das tatsächlich zutrauen konnte, aber er gab es natürlich nicht zu. Stattdessen stellte er mit einem selbstbewussten Grinsen fest: „Für sowas ist unter den Menschen heutzutage nur schlecht Personal zu finden." Sie zuckte wieder mit den Schultern. „Weiß man´s? Freiwillig vielleicht nicht, aber wir alle wissen doch, wie das Bewusstsein der Menschen so tickt." Dann machte sie sich auf den Weg zur Bar, wahrscheinlich um die Bestellung auszuführen. Sie hatte recht. Natürlich konnte man es nicht wissen. Was er sagte war zwar wahr, aber es war nun einmal Draculea und der hatte verdammt gute Gene und sicherlich verfügte er über genauso große mentale Überzeugungskraft, wie es seine Vorfahren bereits taten. Um Menschen derartig für sich einzuspannen brauchte man schon bemerkenswerte Fähigkeiten, gerade da deren Selbstbewusstsein stetig anstieg, aber wer konnte sagen, ob Draculea derlei Stärken besaß?

Egal. Er konnte jetzt nichts anderes tun, als hoffen, dass Draculea heute keinen Angriff plante. Wenn jetzt noch mehr Rebellen völlig umsonst starben, dann hätte er wahrscheinlich den Willen der meisten schon gebrochen. Jackter ließ den Blick über seine Revolutionäre schweifen. Es waren deutlich weniger als beim letzten Mal. Konnten sie es schaffen? Hoffentlich!

Der Revolutionär richtete sich zu voller Größe auf, setzte eine selbstbewusste Miene auf, ging zielstrebig hinüber zu den anderen und landete mit einem eleganten Sprung auf dem Tisch. Während seine Rebellentruppe ihm zujubelte streckte er Jakov die Hand entgegen und zog ihn zu sich nach oben. „Revolutionäre", hob er an. „Ihr alle habt erfahren, was Draculea uns angetan hat. Viele von uns mussten sterben, obwohl wir uns nur friedlich versammelt hatten und wir alle trauern um die, die wir verloren haben." Er senkte den Blick und wartete einige Sekunden. Als er wieder aufblicke verkündete der Rebell mit noch größerer Entschlossenheit: „Das alles zeigt uns nur noch deutlicher, wie schrecklich Draculeas Herrschaft ist. Wir können niemals frei sein, müssen immer in Angst und Schrecken leben, solange er an der Macht ist." Er streckte die Arme zu den Vampiren unterhalb seiner >Bühne< aus. „Meine Freunde, seid ihr noch immer bereit es mit ihm aufzunehmen?"

Die Menge jubelte und grölte zustimmend. Jackter nickte zufrieden und ergriff wieder das Wort: „Das ist gut, denn wir haben nun einen weiteren Verbündeten auf unserer Seite. Jakov wird uns unterstützen, obwohl sein Vater sich gegen uns entschieden hat. Das war eine schwere Entscheidung und dafür können wir ihm dankbar sein." Jackter klatschte gemeinsam mit der ganzen Truppe Beifall und musterte seinen Freund wohlwollend. Als der Applaus verstummt war fragte er: „Also Jakov, willst du den Leuten unseren Plan erklären? Schließlich hattest du den größten Anteil daran." Der ehemalige Bojarensohn trat an die Tischkante vor, während Jackter zurück auf den Fußboden hüpfte. Er hatte noch etwas Wichtiges zu erledigen in dieser Nacht. Wo war sie? Bredica stand auf der anderen Seite der Tischgruppe, etwas abseits. Er atmete noch einmal tief durch und machte sich auf den Weg zu ihr. Als er sie erreicht hatte legte er ihr vorsichtig die Hand auf die Schulter. „Bredica? Ich muss mit dir sprechen. Begleitest du mich ein Stück?" Mit einem Blick zu seinem Partner fügte er hinzu: „Jakov kommt schon ohne uns klar." Sie zögerte noch einen Moment, dann nickte sie und folgte ihm nach draußen.

Sie gingen eine Weile Seite an Seite durch die Dunkelheit, bis sie schließlich am See standen. Das Licht der Straßenlaternen brach sich im Wasser. Jackter deutete auf eine Bank. „Wollen wir uns einen Moment setzen?" Sie gehorchte wortlos. Die beiden Vampire schauten eine Weile aufs Wasser hinaus. Was wollte er nur mit ihr besprechen? Endlich hob Jackter an: „Du musst wissen, dass ich mich über alle meine Revolutionäre informiere. Ich weiß, wo sie wohnen, wo sie herkommen und welcher Blutlinie sie angehören." Sie blieb stocksteif sitzen. Daher wehte also der Wind. Er hatte sie enttarnt. Als müsse er sich rechtfertigen, fügte der Rebell hinzu: „Ich muss das wissen, schließlich muss ich mir klar darüber sein, woran ich bin. Das, was wir hier durchziehen ist eine ziemlich große Sache, da muss ich mich auf meine Leute verlassen können. Du kannst dir sicher denken worüber ich mit dir sprechen will." Bredica zwang sich ruhig zu bleiben. Sie flüsterte: „Wenn ich so zwischen den Zeilen lese, nehme ich an, dass du dich über *meine* Blutlinie informiert hast." Er nickte. „Bredica Celemândre", murmelte er gedehnt, „Draculeas Schwester. Du musst wissen: Ich bin der letzte, der Vampire aufgrund ihres Namens verurteilt. Niemand kann etwas für seine Herkunft. Deshalb rede ich jetzt mit dir. Seit ich es weiß habe ich mir ständig diese Frage gestellt: Bist du hier, um den Fängen deines Bruders zu entkommen oder bist du ein Spion Draculeas?"

Sie dachte fieberhaft nach. Was sollte sie sagen? Einfach abstreiten, dass sie für ihn spionierte? Sollte sie Jackter versichern, dass sie kein Maulwurf in ihren Reihen war? Und würde er ihr überhaupt glauben? So unvorsichtig war er nicht. Er würde sie sicher im Augen behalten. Sie entschloss sich schließlich zu einer Antwort, die sich nicht direkt auf die Frage bezog: „Ich glaube ihr solltet das lassen. Weißt du eigentlich wie stark Draculea ist? Er hat eine Armee, im Gegensatz zu euch und er ist ziemlich sauer, das kann ich dir sagen. Wenn ihr die Bojaren an eurer Seite gehabt hättet, dann vielleicht, aber so seid ihr quasi schon tot." Jackter seufzte. „Ich weiß. Wir brauchen einen verdammt guten Plan, aber die Vampire müssen befreit werden. Du wirst am besten wissen, wie grausam Draculea ist."

Bredica stand ruckartig auf und ballte die Hände zu Fäusten. Natürlich, er war schon etwas...grausam. Aber als Herrscher musste er schwere Entscheidungen treffen und er wollte, dass seine Untertanen ihn respektierten. Er glaubte doch, es richtig zu machen. Plötzlich stand der Revolutionär neben ihr. Er griff nach ihrem Arm und drehte sie zu sich um. „Sag dich von ihm los, Bredica. Du kannst Teil der Revolution sein. Steh auf der richtigen Seite." Er sah ihr direkt in die Augen und fügte eindringlich hinzu: „*Ich* werde dich beschützen."

Sie schloss die Augen. Das klang ehrlich. Und sie vertraute Jackter, seltsamerweise und obwohl sie ihn kaum kannte. Irgendwie hatte sie das Gefühl, ihn schon ewig zu kennen - eine seltsame Vertrautheit...

Nein! Sie riss sich los. *Was ist mit Wladimir! Was ist mit meinem Bruder? Wie könnte ich ihn im Stich lassen?* Hastig trat sie ein paar Schritte zurück und sah Jackter an. „Tut mir leid, aber ich muss gehen. Lebwohl Jackter und denk darüber nach, was ich dir gesagt habe." Sie holte tief Luft und bekannte sich mit einem letzten Satz zu ihrer Seite: „*Wir* haben dich gewarnt." Damit drehte sie sich um und tauchte zwischen den Bäumen unter. Sie hörte, dass der Rebell ihr folgte. Ein Lächeln huschte über ihr Gesicht - kalt und berechnend. *Du wirst mich nicht kriegen.* Am Straßenrand stand eine Horde junger Männer. Sie richtete ihre Konzentration auf die Gruppe. „Hey!", rief sie ihnen zu. „Der Typ da hinten verfolgt mich!" Sofort ließen sie alles stehen und liegen, um ihr beizustehen und ihre *Ehre* zu verteidigen. Sie zuckte lächelnd mit den Schultern. Eben der unwiderstehliche Charm eines Vampirs. Schon war sie wieder in der Dunkelheit abgetaucht.

Draculea saß in seinem Sessel, eine junge Frau mit überaus süßem Blut auf seinem Schoß. So ein gutes Stück hatte er schon seit langer Zeit nicht mehr erbeutet. Leicht lag sie in seinem Armen, ihr Kopf war nach hinten gesunken und offenbarte den zarten Hals. Er nahm noch einen Schluck. Auf die >Revolution<! Er war bereit, alles war geregelt und ein gewisser Hauch von Vorfreude regte sich in ihm.
Eine Tür krachte zu, er hörte Schritte im Flur. „Wladimir!" Das war die Stimme seiner Schwester. Musste sie ausgerechnet jetzt kommen? Als sie im Flur erschien begrüßte er sie mit einer Frage: „Was machst du hier, Schwester? Solltest du nicht unter diesem dreckigen Gesindel von Deserteuren sein, die sich feige in Bukarest versammeln und auch noch denken, ich merke es nicht?" Sie wollte etwas erwidern, aber er kam ihr zuvor: „Hattest du nicht eine Aufgabe zu erfüllen?" Mit harter Stimme herrschte er sie an: „Sag mir nicht, dass du versagt hast!" Nun wartete er auf ihre Antwort, ruhig und gelassen. „Ich war bei den Revolutionären. Sie

planen weiterhin ihren Angriff", stellte Bredica fest. „Aber der Anführer, hat mich erkannt."

„*WAS!?*" Draculea sprang brüllend auf, wobei die junge Frau von seinem Schoß auf den Boden glitt und dort benommen liegen blieb. „Er hat dich erkannt? Wie konnte das passieren?! Im Namen Luzifers, wie unfähig bist du denn bloß?!" Furchtlos stellte sie sich ihm entgegen - zu furchtlos für seinen Geschmack. „Was kann ich denn dafür. Das sind eben nicht nur >dumme Deserteure<, wie du dir einreden willst. Die denken mit. Dieser Jackter informiert sich über alle seine Rebellen und dann ist ja wohl klar, worauf er bei mir gestoßen ist."

Er ging um den Tisch herum. Sein Opfer ließ er einfach liegen. Seine Diener würden sich um sie kümmern. Er sah seiner Schwester tief in die dunkeln Äuglein und zischte: „Wenn man es nicht besser wüsste, könnte man meinen, du entwickelst Sympathien für diesen Jackter. Sie reagierte nicht und er ließ es auf sich beruhen - vorerst. Schon bald würde sich zeigen, wem ihre Loyalität galt. „Geh in die Gruft", wies er sie an. „Du solltest dich ausruhen. Wir wissen wo sie sich aufhalten. Morgen Nacht greifen wir an."

Jackter saß mit Jakov und einigen anderen Vampiren in einer Ecke der Lagerhalle - ihrem ehemaligen Treffpunkt. Er versuchte seine Aufregung so gut es ging zu verbergen, aber mit der Zeit wurde er immer nervöser. Zum bestimmt 10. Mal in den letzten 5 Minuten schaute er auf die Uhr. Mitternacht. Sie hatten sich nach Einbruch der Dunkelheit hier versammelt und nun warteten sie. Auf Draculea. „Vielleicht wird er uns gar nicht angreifen", gab ein Vampir zu bedenken. „Ja, genau", pflichtete ihm der nächste bei. „Oder wir sind einfach am falschen Ort." Jackter widersprach forsch: „Nein!" In etwas freundlicherem Ton erklärte er: „Draculea ist ein Meister der Manipulation. Hier hat er es begonnen und hier wird er es auch Enden lassen. Der Ort an dem er zum Ersten Mal angegriffen und uns allen mit dem Tod gedroht hat."

Wie zu sich selbst murmelte er: „Es muss so sein." „Psychologische Kriegsführung", stimmte Jakov nickend zu. Sie hatten Angriffsstrategien ausgeklügelt, mit denen sie Draculea Herr werden konnten.

Es war ruhig, irgendwie zu ruhig. Jakov schien seine Bedenken zu teilen, denn nun schaute auch er auf seine protzige goldene Taschenuhr. Bevor er sie aufklappte hielt er einen Moment lang inne und strich mit der Fingerkuppe über die Gravur. Es schien irgendein Wappen zu sein, wohl das Familienwappen seiner Sippe. Jackter verdrehte unwillkürlich die Augen. „Mitternacht", stellte Jakov schließlich fest. „Ich denke, es steht kurz bevor." Er sah sich unter den Vampiren um. „Macht euch bereit. Wir müssen jeden Moment mit ihm rechnen."

Plötzlich ertönte ein Klicken. Etwas surrte merkwürdig in der Luft und ein markerschütternder Schrei erklang. *Himmel, was ist denn da los?*

Jackter fuhr herum. Einer seiner Kammeraden war zusammengeklappt und in seiner Brust steckte eine Art Speer. Blitzschnell wirbelte er wieder herum und hob, wie alle anderen seine Waffe. Wo waren diese Schweine? Er konnte weit und breit keinen Angreifer erkennen. Überall war nichts als Geschrei zu hören. Da - er hörte wieder dieses verdächtige Surren. Blitzschnell fuhr er herum und sah das Geschoss auf sich zu fliegen. Jackter warf sich hektisch zur Seite, aber zu spät. Ein brennender Schmerz breitete sich in seinem Körper aus. Er war getroffen. Der Rebell versuchte aufzustehen, aber er spürte nichts als Taubheit. Nein! Er musste weiterkämpfen. Er konnte seine Revolutionäre nicht im Stich lassen. Jemand schrie seinen Namen und verschwommen sah er, wie Jakov auf ihn zulief. Verzweifelt stützte er sich auf die Unterarme und blinzelte heftig. Doch der Wille aufzustehen schwand nach und nach und die Taubheit breitete sich mehr und mehr aus. Er blinzelte. Als der Rebell die Augen wieder öffnete, sah er nichts mehr vom Kampf. Er lag irgendwo außerhalb des Gebäudes. Sein Blick klärte sich kurz und er erkannte eine Vampirin einige

Schritte entfernt von ihm. *Bredica, du bist wieder da.* Er musste zurück zu den anderen und kämpfen. Für die Vampire, für Freiheit. Wenn seine Lider nur nicht so schwer wären...
Seine Augen fielen zu.

Schon seit einer Ewigkeit starrte er gegen die Wand. Nachdem der Kampf so kläglich gescheitert war, hatten sie sich nach Bukarest zurückgezogen. Aber kein Wunder, wenn die Angreifer nicht auf das Schlachtfeld zu treten brauchten, dann nützten auch die besten Strategien nichts. Zum Glück hatte Tiffany ihnen in einem Hinterraum Unterschlupf gewährt. Die halbe Nacht hatte Jakov damit zugebracht die Verletzten einigermaßen zu verarzten, obwohl er keine Ahnung hatte, wie man das machte, und so viel Blut wie möglich heranzuschaffen, damit sie wieder zu Kräften kamen. Nun hatte er an der Bar Platz genommen und hing seinen trüben Gedanken nach. Ihm war noch immer ganz schlecht vom Anblick des vielen Blutes. Das Hinterzimmer von Tiffanys Restaurant hatte sich in ein Lazarett verwandelt. Jakov hatte einfach nur starr das ausgeführt, was zu tun war, auch wenn ihm immer noch ganz anders wurde, wenn er so viel Blut sah.

„Ein Vampir, der kein Blut sehen kann. Wann hat es so etwas mal gegeben?" Er sah auf und entdeckte Tiffany, die ihn von der anderen Seite der Bar aus beobachtete. Auch das noch. Sie hatte es erkannt. Nun ja, es war auch nicht zu übersehen gewesen, wie elend er sich mitten in diesem Massaker gefühlt hatte. „Das kommt wohl vom vornehmen Leben. Deshalb wird dieses Land untergehen. Die ach so feinen Bojaren verweichlichen." Er rieb sich erschöpft die Stirn. „Eins kannst du mir glauben: Mein Vater denkt darüber genauso wie du und er hat ganz sicher keine Scheu vor zu viel Blut." Tiffany ging um die Bar herum und nahm auf dem Hocker neben ihm Platz. „Das war doch gar nicht ernst gemeint." Sie lächelte verführerisch. „Du lässt dich aber auch leicht aus der Reserve locken." Ihr Blick wurde ernst: „Aber jetzt hast du ein massives Problem." Sie deutete mit dem Kopf in Richtung Hinterzimmer. „Wie es aussieht bist du jetzt für sie verantwortlich, wo Jackter weg ist. Was wirst du tun Jakov?" Er ließ die Hand sinken und seufzte. „Wir müssen Jackter finden. Nur weiß ich im Moment nicht, wie ich das machen soll." Tiffany lehnte sich zu ihm. „Meinst du er lebt noch?" Der Vampir nickte. „Sicher. Wenn er tot wäre, hätten sie wohl kaum seine Leiche mitgenommen. Irgendetwas hat er mit ihm vor. Ich komme nur nicht dahinter. Das ergibt keinen Sinn. Warum gerade er?" Sie legte den Kopf schief. „Weil er der Anführer der Revolution ist? Vielleicht sollte er aus dem Weg geschafft werden, weil Draculea dachte, dass der Widerstand dann zusammenbricht. Verstehst du nicht wie wichtig es ist, weiter zu machen? Das Ziel darf er nicht erreichen!" Sie lehnte sich zurück und fügte gleichgültig hinzu: „Also grundsätzlich habe ich mit eurem Kram ja nichts zu tun, aber da ich nun eh mit drinhänge, kann ich nur an dich appellieren."

Ja, er musste eine Lösung finden. So schwer es auch war, die Transsilvanier verließen sich nun auf ihn. Wenn ihm doch nur etwas einfallen würde. Verzweifelt stützte Jakov den Kopf in die Hände. „Ich weiß einfach nicht wie. Wir haben ihn unterschätzt und zwar gewaltig. Der hat uns betäubt und abgeschossen und wir wussten noch nicht einmal wo er steckte. Er wird uns immer einen Schritt voraus sein und Jackter war die treibende Kraft der ganzen Sache." Tiffany lächelte. „Jetzt bist du eben die treibende Kraft der Sache."
„Wer sagt denn, dass ich das will? Wer sagt, dass ich das kann? Ich bin doch nicht vom Militär, das weißt du genauso gut wie ich."
„Ich konnte dich noch nie besonders leiden, Jakov Stanislav de Zarlac, aber ich weiß, dass du Vampire geschickt dazu bringen kannst, das zu tun, was du willst."
Er lachte freudlos. „Ersten: Diesen Namen trage ich nun nicht mehr. Und zweitens: Was soll das bringen? Soll ich vielleicht nach Transsilvanien einreisen, höflich ans Tor klopfen und versuchen den Tyrannen dazu zu bringen, das zu machen, was ich gerne

hätte. Ich fürchte so weit reicht es nicht."

Die Vampirin strich sich elegant durch ihre erdbeerblonden Haare. „Du kannst ja richtig niedlich sein und Humor hast du auch noch. Ich habe natürlich an etwas ganz anderes gedacht." Sie drehte nachdenklich eine Haarsträhne zwischen ihren Fingern und fuhr fort: „Neulich war ein Mann hier in der Bar. Er hatte zwei Kumpels dabei - ganz normale Typen eben."

„Und? Was hat das damit zu tun? Bist du mal wieder das Risiko eingegangen hier auf deiner öffentlichen Arbeitsstelle? Haben sie wenigstens geschmeckt?"

Sie verdrehte die Augen. „Du bist nicht mehr der Sohn von dem alten Bojaren, also brauchst du dich auch nicht aufzuregen, wegen eines kleinen Regelverstoßes. Schon allein deshalb, weil wir mit dieser kleinen Notstation da hinten gegen noch mehr Regeln verstoßen. Und wenn man dann noch die Tatsache betrachtet, dass ich hier seelenruhig mit einem Vogelfreien spreche, anstatt ihn auszuliefern..."

„Schon gut, schon gut. Also, worauf willst du hinaus." Sie sah ihm direkt in die Augen. „Die Herren behaupteten, sie sein Vampirjäger."

Jakov starrte ungläubig zurück. „Diese beiden Witzfiguren? Ich habe sie neulich getroffen, auf der Straße. Der eine hat mir die Lunge zerstochen."

„Was?" Sie kicherte. „Das war sicherlich der Süße. Dieser studierte Vampirjäger. Der hat Temperament."

„Der Süße? Du hast also tatsächlich...?"

„Ja. Man soll doch nichts verkommen lassen, oder? Aber das tut nichts zur Sache. Die sind anders als die anderen. Sie bleiben dran und tauchen immer wieder auf, wie lästige Insekten und irgendwann werden sie hinter das Ganze kommen. Ich traue ihnen zu Draculea zu finden." Sie zuckte vage mit den Schultern. „Es wird vielleicht noch ein paar Jährchen brauchen, aber wenn sie die Obrigkeit weiter so nervös machen, macht irgendwann mal jemand einen Fehler."

Jakov sah sie nachdenklich an. „Du hast Recht. Und außerdem bin ich mir ziemlich sicher, dass gerade niemand auf sie achtet, wo es doch Wichtigeres zu Beobachten gibt."

Tiffany zwinkerte. „Ich sehe wir verstehen uns. Draculea hat mit seinem satanischen Vernichtungstripp zu tun und diese Bojaren-Bonzen spitzeln gerade alle hinter dir her, darauf möchte ich wetten. Warum sollten wir und diese Unachtsamkeit nicht zu Nutze machen?"

„Und was wir brauchen ist ein Joker", pflichtete der Vampir ihr bei. „Auch wenn so etwas in der gesamten Geschichte wohl noch nie vorgekommen ist." Tiffany grinste breit: „Zeit für Veränderung! Manchmal verlangt die Situation nach etwas unkonventionellen Methoden. Und Draculea werden wir auch in Schach halten. Ich habe da ein paar Freunde, die sicher gerne mitmischen würden. Aber zuerst das I-Tüpfelchen: Wir werden also diesen Vampirjäger ausfindig machen und hier her locken. Dann bezirzt du ihn mit deinem Charm und gewinnst ihn als Verbündeten."

„Ich denke mal ein bisschen Charm wird da nicht reichen. Wenn wir das durchziehen wollen, müssen wir ihn ganz für uns gewinnen.", stellte Jakov fest. „Aber trotzdem: Das könnte klappen. Er wird nicht so leicht zu überzeugen sein, aber, wenn wir es schaffen..."

„Stellt sich nur die Frage, wie finden wir sie."

Nun war er es, der grinste. „Das ist das geringste Problem." Als die Vampirin ihn irritiert anschaute erklärte er selbstzufrieden. „Es war meine Aufgabe, mehr über sie herauszufinden, um sicherzustellen, dass sie keinen Ärger machen und – tata - einer von dieser Sippe ist auf meiner Webside angemeldet." Er stand auf um sein Laptop zu holen. „Moment mal!", rief Tiffany ihm nach. „Was für eine Webside?" Triumphierend drehte er sich um. „Erkläre ich dir später."

Er schlug die Augen auf. Die Taubheit war verschwunden, stattdessen fühlte er sich völlig zerschlagen. Leicht benommen blinzelte er und erinnerte sich langsam wieder an den Kampf. Als er an sich hinunter sah, entdeckte er riesige Blutflecken auf seinem Hemd. Jackter wollte die Hand heben, um die Wunde zu untersuchen, doch da breitete sich ein beißender Schmerz in seinem Arm aus. Er sog scharf die Luft ein. Mit einem Schlag war der Vampir hell wach. Was war das? An seinen Handgelenken befanden sich Ketten, die in der Wand verankert waren und so wie sich das anfühlte waren sie aus Silber. Mist! Eine verdammt ausweglose Situation. Jackter ließ den Arm wieder sinken, langsam und vorsichtig. Wo war er hier? Warum war er nicht tot?

„Du bist in meinem Schloss." Die Stimme schallte plötzlich durch den Raum, als hätte ihr Besitzer seine Gedanken erraten. Jackter schaute sich um und entdeckte *ihn* auf der anderen Seite des Raums. Langsam stieß er sich von der Wand ab und durchquerte das Zimmer. Jackter schluckte, dann fragte er mit möglichst fester Stimme: „Was willst du von mir, *Graf*." Er schüttelte nur verächtlich den Kopf. „Die Jugend hat keinen Respekt mehr. Es scheint heutzutage nicht einmal geläufig zu sein, wie man seinen König anspricht."

König. Nun überschätzte er sich aber gewaltig. Er war vielleicht Graf Draculea, aber ein König? Da hatten die Bojaren wohl auch noch ein Wörtchen mitzureden. Er wagte allerdings nicht das laut zu sagen. Stattdessen fragte er noch einmal: „Was willst du? Warum bin ich hier?"

Draculea zeigte nur in einem triumphierenden Grinsen die Reißzähne. „Glaubst du, ich wüsste nicht, wer du bist?"
Jackter sah weiter zu ihm auf, aber der Schock stand ihm ins Gesicht geschrieben, was Draculea offensichtlich noch mehr Freude entlockte. „Du weißt also, was dir zusteht." Er machte noch ein paar Schritte auf ihn zu. „Und nun bist du hier, an deinem rechtmäßigen Platz und wirst von mir die Strafe bekommen für all

deine Taten."

Der Graf zog einen schwarzen Handschuh unter seinem Umhang hervor und schlüpfte langsam hinein. Nachdem er jeden Finger einzeln gerichtete hatte machte er einen schnellen Schritt nach vorn und griff nach den Ketten.

Jackter biss krampfhaft die Zähne zusammen, als er ihn auf die Füße zog. Verfluchtes Silber!

„Deine Vorfahren waren vor 560 Jahren schon so - ohne Ehre und Respekt. Jederzeit bereit alles aufzugeben, um den seinen in den Rücken zu fallen." In seinem Blick lag nichts als Kälte und Härte, als er Jackter mit dem Rücken gegen die Wand drängte. Dieser presste mühsam hervor: „Das ist nicht wahr. Ich habe nie..." Draculea drückte fester zu: „Ich gebe dir diese einmalige Chance: Du kannst dieses Verlies verlassen und zurückkehren zu dem Platz, den du in der Vampirgesellschaft einnehmen solltest - *hinter mir!*" Die letzten Worte waren ein unnachgiebiges Fauchen. Als Jackter nichts antwortete, ließ er mit einem Ruck die Ketten los und wand sich ab. Er streifte den Handschuh ab und ließ ihn wieder im Inneren seines Umhangs verschwinden. „Du wirst genug Zeit bekommen, um nachzudenken." Damit verließ er den Keller, die Tür krachte zu und Jackter war wieder von Dunkelheit umgeben. Wenigstens das war ihm vergönnt.

Jakov saß mit Tiffany an einem Tisch und tippte hektisch auf der Tastatur seines Laptops herum. „Also über diesen Helsing ließ sich merkwürdigerweise nicht sehr viel herausfinden." Tiffany murmelte: „Sonderbar. Meistens machen diese Irren doch einen Riesen-Hype um ihr Treiben und treten mit spektakulär gefakten Videos in sozialen Netzwerken auf." „Eben", stimmte Jakov zu. „Über seinen sogenannten Assistenten habe ich auch nichts Nützliches, außerdem gehört er auch Draculea, aber sein Bruder Vadim. Der ist in meinem Netzwerk angemeldet." Er rief

die Webside auf und Tiffany beugte sich interessiert vor. „Herz-blut.ro", las sie vor. „Wir bieten Ihnen alles, vom zwanglosen Tref-fen bis hin zur großen Liebe. Hier kommt jeder auf seine Kosten." Sie kicherte. „Das ist ja genial." Jakov nickte stolz. „Oder?" Er brei-tete die Arme aus. „Irgendwann verbreitet es sich auf der ganzen Welt." Sie schmunzelte: „Naja, abwegig ist es nicht, nachdem sich die Vampire auch mehr und mehr verbreiten. Aber was genau hast du denn nun vor?" Jakovs Blick richtete sich wieder auf den Bildschirm. „Genau. Also, das ist er." Ungläubig sah sie ihn an: „Vinnetou?" Was sind denn das für Verrückte?" „Die meisten Menschen wählen als Pseudonym einen Namen, mit dem sie sich identifizieren", erwiderte er. „Sieht so aus, als hätte er heute Mor-gen ein Date." Er sah auf seine Taschenuhr. „In einer halben Stunde. Tiffany zuckte mit den Schultern. „Da will sich wohl je-mand ein kleines Frühstück gönnen." „Sieht so aus, aber dort müssen wir ihn unbedingt abpassen. Er wird uns zu diesem Hel-sing führen. Na los, worauf warten wir noch?"
Skeptisch sah Tiffany ihn an. „Wer sagt, dass er uns nicht in eine Falle lockt?" Jakov winkte ab: „Glaub mir, der ist mehr als gut-gläubig. Wenn wir dem erzählen, dass wir *die Guten* sind, dann nimmt er uns das ab." Ganz überzeugt wirkte sie nicht, aber die Vampirin stand trotzdem auf und folgte ihm. „Nun gut, dann hof-fen wir mal auf deine Menschenkenntnis." Im Vorbeigehen wies sie einen Angestellten an: „Hey, ich bin eine Weile weg. Der In-nenbereich ist geschlossen und du lässt hier keine Menschenseele rein, verstanden?" Der Kellner nickte. „Alles klar Tiffany."

Bredica wartete angespannt im großen Saal. Ihr Bruder war im Verlies bei dem Gefangenen und er hatte ihr streng verboten ihm zu folgen. Was hatte er wohl mit ihm vor? Mit Jackter. Ganz sicher nichts Gutes. Bei Luzifer, er war schon seit Stunden da unten. Sie hörte ein Rumpeln auf der Treppe. Eilig lief sie ihrem Bruder entgegen. „Was hast du getan? Wo ist er?", fragte sie. Draculea schob sie zur Seite und ging weiter. „Lebt er noch?", hakte sie nach. „Oder hast du...?" Er lachte. „Der Pflock wäre für ihn noch viel zu gut. Er soll das Ausmaß des Verrats kennenlernen, der in seinen Adern fließt." Sie zog die Stirn in Falten. „Was soll das heißen?" Endlich drehte ihr Bruder sich um. „Hast du nicht erkannt, wer er ist? Hast du dich von ihm täuschen lassen, wie all diese unwürdigen Versager?"

Was redete er da? „Sein Name ist Jackter. Er ist der Anführer der Rebellen. Wie ich dir gesagt habe." Nun lachte er noch gellender. „Sein Name ist nicht Jackter, Schwester. Was habe ich dir immer gesagt?" Er kam auf sie zu und legte ihr eine Hand an die Wange. Solche Gesten kannte sie kaum von ihm. „Vertraue niemandem", fuhr er fort. „Vampire sind Wesen der Dunkelheit und Konkurrenten - um Land und Besitz, um Reviere, um Beute,...um Anhänger ihrer Sache. Sie mögen sich heute für etwas anderes ausgeben. Sie schützen ihren Wunsch nach Frieden und Normalität vor, ihre *Zivilisation*. Genau wie die Menschen." Fast flüsternd fügte er hinzu: „Aber das ändert nichts an ihrem Wesen. Die Welt um uns mag sich verändern, aber tief in uns, sind wir immer noch die Raubtiere, die wir schon seit Anbeginn waren. So wie es unser Name sagt, so wie Drachen."

Sie war unfähig sich zu rühren. In ihrem Kopf überschlugen sich die Gedanken, doch nur eine Frage gewann die Oberhand: „Wer ist er dann?" Draculea ließ sich in seinem Ohrensessel nieder. „Ich werde es dir sagen, damit du endlich verstehst, dass die Welt einen starken Herrscher braucht, der ihre zahlreichen Fehler reguliert. Er ist Sohn einer langen Ahnenreihe von Verrätern. In den Zeiten, in denen Vlad der Pfähler tat, was getan werden musste, entzog sich sein Zweig der Familie der Verantwortung. Stattdessen wand er sich den Osmanen zu. Blieb freiwillig bei Ihnen, wissend, dass er in Rumänien stets hintenanstehen würde. Er hat sich gegen die Seinen gestellt und sich dem Gegner angeschlossen, den Entführern von Bruder und Vater - unverzeihlich."

Bredica musste sich setzen. „Du sprichst von..."
„Radu cel Frumos." Er nickte. „Der Vampir, der sich derzeit in unserem Verlies befindet ist sein dreckiger Nachkomme. Jawohl, unser Cousin fünfter Generation. Und offensichtlich hatte nicht nur das ansprechende Äußere, sondern auch die rebellische Ader in seiner Blutlinie Bestand. Es wäre seine Pflicht an meiner Seite zu stehen. Was tut er stattdessen? Er zettelt eine Revolution an, macht nichts als Ärger und Umstände." Draculea stand auf und ging zum Fenster hinüber. Sein samtener Mantel hüllte ihn ein, während er nach draußen sah, wo am Himmel die Sonne aufging. „Er wird früher oder später untergehen, doch vorher wird er Reue zeigen. Es wird ein Zeichen gesetzt, indem der Anführer des Aufstandes vor seinem *Meister* niederkniet. Vor dem König von Rumänien! Was könnte überzeugender sein? Ein prachtvolles Paradoxon, wenn seine Anhänger erst erfahren, wer er ist..."

Bredica schloss die Augen und schüttelte heftig den Kopf. „Dann hätte er alle getäuscht, wirklich alle. Er hat behauptet wir müssten uns vertrauen können. Das kann doch nicht sein." Draculea drehte sich zu ihr und deutete mit ausgestrecktem Arm zur Treppe, die in die unterirdischen Räume führte. „Überzeuge dich selbst, Schwester. Schau ihm in die Augen und du wirst verstehen, was hinter seinem leeren Geschwätz steckt."

Das ließ sie sich nicht zweimal sagen. Bredica stürzte die Treppe hinunter und schlängelte sich schnell durch die gewundenen Gänge, die zum Verlies führten. Ohne zu zögern stieß sie die Tür auf, die mit einem Ruck gegen die Wand prallte. Sie machte das Licht nicht an. Das war nicht nötig, sie konnte im Dunkeln sowieso viel besser sehen. Ihr Bruder hatte die grellen Neonleuchten nur anbringen lassen, um es vampirischen Gefangenen etwas unangenehmer machen zu können. Ihre Haut kribbelte, als sie auf die Gestalt zuging, die auf der anderen Seite des Raumes an der Wand hockte - sie reagierte auf das Silber, dessen Geruch überall in der Luft hing. Er beobachtete sie, doch er rührte sich nicht, sagte nichts.

„Jackter", begrüßte sie ihn kalt. „Obwohl...Das ist ja eigentlich gar nicht dein Name, nicht wahr?" Ertappt sah er zu Boden. „Wie heißt du denn wirklich?", fragte sie forsch. „Radu vielleicht? Wie *Radu cel Frumos*?" Sie erwartet kaum, dass er antwortete, doch nach einer kurzen Pause flüsterte er: „Tarek Radu. Das ist mein Name."

Es von ihm zu hören versetzte ihr einen Schlag. „Ich dachte, wir sollten dir vertrauen!", schrie sie. „Meintest du nicht, wir müssten uns vertrauen und *ehrlich* sein und die *Celemândres* vernichten?! Wo du doch am Ende selbst ein Mitglied der Celemândre - Sippe bist!" Er nickte schwach. „Dieser Name ist es, der mich verflucht und alles, was ich tue beschattet. Hätte ich den Vampiren meinen Namen genannt, hätte jeder in mir nur meinen Urururgroßvater, den Bruder von Vlad dem Pfähler gesehen-ein Mitglied des Celemândre - Stammbaums. Oder einen Vogelfreien."

Sein Gesichtsausdruck wurde härter. „Und du? Du hast mich ohne mit der Wimper zu zucken ausgeliefert." Wütend zerrte er an seinen Ketten, was ihm nichts weiter als ein schmerzvolles Stöhnen einbrachte. „Und? Habe ich dich angelogen? Ist er etwa nicht grausam? Dann bin ich eben entfernt mit dem irren Pfähler verwandt, aber ich stehe trotzdem voll und ganz hinter der Befreiung." Seine Stimme brach kurz ab, dann hauchte er: „Aber ich hätte mein Versprechen gehalten."

Bredica beobachtete ihn noch einen Moment, dann schüttelte sie den Kopf. „Ich habe gespürt, dass da etwas ist, was dich mit mir verbindet. Ich wusste nur nicht, was das heißt. Also musst du auch schon länger gewusst haben, wer ich bin." *Er verdrehte tatsächlich die Augen* „Natürlich habe ich es gespürt und ich habe vermutet, dass du eine Celemândre bist und dem Tyrannen nahestehst. Ich habe es nachgeprüft und nun...," Er sah demonstrativ an sich herunter, „habe ich ja auch noch die endgültige Bestätigung." Sie machte ein paar Schritte rückwärts. An der Tür drehte sie sich noch einmal um. „Ich habe so lange mit mir gehadert und war mir nie sicher, was richtig ist!", fauchte sie. „Du warst überzeugend, aber..." Sie zögerte kurz. Dann sah sie ihm direkt in die Augen - dem Vampir, der gestern noch so echt und ehrlich gewirkt hatte.

„...aber der einzige, der mir die Wahrheit gesagt hat war mein Bruder."

Die Vampirin wanderte durch die unterirdischen Gänge, die Arme um den Körper geschlungen, bis sie vor der Gruft stand. Draculea lehnte lässig an seinem Sarg und wartete. Er musterte sie von oben bis unten und nickte dann langsam. „Leg dich schlafen", befahl er knapp. „Am Abend werden wir sehen, was dieses Ungeziefer als nächstes vorhat." Er grinste. „Gewissermaßen freue ich mich schon." Bredica stieg wortlos in ihren Sarg und ließ den Deckel zuklappen.

Wie hatte es nur so weit kommen können?

Wieder einmal hetzte er durch Bukarest, allerdings saß er diesmal auf dem Beifahrersitz von Tiffanys Wagen. Er rutschte ungeduldig auf seinem Sitz hin und her. „Tritt schon aufs Gas!", forderte er mit einem Blick auf die Zeitanzeige. „Der Termin war vor 10 Minuten. Wir dürfen ihn nicht verpassen." Sie stöhnte genervt: „Erstens: Wir dürfen kein Aufsehen erregen. Ist das nicht die oberste Verhaltensregel hier? Und zweitens: Das ist eine Frau und Frauen lieben ein gemütliches Frühstück. Die wird ihn schon nicht in 10 Minuten verschlingen."

„Wollen wir es hoffen. Das ist sowieso schon eine peinliche Nummer."

„Wieso?"

„Mein Internetportal entspricht den allerhöchsten Qualitätsansprüchen. Da gibt es weder Doppelbuchungen noch irgendwelche Störungen seitens der angemeldeten Vampire. Eigentlich ist es ein absolutes No-Go da reinzuplatzen."

„Na komm schon, hier geht es immerhin um den Weltfrieden."

Eine laute Sirene unterbrach ihr Gespräch. Jakov drehte sich um. „Polizei."

„Mist."

„Warum?"

„Wir fahren in einer Einbahnstraße."

„Na und?"

„Und zwar entgegen der Fahrtrichtung."

„Tiffany? So willst du kein Aufsehen erregen."

„Reg dich doch nicht auf." Sie leckte sich genüsslich die Lippen. „Zwischenmahlzeit."

Er schaute noch einmal durch die hintere Scheibe. „Hast du ein Gefäß?"

Tiffany sah ihn verwirrt von der Seite an. „Ein bisschen Leergut von der Bar. Wieso?"

„Dann zapfe ich einem von denen ein bisschen Blut ab, als Entschädigung für die Kundin."

Tiffany parkte das Auto am Straßenrand und verdrehte die Augen. „Da kommt wieder der feine Kavalier durch." Sie zog die Handbremse an und sah mit einem Lächeln in den Rückspiegel. „Da sind sie ja. Gib mir mal das schwarze Tuch aus dem Handschuhfach."

Jakov sah sie fragend an. „Was willst du denn jetzt damit?" Sie zuckte mit den Schultern. „Was soll ich denn wollen? Ich möchte meine schöne Bluse nicht versauen."

Der Vampir musste kichern. „Und da machst *du* dich darüber lustig, dass ich..."

Ein Klopfen unterbrach die beiden. „Showtime", verkündete Tiffany und öffnete die Tür. Bevor die Autotür wieder zuschlug hörte Jakov noch, wie sie säuselte: „Hallo Officer, ups, da habe ich mich wohl verfahren." Dann folgte er ihr nach draußen.

Erhan stapfte durch den Parcul Herâstrâu. Vadim hatte ihn vor einer halben Stunde angerufen und hier herbestellt, weil ihn angeblich ein Mann und eine Frau entführt hatten. Er sollte allein zum See im Park kommen - ohne Polizei und ohne die anderen. Viel mehr hatte er nicht gesagt, aber der Vampirjäger konnte sich beim besten Willen nicht vorstellen, warum jemand Vadim entführen sollte. Zu holen gab es da wahrlich nichts und dass er Feinde hatte konnte er sich auch kaum vorstellen. Vadim hatte auch nicht angespannt oder ängstlich geklungen, sondern eher positiv aufgeregt. Als wäre er Teil eines äußerst spannenden Hollywoodfilms. Vielleicht war das irgendein dummer Witz oder ein rumänischer Brauch, wie die Brautentführung in Deutschland, oder so...
Es war fast Mittag und die Sonne brannte ihm auf die Schultern. Wenn diese *Entführer* nicht bald kamen, würde er wieder gehen, direkt zur nächsten Polizeiwache.
Er drehte sich einmal im Kreis und musterte die Menschen in seiner Umgebung - ein Mann und eine Frau, die sich im Schatten eines Baums küssten, eine ältere Dame mit Hund, Kinder die auf der Wiese spielten. Es war nichts Auffälliges zu sehen. Vom Parkplatz her kamen ein junger Mann und eine junge Frau gelaufen. Das war doch Tiffany! Obwohl beide überdimensionierte Sonnenbrillen trugen erkannte er sie sofort. Sie ging einträchtig neben diesem Typen.
Als sie ihn entdeckten blieben die beiden stehen, tuschelten kurz und trennten sich. Tiffany ging in Richtung Restaurant und dieser Kerl kam auf ihn zu.

„Erhan Helsing?" Es war eine Frage, aber Erhan war sich sicher, dass dieser Mann genau wusste, wer er war. „Sie sind nicht zufällig der Entführer, oder?", fragte er. Mit der rechten Hand tastete er nach dem Dolch, den er sich am Rücken in den Hosenbund gesteckt hatte. Der Mann kam ihm bekannt vor, aber das konnte ja kaum sein. Woher sollte er ihn kennen.

„*Entführer*." Der Fremde schmunzelte. „Ich glaube das ist nicht das richtige Wort. Mein Name ist Jakov. Wir haben uns bereits flüchtig kennengelernt, wenn du dich erinnerst..." Ja, diese Stimme kam ihm auch bekannt vor, aber woher? „Lass den Dolch stecken. Der Schnitt vom letzten Mal ist beinahe wieder verheilt."

Jetzt machte es Klick. „Verdammter Mist", fluchte Erhan und wich schnell ein paar Schritte zurück. Den Dolch hielt er griffbereit. Das war der *Vampir*! Seine Gedanken rasten. *Was will der Blutsauger von mir? Woher kennt er mich?*
Der Blutsauger hob beschwichtigend die Hände und versicherte: „Ich will dir nichts tun und wenn du den Dolch ziehst wirst du eine Massenpanik auslösen. Und ich werde mich verteidigen müssen." Erhan sah sich noch einmal um - da war immer noch das Liebespärchen und die unschuldigen Kinder, die nichts von all dem wussten. Der Vampir lächelte, sodass die spitzen Enden seiner Vampirzähne im Sonnenlicht aufblitzten. Zeigte er es mit Absicht? „Ich sehe wir verstehen uns. Es ist für alle Beteiligten das Beste, wenn du Ruhe bewahrst." Ja, aber vielleicht...Erhan riss das Kreuz, das er von Vadim bekommen hatte aus seinem Ausschnitt und hielt es dem Vampir entgegen. Gespannt wartete er - auf irgendetwas, irgendeine Reaktion, aber das Ergebnis war enttäuschend. Statt sich zu krümmen und die Augen mit der Hand abzuschirmen, sah der Blutsauger ihn nur mit elegant hochgezogener Augenbraue an und ließ genervt die Arme sinken. „Oh bitte! Können wir nicht sachlich miteinander reden?" Na dann eben nicht. Er hatte ohnehin nicht wirklich dran geglaubt.

„Was hast du mit Vadim gemacht?", fauchte Erhan ihn an. „Was kann er denn bitte dafür?"
Dieses Ungetüm zuckte nur lässig mit den Schultern. „Wir haben nichts mit ihm gemacht. Wir brauchten ihn nur als Lockvogel um

dich zu uns zu bringen." Erhan schluckte. Er würde diesen Vampir vernichten. Das war es wofür er studiert hatte. Aber das konnte er nicht hier in aller Öffentlichkeit tun. Er musste ihn an eine ruhige Stelle locken. Also war erst einmal Ablenkung die beste Verteidigung.

„Was willst du von mir?", fragte er. Langsam setzte sich der Vampir in Bewegung. Erhan zwang sich stehen zu bleiben, obwohl er schon kennengelernt hatte, wie kräftig der Blutsauger war. Wenn er so nah vor ihm stand, war der Forscher eindeutig unterlegen. Er konnte ihm locker mit seinem Wahnsinnsgebiss den Kehlkopf rausreißen und wenn Erhan seinen Dolch hervorzog, würde dieses Monster seine Bewegung ohne mit der Wimper zu zucken voraus sehen.

„Ganz einfach", erwiderte der Vampir. „Du bist Vampirjäger und auf der Suche nach Draculea, richtig." Erhan nickte wachsam. Die Art wie er mit ihm sprach irritierte ihn - so ruhig und sachlich. „Nun, zufällig kann ich dir sagen, wo er sich aufhält."

Nun trat der Vampirjäger doch ein paar Schritte zurück. Seine Hand schloss sich um den Dolch. „Warum solltest du mir das verraten?" Mit misstrauischem Blick musterte er die Gestalt, die ihm da gegenüberstand. „Du bist ein *Vampir*. Wie kommst du dazu ihn zu verraten? Das ist eine Falle!" „Ich bin ein Vampir", gab er zu. „Aber ich bin kein Anhänger Draculeas. Ich will ihn von seinem hohen Ross stürzen und dafür brauche ich jede Hilfe, die ich kriegen kann." Der Blutsauger seufzte theatralisch. „Und wenn es die Hilfe eines verdammten Vampirjägers ist."

Erhan war gegen seinen Willen fassungslos. „Warum?", hauchte er. Der Vampir zog eine Augenbraue hoch. „Ich denke nicht, dass du die Beweggründe jetzt verstehen wirst. Dafür bedarf es mehr Erklärungen." Er streckte eine Hand aus. „Bitte folge mir, dann werde ich dir in Ruhe alles erklären." Erhan schüttelte den Kopf, diesmal noch energischer. „Warum sollte ich das tun? Ich kann Draculea auch allein finden. Warum sollte ich mich mit einem Blutsauger verbünden?" *Moment mal!* Versuchte er gerade sich das alles selbst einzureden? Ein Lächeln zuckte über das Gesicht des Vampirs. „Ganz einfach." Eindringlich sah er ihm in die Augen. „Weil ich dir etwas bieten kann, was du sonst niemals bekommen wirst: Einblick in meine Welt. Du hast dir erstaunlich viel angeeignet und seit du hier bist zweifellos festgestellt, dass das kaum mehr ist als die Spitze des Eisbergs. Mehr kannst du nicht von den Menschen erfahren. Das, was du willst kann dir nur ein Vampir geben."

Wie Recht er hatte! Merkwürdig, dass dieser Blutsauger ihn so durchschauen konnte. Wie sollte er es abstreiten? Das, was der Vampir ihm anbot war das Einzige, was ihn aus der Misere, in die er geraten war herausholen konnte.
Jetzt stell dich nicht so an Erhan. Das ist es doch was du willst. Du bekommst Informationen über die Vampire und findest Draculea. Das wird dir helfen. Das wird dich zum Ziel bringen.
Er seufzte tief. „Also schön, ich komme mit."

Er hatte ihn am Haken, jetzt konnte nichts mehr passieren. Der Mensch lief widerstandslos neben Jakov her. Das Schweigen hielt nicht lange, schon stellte er die erste Frage: „Wie kannst du wissen, dass ich einen Dolch auf dem Rücken trage?"
Jakov schwieg einen Moment. Er konnte nur hoffen, dass dieser Mensch begreifen konnte, was einen Vampir ausmachte. Die meisten Menschen vermochten es nicht zu begreifen, aber der Vampirjäger hatte Köpfchen. Blieb nur zu hoffen, dass er auch zur Perspektivübernahme fähig war. „Ich habe das Silber gespürt", antwortete er schließlich.
„Du hast es gespürt. Also hast du eine Art siebten Sinn oder was?"
Jakov zuckte mit den Schultern: „Keinen siebten Sinn. Eher eine Weiterentwicklung des Tastsinns. Man kann etwas fühlen ohne direkten Hautkontakt."
„Wie ist das möglich?"
Jakov blieb stehen, sodass der Mensch fast in ihn hineingerannt

wäre und fuhr zu ihm herum. „Du wirst aufhören müssen alles haarklein erklären zu wollen. Ich werde dir deine Fragen beantworten und nach und nach wirst du verstehen, aber es wird immer Dinge geben, die du dir nicht erklären kannst."

Er nickte. „Ist ja schon gut. Ich werde mir Mühe geben. Also geh schon weiter und wo wir gerade dabei sind: Ich will gefälligst Vadim sehen und wenn ihr ihm auch nur ein Haar gekrümmt habt..."

Jakov verdrehte die Augen. „Es geht ihm gut. Er hat nur ein wenig Blutverlust."

Der Mensch blieb auf der Stelle stehen. „Ihr habt ihn ausgesaugt?!", lamentierte er lautstark. „Oder habt ihr ihn etwa verwandelt?" Wie naiv war er eigentlich? Ohne stehen zu bleiben erwiderte Jakov: „Als Vampir wirst du geboren oder eben nicht. Niemand könnte ihn verwandeln, selbst wenn er es wollte. Man ist, was man ist und daran lässt sich beim besten Willen nichts ändern." Nun wand er sich dem Menschen doch zu und fügte hinzu: „Also nein, er hat sich nicht verwandelt, ebenso wenig wie du." Sie gingen weiter. „Davon abgesehen ist es nicht das erste Mal, dass Vadim gebissen wurde."

Die Augen des Menschen wurden immer größer, das wusste Jakov ohne hinsehen zu müssen. „Und er wurde jedes Mal verschont?"

„Ich bitte dich. Das Blut der Menschen ist unsere Lebensgrundlage. Welchen Sinn würde es machen den Wirt unnötigerweise zu schädigen? So da geht´s rein."

Die beiden betraten das Restaurant, wo ihnen Tiffany mit einem verführerischen Grinsen im Gesicht entgegenlief. „Wie ich sehe ist unser Plan aufgegangen. Hallo Vampirjäger und herzlich Willkommen beim Widerstand."

„WIDERSTAND!?" Das wurde Erhan jetzt alles zu viel. „Was für ein Widerstand?" Tiffany, die da offensichtlich auch irgendwie mit drin hing, zuckte mit den Schultern. „Na der Widerstand gegen Draculea, die Revolution." Sie legte ihm verschwörerisch eine Hand auf die Schulter. „Komm, setz dich erst einmal. Wir werden dir alles in Ruhe erklären. Bedauerlicherweise werden wir nicht viel Zeit haben, denn heute Nacht wird die Entscheidung fallen." Der Deutsche starrte sie an, während er sich zum nächsten Tisch führen ließ. „Welche Entscheidung?" Sie sah ihn an, als wäre das die dümmste Frage, die man stellen könnte. „Na die Entscheidung darüber, wer siegen wird - Draculea oder wir. Und mit diesem genialen, gewieften Plan werden ganz sicher *wir* die Sieger sein."

Erhan ließ sich auf den Stuhl sinken. Er hatte tausend Fragen, aber im Moment verstand er sowieso gar nichts mehr. Deshalb fragte er nur: „Und wie sieht dieser Plan aus?"
Als wäre das sein Stichwort gewesen zog Jakov eine Karte hervor und breitete sie auf dem Tisch aus. „Hier haben die Kämpfe begonnen und da wird Draculea angreifen." Er tippte auf einen Punkt auf der Karte. „Ab dieser Grenze beginnt sein Herrschaftsgebiet, was heißt, dass wir uns auf feindliches Terrain begeben, also wird uns keiner den Rücken stärken. Keiner würde die Waffenruhe mit Draculea riskieren." Die rote Linie war kaum zu übersehen. Was es damit auf sich hatte war dem Vampirjäger zwar noch nicht ganz klar, aber vielleicht würde der Blutsauger noch Licht ins Dunkel bringen. „Hier ist Brașov und dort ist Bran, die Region solltest du also kennen", fuhr dieser fort. Dann tippte er auf einen weiteren Punkt und zeichnete ein dickes schwarzes Kreuz ein. „Und dort ist das Herrenhaus der Celemândres." Der Deutsche runzelte die Stirn. „Wer ist das?" „Das ist der Name der Familie aus der Draculea stammt. Unter Menschen ist er nicht bekannt, soviel ich weiß."
„Sighișoara. Da haben wir bisher noch nie gesucht", stellte Erhan erstaunt fest. „Der Ort ist strategisch gut gewählt", erklärte der Vampir nüchtern. Es klang weder anerkennend noch verärgert - einfach nur eine Tatsache.

„Komm doch zur Sache", drängte Tiffany. Der Blutsauger verdrehte genervt die Augen, kam dann aber zum Punkt: „Also: Wenn einer von uns am Schauplatz des Kampfes fehlen sollte, dann würde Draculea sofort merken, dass etwas nicht stimmt. Er hat sicher an alles gedacht und wird die Umgebung nach Vampiren absuchen lassen. Aber mit dir rechnet er ganz sicher nicht. Vampirjäger geben immer nach ein paar Tagen auf. Warum sollte er also noch an dich denken? Der springende Punkt ist, dass dieser Tyrann einen von uns geschnappt hat und irgendwo im Anwesen gefangen hält. Wir müssen ihn unbedingt befreien." Er sah Erhan direkt in die Augen: „Und diesen Auftrag sollst du für uns erledigen, solange wir mit dem hinterhältigen Grafen kämpfen. Niemand wird auf ein paar herumstreunende Menschen achten – wieso auch? Normale Menschen hätten keine Chance ins Innere des Anwesens zu gelangen, aber wir vermuten, dass ihr es schaffen könntet."

Der Deutsche sprang auf und tippte sich an die Stirn. „Ihr habt sie wohl nicht mehr alle. Nicht nur, dass ich mich mit Blutsaugern verbünden soll. Nein, ich soll auch noch einen von euch *befreien* während ihr sonst was macht. Wolltest du mir nicht Draculea liefern?" Der Vampir stützte das Kinn in die Hände. „Jeder sollte wissen wo er steht. Für uns Vampire ist es schon quasi ein Ding der Unmöglichkeit es mit Draculea aufzunehmen. Dich würde er pfählen bevor du bis drei zählen kannst." Als Erhan ihn böse anstarrte zuckte er nur mit den Schultern: „Tut mir leid, Junge, aber es ist so. Es wird dir nichts bringen, wenn du dich deinen Illusionen weiter hingibst. In diesem Fall bringt es dich ins Grab oder in Draculeas Trophäensammlung. Wir können nur gewinnen, wenn wir zusammenarbeiten, denn das ist etwas, was er niemals erwarten würde."

Die Situation kam ihm vor, wie ein merkwürdiger Traum. Sehr merkwürdig, denn normalerweise kamen solche Situationen nicht in seinen Träumen vor – Bündnisse mit Blutsaugern, einen

Vampir *retten*.

Aber immerhin würde er Draculeas Anwesen finden. Er wusste nun, dass hier in Rumänien tatsächlich eine fest organisierte Vampirgesellschaft existierte. Und das, was dieser Vampir gesagt hatte klang obwohl er es nicht wahrhaben wollte und er sich krampfhaft einredete, dass sein Gefühl ihn täuschte...vernünftig. Sein Blick wanderte zu Tiffany. „Und wieso machst du da mit?" Ein amüsiertes Funkeln trat in ihre Augen. „Das fragte ich mich auch oft. Aber leider geht uns das alle an." In diesem Augenblick zog sie die Lippen zurück und präsentierte ihr messerscharfes Gebiss.

Erhan wäre beinahe in Ohnmacht gefallen. Tiffany ein Vampir und er war so dicht an ihr dran gewesen und außerdem... "Wie kann das sein? Wir hatten dich in Verdacht. Deshalb habe ich dir das Silbercollier geschenkt." Tiffany - oder besser gesagt die Vampirin lachte. „Das ist kein Silber. Oh-oh, da hat sich jemand gewaltig übers Ohr hauen lassen." Sie tätschelte ihm mitfühlend die Schulter. „Mach dir nichts draus. Bist nicht der Erste." Erhan schüttelte sie ab.

„Wo, in Gottes Namen ist denn nun Vadim?", wechselte er das Thema. „Ich will ihn sofort sehen."

Jakov stand auf. *Nein*! Der *Vampir*. Jemanden beim Namen zu nennen machte ihn viel zu vertraut, zu sympathisch, zu verbindlich, zu *normal*. Aber die Situation war alles andere als normal. Als hätte er seine Gedanken gelesen murmelte der Vampir: „Ich bin mir darüber bewusst, wie merkwürdig das alles für dich sein muss, aber was ist schon normal? Du wirst dich daran gewöhnen. Folge mir bitte, Vadim ist im Hinterzimmer. Er wollte sich ausruhen."

Erhan war zu durcheinander, um weiter darüber nachzudenken. Er folgte dem Vampir Jakov einfach durch das Restaurant. Er öffnete eine Tür und machte eine einladende Geste. Als Erhan das Zimmer betrat, sprang Vadim ihm förmlich entgegen. „Erhan. Wo warst so lange?", fragte er aufgeregt. „Stellen vor, ich waren bei Date. Singelbörse Herzblut. Habe da immer mal wieder Date. Brauche Frau, du wissen? Und plötzlich waren da Mann und Frau. Haben mich mitgenommen und hier ich haben erfahren sind Vampire! Ist das nicht spannend?" Er kicherte hinter vorgehaltener Hand. „Du und Bruder ständig suchen nach Vampiren und ich finde, ohne dass ich will."

Erhan setzte sich auf einen Stuhl und seufzte. „Wir sollten hier so schnell wie möglich verschwinden, Vadim." „Was?", Vadim schaute ihn entgeistert an. „Nein, Erhan, wir müssen helfen Jakov und Tiffany. Wurde ihr Freund gefangen. Wir suchen Draculea. Du gekommen um zu finden Draculea. Wir finden ihn, die beiden zeigen uns Haus." Der Vampirjäger strich sich die Haare zurück und begann im Zimmer herum zu tigern. „Ich weiß, aber...", er drehte sich mit beinahe verzweifelten Blick zu dem Rumänen um. „Das sind *Vampire*. Sie trinken unser Blut. Wir können ihnen niemals trauen." Er rief sich die Worte seines Sponsors und Mentors Kurt von Langleben ins Gedächtnis: *Sie sind Monster, Parasiten, die Menschheit muss von ihnen befreit werden.* Er konnte regelrecht seine Stimme hören. Aber was, wenn er sich getäuscht hatte? Er wusste doch kaum mehr, als Erhan jetzt, war nie in Transsilvanien. Was, wenn sie sich beide getäuscht hatten? Eins war klar, sie wussten nicht alles.

Vadim tauchte plötzlich hinter ihm auf. „Sie haben getrunken mein Blut und mir geht es gut. Man ist was man ist, Erhan. Das er hat gesagt. Du musst reden mit ihm." Er stemmte die Hände in die Hüften. „Ich nichts weiß über Vampire, aber eins ich habe verstanden: Der den wir sollten finden ist Draculea."

Es klopfte von außen an der Tür. „Da?" rief Vadim. Die Tür öffnete sich und der Vampir lehnte im Rahmen. „Habt ihr euch entschieden?" Die Frage richtete sich an beide, aber er sah nur Erhan an. „Die Zeit wird knapp. Was sagst du Erhan?" Der Vampirjäger seufzte: „Ich verrate alles, an das ich geglaubt habe." Der Blutsauger zuckte mit den Schultern. „Auch ich habe das getan.

Doch manchmal muss man sich vom Altbewährten trennen. Wenn wir den Krieg ausbrechen lassen, dann werden reihenweise Unschuldige sterben - Vampire wie Menschen und das wird ewig so weitergehen, wenn er wieder in ganz Rumänien zur Macht kommt. Draculea so schnell wie möglich zu besiegen ist die einzige Möglichkeit den Schaden einzudämmen." Erhan seufzte: „Ok. Ich werde Basti und Elisei anrufen. Wir werden zum Schloss gehen und euren Freund da rausholen. Ich hoffe nur, dass ich es nicht bereuen muss." Der Vampir lächelte und Erhans eigene Gefühle spiegelten sich in seinem Gesicht wieder. „Das hoffe ich auch." Im nächsten Moment war er auch schon in den Schatten verschwunden.

Elisei lief auf dem begrenzten Raum von Vadims Wohnung hin und her. Nun hatte dieser Erhans ihn mit seinem deutschen Kumpan allein gelassen und das schon seit gut zwei Stunden. „Warum muss er auch allein da hin? Es gibt doch Polizei, die das erledigen kann", murrte der Deutsche schon wieder. Immer dieses Genörgel! Dann hätte er eben verhindern sollen, das Erhans ging. „Da wird schon nichts passiert sein", keifte er. „Erhans kümmert sich schon. Immerhin ist er studierter Vampirjäger."
„Er heißt *Erhan*."
Er wurde ihm immer unsympathischer. Nun sah dieser Bastian auf sein protziges Smartphone. „Entschuldige...Mein Vater. Ich muss kurz mit ihm sprechen."
„Der *Vater*, der meinen Freund ruinieren will?" Bastian machte einen Schritt auf ihn zu und deutete mit seinem Smartphone auf ihn. „Jetzt hör mal zu. Erhan ist auch mein Freund. Und für meinen Vater ist er quasi wie ein zweiter Sohn. Ist ja klar, dass er ihn ab und zu mal härter rannimmt, aber dazu sind Väter da. Ganz sicher will er Erhan nicht ruinieren."
„Pfff", schnaubte Elisei. „Meiner Meinung nach sollte ein Vater

seinem Sohn Liebe, Rückhalt und Geborgenheit geben. Mein Vater hat mir nie gedroht."

Während Bastian sich ins Badezimmer zurückzog sagte er noch über seine Schulter hinweg: „Ja, sicher, aber ich glaube diese Masche hat ihn zum Erfolg gebracht."

Er wurde ihm immer unsympathischer. *Zum Erfolg!* Soweit Elisei das sah, saß dieser Deutsche hier auch bloß in der Wohnung *seines* Bruders herum. So viel *Erfolg* schien sein Vater ihm wohl nicht vermittelt zu haben.

Ein Summen ertönte und der Rumäne griff sofort nach seinem Handy. „Erhans!", keuchte er wie zu sich selbst. Schnell hielt er das Gerät an sein Ohr. „Erhans, wo bist du? Wo ist Vadim? Ist alles in Ordnung? Wir machen uns Sorgen." „Ja, ja, es ist alles gut", sagte die Stimme am anderen Ende. „Was ist denn nur passiert?", fragte Elisei. Erhans seufzte resigniert. „Eine ganze Menge. Ich glaube es ist am besten wenn ihr herkommt. Das lässt sich schlecht am Telefon erklären." Elisei stockte und dachte spontan an das gestrige Fernsehprogramm. Er sah sich misstrauisch um, dann flüsterte er hinter vorgehaltener Hand eindringlich ins Telefon: "Erhans, wenn du gegen deinen Willen festgehalten wirst, dann nenne jetzt einfach das Codewort >Glückskeksdose<. Dann weiß ich Bescheid." „Was?!" Erhans klang erstaunt, aber wer weiß, vielleicht wurde er doch festgehalten. Vielleicht hörte der Feind ja mit? "Elisei, hier ist alles in Ordnung, glaub mir. Es ist nur furchtbar kompliziert. Sag Basti Bescheid und kommt so schnell es geht her. Wir sind im Parcul Herâstrâu, im Rock Café." Mit einem Piepton wurde das Gespräch beendet.

Das klang doch verdächtig. Sie sollten *so schnell wie möglich* kommen und zwar *beide.* Und was sollte so kompliziert sein? Da war doch was faul. Eine Sekunde dachte der Rumäne darüber nach alleine loszuziehen, aber Erhans hatte ja auch diesen Studienkollegen da verlangt. Vielleicht brauchte es so viele Leute wie möglich um die Entführer zu überlisten! Je länger er darüber nachdachte, umso logischer erschien ihm das. Schließlich marschierte

er fest entschlossen zur Badtür und riss sie auf. Er fand Bastian sitzend auf dem geschlossenen Toilettendeckel vor. „Leg auf!", forderte er in harschem Befehlston. Der Deutsche hob genervt die Hände. „Entschuldige mal. Ich habe doch gesagt, ich muss kurz mit meinem Vater..." „Das muss warten", unterbrach Elisei ihn. Ups, jetzt hatte er ganz vergessen autoritär statt aufgeregt zu klingen. Naja, egal. „Sie sind im Parcul Herâstrâu", fuhr er eindringlich fort. „Und Erhans will, dass wir beide so schnell es geht dahin kommen. Er will uns irgendetwas erklären." Die deutsche Nervensäge runzelte nachdenklich die Stirn. Gerade als Elisei dachte, er wollte im Bad Wurzeln schlagen, drückte er auf den roten Hörer auf seinem Display und stand auf. „Dann sollten wir keine Zeit verlieren. Vielleicht ist er ja auf etwas gestoßen. Die ganze Sache stinkt doch sowieso zum Himmel! Wer sollte Vadim entführen? Hier ist doch echt nicht viel zu holen." Er zeigte demonstrativ um sich. Er wurde ihm immer unsympathischer.
Elisei verließ das Bad und sammelte die Ausrüstung zusammen, die er mit seinem Partner gekauft hatte. Dann drehte er sich zu diesem lästigen, hochnäsigen...Deutschen um. „Los. Gehen wir."

Es hatte angefangen zu regnen. Erhan saß hinter dem Restaurant auf einer Bank und sah in den wolkenverhangenen Himmel. An alles Mögliche hatte er vor seinem Aufbruch gedacht. An das nicht. Was sollte er tun? Vielleicht sollte er Kurt von Langleben anrufen. Bestimmt hatte Basti das Missverständnis mit dem Geld schon geklärt. Er zog das Handy aus der Hosentasche und starrte auf das schwarze Display. Zuerst sollte er seine Mutter anrufen, obwohl...nach seinem letzten Gespräch mit ihr...Unwillkürlich hatte er die Kontaktliste bis zum Buchstaben M heruntergescrollt und sein Finger schwebte über dem grünen Hörer.

„Ärger?"
Erschrocken fuhr Erhan herum. Der Vampir - Jakov. Er hatte ihn nicht kommen hören, aber was sollte er sagen? Er war eben ein

Vampir. Erhan war noch immer regelrecht geflasht davon, wie sich dieser Blutsauger verhielt und zwar schon, seit er ihn zum ersten Mal gesehen hatte. Einen kleinen Teil hatte er schon begriffen, immerhin war er nicht blöd. Bis dato hatte er sich schließlich alles Wissen zu seinem Fachgebiet nach und nach selbst erschlossen, Quellen ausgewertet, Theorien bestätigt und widerlegt, geschichtliche Texte auf Spuren des Vampirismus durchforstet, Vampire und Opfer untersucht. Die rote Linie auf der rumänischen Karte erklärte zum Beispiel, warum dieser Jakov bei ihrer ersten Begegnung behauptet hatte, sie seien Draculeas Problem, nicht seins und er wolle sich nicht die Hände schmutzig machen. Sie waren auf Draculeas Gebiet gewesen, woraus Erhan schloss, dass Vampire wohl innerhalb ihres Reviers auch Anspruch auf die dort lebenden Menschen hatte. Der fragende Blick des Vampirs riss ihn aus seinen Gedanken. „Ja, jede Menge Ärger", antwortete er also knapp. „Meinen Sponsoren geht es anscheinend nicht schnell genug und meine Mutter...Sie glaubt nicht...Sie glaubt ich sei..." Moment mal! Warum erzählte er das einem Blutsauger?

„Sie glaubt du wärst verrückt", vollendete der Vampir den Satz. „Du wirst ihr bald das Gegenteil zeigen können. Wenn wir Draculeas Herrschaft beendet haben." Erhan schnaubte ungehalten: „Ich konnte ihr schon in Deutschland das Gegenteil beweisen. Ich habe auch dort Vampire gejagt, doch sie will nichts davon wissen." Erhan verstummte abrupt. *Er tat es schon wieder!*

Der Vampir zog die Stirn in Falten: „Die Vampire die du dort fandst waren anders als wir, nicht wahr?" Widerwillig gab Erhan zu: „Ja. Anders als ihr...aber..." Der Vampirjäger straffte die Schultern und starrte ihn an. „Vielleicht haben die sich einfach keine Mühe gegeben sich zu verstellen." Er lächelte. Es wirkte beinahe bitter. Als er sprach war Erhan sich nicht sicher, ob er zu ihm oder eher zu sich selbst sprach. „Ich habe mich zu lange verstellt. Jetzt bin ich es nur noch." Plötzlich sah der Vampir ihn wieder an. „Warum wurdest du Vampirjäger?", wollte er wissen. Seine

Stimme machte klar, dass er kein nein akzeptierte. Erhan antwortete nicht. Er kniff die Lider zusammen. Nein, darüber redete er nicht. Nicht die alten Geschichten ans Licht holen. Das ging gerade ihn nichts an.

„Du hast eine Geschichte", drängte er weiter. „Du bist nicht so wie die normalen Spinner. Bei dir steckt mehr dahinter. Du gibst nicht auf, setzt alles aufs Spiel. Du machst dir viel zu viel Mühe." Er machte noch einen Schritt auf Erhan zu. „Was treibt dich an, Vampirjäger?", forderte er ihn heraus.

Erhan kämpfte mit sich. Er wollte nicht darüber reden, nicht alles wieder hochkommen lassen, aber etwas weckte in ihm das Bedürfnis es diesem Vampir zu sagen. Er sollte es wissen. Etwas in ihm drängte ihn es zu verraten. Er spürte diesen eindringlichen Blick auf sich ruhen, der in diesem Moment garantiert mehr sah, als das Äußere. *Anscheinend war an den alten Überlieferungen aus Nahost tatsächlich etwas dran. Zu Schade, dass so wenig davon auffindbar gewesen war.* „Mein Vater war Vampirjäger. Als ich ein Kind war hat er mir oft Tricks beigebracht, zur Selbstverteidigung." Die Bilder schossen ihm in den Kopf, als wäre es gestern gewesen: Sein Vater und er allein im Wald.

„Pass gut auf, mein Sohn. Mach es wie ich." Er schnellte blitzschnell nach vorn und schlug sein Messer in einen Baum. Der Junge machte es nach. Er stieß einen Schrei aus, als er die Klinge in die Rinde rammte. Dann sah er seinen Vater erwartungsvoll an. „War das gut, Papa?" „Ja." Er strich ihm liebevoll über den Kopf. Du bist klein und wendig. Das wird dir nützen. Andere sind stärker als du, aber du bist clever und was du tust, das tust du mit Herzblut. Vergiss das nie." Der Junge nickte. Sein Vater zog die beiden Messer aus dem Baum. „Lass uns gehen. Deine Mutter glaubt immerhin, dass wir Pilze sammeln." Der Junge kicherte: „Hoffentlich wird uns der Mann im Gemüseladen nicht einmal verpetzen, Papa." Sein Vater lachte und legte ihm einen Arm um die Schulter. „Deine Mutter versteht das nicht, aber mein Junge muss sich verteidigen können. So weiß ich, dass ich mir keine Sorgen um dich machen muss." „Du musst dir keine Sorgen machen", versprach der

Junge. „Ich bin stark, wie du." Sein Vater sah auf ihn herab. In seinem Blick lag so viel Liebe. „Du darfst dich aber auch nicht überschätzen. Du kannst alles schaffen, Erhan, wenn du weißt, wo deine Grenzen sind." Er nickte ernst. „Das weiß ich Papa." Der Mann umarmte ihn: „Ich bin so stolz auf dich. Nun komm. Wir müssen einkaufen, sonst gibt es heute Mittag nichts zu Essen."

Erhan schüttelte traurig den Kopf, als er weiterredete: „Ich habe es nicht gewusst. Er hat mir nie gesagt, was er tat. Manchmal sprach er im Arbeitszimmer mit seinen Freunden und manchmal hatte er einen sehr großen Rucksack dabei, wenn er abends zum Skat Spielen ging." Er schluckte. „Erst dann habe ich erfahren, warum er wollte, dass ich kämpfen kann." Die Erinnerung flammte schmerzhaft auf:

Der Junge war allein zu Hause mit seiner Mutter. Es war sein Geburtstag und er hatte solange gebettelt, bis seine Mutter ihm erlaubt hatte aufzubleiben, bis sein Vater nach Hause kam. Er war drei Tage unterwegs gewesen. Es hatte wohl etwas mit seiner Arbeit zu tun. Das hatte Mama jedenfalls gesagt. Der Junge schlief immer wieder auf dem Sofa ein, aber er wollte unbedingt wach bleiben. „Du solltest ins Bett gehen", sagte Mama. „Mach doch Papas Geschenk auf. Er hat gesagt, dass er erst spät nach Hause kommt." Sie holte das Päckchen und reichte es dem Jungen. „Schau nur wie groß es ist...und schwer. Was hat er sich nur dieses Jahr ausgedacht?" Er blieb störrisch. „Ich will es aber mit Papa aufmachen. Er soll sehen, wie ich mich freue!" Sie lächelte und drückte ihm einen Kuss auf die Wange. „Du bist so stur wie dein Vater. Deshalb liebe ich euch beide so. Fast wäre er an ihre Schulter gelehnt wieder eingeschlafen, da klingelte es an der Tür. „Papa!", rief der Junge erwartungsvoll. Seine Mutter ging zur Tür, aber da stand nicht sein Vater. Es waren zwei Polizisten. „Frau Helsing?", sagte der eine. „Dürfen wir kurz hereinkommen. Es geht um Ihren Mann."

Erhan stütze das Gesicht in die Hände. Dieser Blutsauger sollte nicht sehen, dass er...Er riss sich zusammen und erzählte mit möglichst fester Stimme: „Wir haben die Nacht auf dem Polizeirevier verbracht. Einer der Polizisten hat mir etwas gezeigt, ich glaube eine Pistole oder so, während meine Mutter mit dem anderen weggegangen ist. Als sie zurückkam hat sie geweint, aber ich habe Vater nicht noch einmal gesehen. Am nächsten Tag habe ich sein Geschenk geöffnet. Es waren seine Tagebücher. Er hat alles aufgeschrieben. Nun wusste ich, dass er ein Vampirjäger war und warum ich mich verteidigen sollte. Ich habe sie alle gelesen." Ein warmes Lächeln huschte über sein Gesicht: „Da waren viele Theorien und Entdeckungen, die er gemacht hatte. In meinem Studium habe ich fast immer damit gearbeitet. Irgendwie wollte er, dass ich sie habe. Das ist sein Vermächtnis." Er zuckte traurig mit den Schultern. „Da war noch etwas in dem Päckchen." Er griff in seine Hosentasche und zog ein altes, verbeultes Taschenmesser heraus. Er warf es dem Vampir zu, einfach um zu sehen, was er tat. Obwohl der zweifellos wusste, was es war, fing er es auf. Er hielt es ein paar Sekunden in der Hand, dann legte er es auf dem Tisch ab und zog schnell die Finger zurück. Der Deutsche hielt das silberne Taschenmesser in die Höhe, sodass der Vampir die Gravur lesen konnte. *Helsing*

„Die Vampire haben meinen Vater auf dem Gewissen", resümierte er. „Ich hatte noch eine Schwester, an die ich mich kaum erinnern kann. Es steht alles in den Tagebüchern. Die Vampire haben meine Familie zerstört. Ich habe meiner Mutter alles gezeigt - seine und meine Forschungen. Das sind Dinge, die sich nicht mehr leugnen lassen, aber sie beharrt steif und fest darauf, dass es ein Unfall gewesen ist. Sie behauptet mein Vater hätte viel Fantasie gehabt und wollte Romane schreiben und ich wäre…verrückt." Er wischte sich verstohlen die Augen, dann sah er auf.

Der Vampir hatte sich ebenfalls gesetzt. Der Regen prasselte auf den Boden, der Park war völlig verlassen. „Wenn Vampire sich den Regeln der Gesellschaft widersetzen, dann können sie als vogelfrei erklärt werden", flüsterte er. „Das bedeutet, dass sie keinerlei Rückhalt mehr haben. Sie sind dann Abschaum und nicht mehr länger erwünscht. Das kann einen sehr verändern.

Viele von ihnen verlassen Rumänien und bauen sich ein neues Leben auf - ohne familiäre Zwänge und Regeln und weit weg von allem, was sie an ihre Vergangenheit erinnert. Dann leben sie im besten Fall nach den Regeln, die sie selbst vertreten." Er sah Erhan in die Augen. War da Bedauern in seinem Blick? „Oder sie verwerfen alles, was einmal wichtig war und leben gesetzlos. Und tun solche Dinge." Erhan sprang auf: „Was interessiert es dich?" brüllte er. Er brüllte seine ganze Wut, Trauer und Frustration hinaus. *„Du* hast doch keine Ahnung?! Was weißt du schon von Familie?! Was weißt du schon von Verlust?! Was weißt du schon davon verletzt zu werden?! Achtung, Wärme und Rücksichtnahme - das kennst du doch gar nicht! Bei euch gibt es doch sowieso nur Kälte! *Ihr verdammten Blutsauger!*" Das letzte Wort war voller Verachtung. Erhan atmete schwer, als er schwieg. Die Gefühle wüteten wie ein Sturm in ihm. In seinen Ohren rauschte es wild und er konnte sich selbst gerade so von dem Impuls zurückhalten einfach in den Regen hinein zu rennen.

Der Blutsauger war aufgestanden. Mit unergründlicher Miene musterte er ihn. „Du weißt nichts von unseren Sitten und Gepflogenheiten, wie solltest du auch? Wir haben Grafen und Bojaren, die regieren, doch abgesehen davon bestimmt das Oberhaupt einer jeden Familie über seine Angehörigen. Bricht man Regeln oder widersetzt sich, so wird man bestraft. Meine Geschichte ist schnell erzählt: Ich habe mich meinem Vater widersetzt und zwar, weil ich die Freiheit für die Vampire in Transsilvanien will. Daraufhin hat er mich verstoßen." Erhan musste seine Gesichtszüge für einen Moment nicht ganz unter Kontrolle gehabt haben, denn der Vampir grinste zufrieden. „Du verstehst also. Wir sind gar nicht so verschieden du und ich. Verstoßene, die ihren Weg gehen müssen. Das Leben kann uns verändern, Erhan, mit jeder Entscheidung, die es uns abverlangt. Doch wir selbst entscheiden wer wir sind."
Er wand sich ab. Es hatte aufgehört zu regnen. Das Wasser verdunstete langsam und hing als Nebel in der Luft, in welchem der

Vampir verschwand. Neidlos musste Erhan anerkennen: Ein hollywoodreifer Abgang.

Viorel de Zarlac saß in einem eleganten, weißen Ledersessel und sah durch seine Fensterfront hinaus in den Nebel. Ein leises Vibrieren riss ihn aus seinen Gedanken. Er griff betont langsam nach dem Handy und wartete noch einige Sekunden, bis er das grüne Symbol antippte. Wer auch immer da anrief sollte nicht annehmen, dass ihm die Informationen, die er ihm zu bieten hatte allzu wichtig waren. „Bojar de Zarlac", meldete er sich. „Guten Abend, Bojar", erwiderte eine leicht verzerrte Stimme. Die Verbindung war mangelhaft, was in den nördlichen Gebieten Rumäniens nicht unbedingt ungewöhnlich war. „Ich hielt es für besser, sie telefonisch zu informieren, da der Weg von Transsilvanien zu Ihnen zu viel Zeit in Anspruch genommen hätte." Mit gezügelter, aber nicht ganz versteckter Ungeduld in der Stimme drängte der Bojar: „Sehr gut erkannt, aber welche Informationen haben Sie erhalten?" Der Vampir räusperte sich. „Draculea hat seine Anhänger um sich geschart und den Revolutionär, der sich den Namen Jackter gibt, bereits unter seine Kontrolle gebracht. Heute Nacht wird ein weiterer Angriff stattfinden und so wie er seine Truppen aufstellt, scheint der Graf alles daran zu setzen, dass es der letzte wird." Soso. Viorel de Zarlac rieb sich nachdenklich das Kinn. „Wie sieht es mit den Revolutionären aus?", fragte er schließlich. Die Antwort kam ohne zu zögern: „Sie müssen sich nach dem schweren Rückschlag zurückgezogen haben, denn sie sind unauffindbar. Doch da es seine Zeit braucht, sich nach dem Verlust eines Anführers neu zu organisieren erlaube ich mir die Einschätzung, dass dieser Kampf verloren ist." De Zarlac nickte, auch wenn der Vampir es nicht sehen konnte. Schließlich stellte er die einzige Frage die von Bedeutung sein sollte: "Gibt es Grund für uns einzuschreiten?" „Nun", hob sein Kundschafter zögerlich an. „Der Kampf wird sich nicht auf ihr Land erstrecken, mein Bojar.

Sollten sie also weiterhin das Waffenstillstandsabkommen einhalten wollen…" Er verstummte und machte so seine eigene Haltung mehr als deutlich.

Das tat nichts zur Sache. Viorel de Zarlac gab seine Anweisungen: „Halten Sie sich weiterhin in der Nähe auf. Falls sich die Situation auch nur im Geringsten verändert, so will ich das wissen!" Er holte tief Luft und sprach dann mit nachdrücklicher Stimme weiter: „Ansonsten werden wir nicht eingreifen! Achte darauf unerkannt zu bleiben und erstatte Bericht!"

„Natürlich, mein Bojar."

Das Gespräch war beendet. Und es tat nichts zur Sache. Viorel de Zarlac stand auf und machte sich auf den Weg zum Aufzug. Er würde auf die Jagd gehen. Ursprünglich wollte er noch bis zur Nacht warten, aber der Nebel war auch nicht schlecht - beinahe wie in alten Zeiten. Das würde ihn etwas aufheitern, ja, er war zu verspannt. Seine Nerven waren überstrapaziert und seine Stimmung im Keller…Doch das tat nichts zur Sache.

*Es ist so weit…*Jakov sah in den dunklen Himmel.
Jetzt ist es Zeit! Und ich muss sie führen! Keine Schwäche, keine Angst, keine Unsicherheit zulassen! Wenn das schiefgeht…es darf nicht schiefgehen. Alle verlassen sich auf mich. Sie denken, dass ich derjenige sein werde, der sie befreit. Dabei bin ich nur ein weiterer Verstoßener. Habe ich den Mund zu voll genommen? Was haben wir dem Grafen entgegenzusetzen? Was ist wenn…? Nein, daran darf ich nicht denken und auf keinen Fall darf ich es aussprechen. Wir werden gewinnen, es muss so sein. Es gibt ohnehin kein Zurück mehr, nur noch den Weg nach vorn. Freiheit ist unser Recht. Wir werden es uns holen. Wenn ich nur wüsste, was er vor hat…
Wenn ich nur wüsste, ob der Vampirjäger seine Aufgabe erfüllen kann, ob er es überhaupt will…
Egal. Wir werden frei sein. Heute Nacht werden wir alle frei sein. Diese Nacht ist für die Ewigkeit - ein historischer Moment für die Vampire, zu

dem noch viele Generationen zurückblicken werden. Wir können stolz sein und das werden wir, wenn Draculea heute Nacht endlich und für immer besiegt ist!

Draculea lächelte - aus tiefstem Herzen, wie schon lange nicht mehr. *Endlich ist es so weit. Es wird sich zeigen, wer treu ist und wer nicht. Ich werde kämpfen und niemanden verschonen, der auf der falschen Seite steht. Und danach wird es weitergehen. Es darf nicht enden, bis ganz Rumänien wieder einen Herrscher hat, den es verdient. Mich - einen Draculea. Mein Bild wird an jeder Wand hängen, bekannt werde ich sein, so wie Vlad der Pfähler. Es fehlt Respekt. In diesem Jahrtausend ist der Respekt vor Vampiren vollständig verschwunden und vor allem vor Herrschern. Sie **alle** werden lernen wieder Respekt zu haben, brav und fromm zu sein, wie es sich gehört.*
Bredica wird neben mir stehen, sobald sie bereit dazu ist. Es fällt ihr schwer bei all den Verschwörungen zu erkennen, wem sie trauen muss. Wenn erst wieder Ruhe einkehrt, wird sie ihre Prioritäten erkennen. Sie wird sich gut machen, als Gräfin, ja, sie wird verehrt und geliebt werden - die "Geliebte der Nacht", das bedeutete ihr Vorname und der unerschütterliche Draculea.
Er rieb sich erwartungsvoll die Hände. *Es ist so weit...Zeit, das zu tun, was schon so viele unserer Ahnen vor mir tun mussten - die Rivalen eliminieren.*

„Ich kann noch immer nicht glauben, was wir hier tun", lamentierte Bastian weiterhin. So ging es schon, seit sie bei Anbruch der Dunkelheit aufgebrochen waren. Bastian, Elisei und Erhan selbst saßen auf der Rückbank eines großräumigen Geländewagens eingepfercht. Auf dem Vordersitz hatte Vadim Platz genommen. Er führte schon seit ungefähr zweieinhalb Stunden angeregte Gespräche mit dem Vampir auf dem Fahrersitz, wobei hauptsächlich Vadim sprach. Dabei bot ihm Vadim immer mal wieder Kekse an und konnte sich nicht daran gewöhnen, dass ein Vampir das kategorisch ablehnen musste.

Während dessen redeten Elisei und Bastian auf der Rückbank auf ihn ein. Erhan hatte den Platz in der Mitte gewählt, um so viel Abstand wie möglich zwischen die beiden Streithähne zu bringen. Was er nicht bedacht hatte war, dass sich die Diskussionen angesichts der neuen Wendung ausschließlich auf ihn konzentrierten.

„Wir verbünden uns mit diesem Pack und versuchen einen Vampir zu befreien!", fuhr Bastian fort. „Mein Vater wird aus der Haut fahren, wenn er hier ankommt!"

„Er will, dass wir alles über die Vampire herausfinden", erinnerte Erhan. „Das ist der beste Weg um das zu tun und der Plan klingt vernünftig. In dem Fall können wir nur voneinander profitieren."

„*Profitieren!*", höhnte sein Studienfreund. „Seit wann profitieren wir von Blutsaugern? Ich weiß ja nicht, was über dich gekommen ist, seit du hier bist, Erhan, aber ich habe dich noch nie so wirres Zeug reden hören!" Er warf einen Blick durch die Glasscheibe, die den hinteren Teil des Wagens vom vorderen abtrennte. „Bei dem Umgang, den du hier hast wundert mich sowieso nichts. Vadim ist zwar ein guter Kerl, aber viel zu leichtgläubig. Wenn wir noch eine Stunde fahren würden, dann würde er dem Vampir vielleicht noch seine Schlagader anbieten." *Oh-oh-falsches Thema.* „Das verbitte ich mir!", wetterte Elisei und lehnte sich dabei so weit über den Sitz, dass Erhan ihn zurückdrängen musste. „Mein Bruder ist vielleicht etwas gutgläubig, aber er ist kein Idiot." Dann wand er sich an Erhan. „Aber, auch wenn ich sonst absolut nicht seiner Meinung bin...Ich muss deinem Bastian zustimmen, Erhans. Du machst so ziemlich das Gegenteil von dem, was du *mir* noch vor ein paar Tagen erklärt hast."

Erhan hob die Hände. „Hört doch bitte alle mal auf!", forderte er energisch. „Man wird doch seine Strategie mal ändern dürfen." Er sah Elisei an. „Und gerade du siehst doch wohl, wie erfolglos wir bisher gefahren sind." Der Vampirjäger sah zwischen seinen beiden Freunden hin und her. „Ich trage hier die Verantwortung für die Operation. Es geht um meine Forschung und um meine verdammte Zukunft. Und *ich* denke es ist das Beste, dass wir jetzt einen Insider haben."

Bastian starrte den Vampir auf dem Fahrersitz böse an. „Ich traue diesem Blutegel keine Sekunde. Der lockt uns in eine Falle oder saugt uns aus, sobald er uns nicht mehr braucht." „Da! Das ist doch gut möglich", pflichtete Elisei ihm bei. „Vielleicht sollten wir diesen Vampir als Druckmittel behalten, sobald wir ihn befreit haben." Erhan schnaubte: „Ach, jetzt seid ihr euch plötzlich einig?" *Und ist euch eigentlich klar, dass dieser >Blutegel< euch mit seinen perfekten Vampirohren hören kann?*

„Wir sollten auf meinen Vater warten", schlug Bastian vor. „Er weiß, was zu tun ist." „Nein!", schrie Erhan und ballte die Hände zu Fäusten. Seine Nerven waren mittlerweile überstrapaziert. Mit ruhigerer Stimme fügte er hinzu: „Ich habe jetzt genug von euren Bedenken und Ausflüchten gehört. Das hier wird uns zu Draculeas Anwesen bringen. Wir werden ihn nicht allein stürzen, aber wir werden dabei helfen und das ist für mich besser als nichts. Besser als zum hunderttausendsten Mal mit leeren Händen dazustehen."

Bastian nahm seine Hand und sah ihn mit bedauerndem Gesichtsausdruck an, als wäre er ein Irrer aus der Psychiatrie, dem man schonend die Wahrheit beibringen musste. „Dieser Blutsauger hat dich manipuliert, Erhan, merkst du das nicht? Er hat irgendetwas mit dir angestellt, damit du ihm vertraust. Aber *ich* bin der, dem du vertrauen kannst und ich sage dir..." „Ich weiß, dass ich euch vertrauen kann", unterbrach Erhan. „Und trotzdem werde ich jetzt zum Draculea–Anwesen gehen und diesen verdammten Vampir befreien. Dafür bekomme ich nämlich Informationen, die ich sonst in meinem Leben niemals erfahren werde."

Endlich! Endlich hielt der Wagen an! Erhan stürzte erleichtert nach draußen und atmete die kühle Nachtluft ein. Jakov sah ihn eindringlich an. „Tiffany wird bald hier sein, mit dem Rest der

Revolution und Draculea wird ebenfalls bald auftauchen. Weißt du noch, wo das Schloss liegt?" Der Deutsche nickte. „Gut. Seid leise und vor allem vorsichtig. Er wird das Schloss nicht unbeaufsichtigt lassen. Wenn ihr Jackter gefunden habt, dann bringt ihr ihn und euch in Sicherheit. Ich verstecke das Auto da hinten im Wald. Ihr fahrt damit zurück nach Bukarest und ihr werdet von mir hören." Seine Augen durchbohrten Erhan. „Es ist wichtig, dass ihr euch genau an den Plan haltet." Der Deutsche nickte. „Ja, alles klar." Dieser Vampir hatte eine Art an sich, die einen dazu verleiten konnte, von der Klippe zu springen, wenn er es verlangte.

Plötzlich tauchte Elisei neben ihm auf und mischte sich lautstark ein: „Natürlich, Meister. Sie können sich schon auf uns verlassen, *wir* sind schließlich Profis. La revedere si noroc." Er nahm Erhan am Arm und versuchte ihn fortzuziehen. *Zitterte er etwa?*

Ein eiserner Griff hielt Erhan zurück. Er wand sich um und sah direkt in die riesigen, tiefschwarzen Augen des Vampirs, kaum mehr als zwanzig Zentimeter von seinen entfernt. Zitate aus alten Texten, die er sorgfältig auswendig gelernt hatte, schoben sich heimtückisch in sein Bewusstsein zurück:

>Nur farblose Leere zeigt ihr Auge, das schwarze Abbild des seelenlosen Unwesens, welches sich dahinter verbirgt.<

Was mache ich da?!

Erhan schloss die Augen und versuchte wieder zu klaren Gedanken zu kommen. *Bleib beim Wesentlichen! Das hat nichts mit der Seele zu tun. Sie haben einfach große Pupillen, um besser sehen zu können.* Er musste sich konzentrieren, um dem Flüstern des Vampirs zuzuhören. „Dieser Vampir war ein irrer Verbrecher, der sich mit seinen Psychospielchen einen Spaß gemacht hat. Aber das sind nicht *wir*. Dafür kann *ich* nichts." Erhan schluckte. Sie wussten beide von welchem Vampir er redete. *Bloß keine Erinnerungen hochkommen lassen!!!*

„Wir zählen jetzt auf dich", hauchte der Vampir. Dann nickte er dem Deutschen knapp zu und ließ seinen Arm los.

Der Deutsche richtete seinen Silberdolch zurecht und machte sich mit schnellen Schritten auf den Weg. Elisei holte ihn als Erster ein. „Man ist das gruselig. Erhans, wo sind wir hier nur reingeraten.", flüsterte er. „Der Typ da hat so´ ne Aura, Erhans, also weißt du..." „Quatsch! Der hat keine *Aura*", widersprach Basti und fuchtelte dabei mit den Händen vor seinem Gesicht herum, als würde er >Feenstaub< ausstreuen. „Der weiß einfach genau, mit welcher Masche, er uns einkassieren kann. Das ist ein Vampir. Der hat das schon zig mal gemacht."

„Das ist mir schon klar, aber davon rede ich gar nicht. Ich meine, der strahlt so etwas aus..."

„Also beim besten Willen. Ich sehe da nichts strahlen." Das war der Moment, in dem Bastian bockig die Arme vor der Brust verschränkte und davon marschierte - typische Reaktion.

„Natürlich siehst du das..." Und Elisei holte zügig zu ihm auf und dachte nicht im Traum daran, von dem Thema abzulassen - auch nicht ungewöhnlich.

Während die beiden mal wieder in eine endlose Diskussion schlitterten tauchte Vadim neben Erhan auf. „Sind zu ähnlich die beiden", erklärte er. „Keiner kann nachgeben." „Stimmt", murmelte der Deutsche.

„Also, wie sieht der Plan aus?"

Erhan zuckte mit den Schultern. „Wir finden das Anwesen, suchen einen Weg, wie wir reinkommen und suchen die Gruft."

„Meinst du nicht, es wird gesichert sein?"

„Basti hat vor seinem Studium eine Technikerausbildung gemacht. Wir kommen da rein, glaub mir."

Er hob seine Jacke ein Stück, sodass Vadim den Dolch sehen konnte. „Und wenn uns jemand im Weg steht, benutzen wir das."

Vadim kicherte: „So, so." *Wie konnte er so ruhig bleiben?* Vadim hatte doch bisher nicht einmal wirklich an Vampire geglaubt. Für ihn müsste doch gerade eine Welt zusammenbrechen.

Er warf dem Rumänen einen verstohlenen Seitenblick zu. „Sag mal, bist du nicht aufgeregt oder so?" Der sah ihn an, als wäre das die seltsamste Frage, die er je gehört hatte. „Wieso?"
Erhan zuckte mit den Schultern. „Naja, wir haben gerade vor in ein Anwesen einzubrechen. In das Anwesen eines *Vampirs*. Um einen *Vampir* zu befreien. Ist das nicht...seltsam?"
Vadim schenkte ihm sein übliches, fröhliches Lächeln. „Seltsam, natürlich. Aber glaub mir: Passieren jeden Tag jede Menge seltsame Dinge. Bei uns auf Flughafen zum Beispiel. Könnte dir da Geschichten erzählen..." Er wurde wieder ernst, als hätte er sich erst jetzt wieder an die eigentliche Aufgabe erinnert. Er deutete geradeaus. „Ich glaube da es ist." Erhan folgte seinem Blick zwischen den Bäumen hindurch und erkannte die Silhouette des eindrucksvollen Herrenhauses im Nebel.

Draculea lehnte sich auf das Geländer, während er das beginnende Gefecht beobachtete. Seine Leute nahmen Aufstellung, der Nebel verbarg sie noch besser als erwartet und sie kannten das Territorium immerhin in und auswendig. Er seufzte wohlig. Vom Turm hatte man einfach eine wunderbare Aussicht. Bredica stand nur einige Meter von ihm entfernt. Sie wirkte angespannt. „Entspann dich", sagte er. „Wir können nicht verlieren. Der Sieg liegt uns im Blut, Schwester. Du solltest dich freuen, anstatt Trübsal zu blasen." Sie antwortete nicht. Ihre Miene war unergründlich. Sie starrte nur weiter gerade aus, als würde sie da unten zwischen den Bäumen etwas sehen. Störrisch wie ihre Mutter. Nun, er würde sich später um sie kümmern. Sie würde es ihm danken, wenn alles vorbei war. „Du kennst deine Aufgabe?" Es war mehr eine Feststellung als eine Frage. „Gut. Ich muss jetzt los. Wenn das Tänzchen beginnt sollte ich anwesend sein, meinst du nicht? Vorbildwirkung! Das haben sie uns doch immer eingebläut, oder?" Er wand sich ab und machte sich auf den Weg zur Treppe. „Du kannst gerne noch etwas zusehen, wenn du möchtest. Es wird ohnehin keiner dieser Vampire auch nur annähernd in die Nähe des Schlosses gelangen."

Auf dem Weg nach unten kontrollierte Draculea zum letzten Mal die Waffen an seinem Gürtel. Er hatte alles dabei - klassisch bis modern. Die Pistole war mit Silberkugeln geladen. Damit würde niemand rechnen. Niemals hatten Vampire Vampire mit Silber bekämpft. Was sollte diese angebliche Ehre? Das hatte er nie verstanden. Ein Kampf blieb ein Kampf und ein Sieg blieb ein Sieg. Wenn es erst zum Krieg kommen musste, dann kam doch ohnehin jede Ehre zu spät.

Er öffnete die Augen und versuchte sich in eine bequemere Position zu bringen. Draculea hatte das Schloss verlassen, er war zum Angriff übergegangen. Das war *seine* Revolution. Er musste da sein. Wütend zerrte Jackter an den Ketten. Natürlich gaben sie keinen Zentimeter nach, sondern drückten sich nur noch tiefer in seine Haut. Er schloss für einen Moment die Augen. Als er sie wieder öffnete drehte sich alles um ihn herum. Kraftlos ließ sich der Vampir an die Wand zurücksinken. Sinnlos! Hier würde er nicht herauskommen.
Jakov...Tu dein Bestes und...pass auf dich auf.

Ein lautes Quietschen riss ihn aus seinen Gedanken. Ruckartig setzte er sich kerzengerade auf. Was war das? So viel er wusste, war *sie* allein im Schloss zurückgeblieben. War sie endlich zur Vernunft gekommen? Angespannt lauschte Jackter in die Dunkelheit.
„Erhans? Erhans, wo bist du?"
„Hier. Schaut mal, ich habe die Gruft gefunden."
„Ich werd nicht mehr. Hier *schlafen* die Mistviehcher also."

Was waren das für Stimmen?
„Abgeschlossen, wie schade!"

„Geh doch zur Seite, lass mich mal." Das Quietschen war diesmal noch lauter.

Bei Luzifer, wie kann man sich so dumm anstellen? Das konnten nur menschliche Diebe sein. Aber wie kamen die bloß in diese Einöde? Und wie kamen sie hier rein? Und was machten sie hier unten?

„IIIIhhhh, IGITT!" Jackter verdrehte die Augen. *Meine Güte, noch lauter geht es wohl nicht!* "Das ist ja ein Skelett. Erhans! Meinst du das LEBT?"

„QUATSCH!"

Die anderen beiden schienen sich jedenfalls einig zu sein, dass das Skelett ihnen nicht gleich entgegen hüpfen würde.

„Wir verschwenden hier nur unsere Zeit. Kommt schon, weiter." Der Deckel wurde mit Wucht wieder auf den Sarg geknallt. Es brachte regelrecht die Wände zum Beben.

„Da, schaut mal. Ich wette der Gang führt zum Verlies. Da muss er sein."

„Er könnte sich aber auch wirklich mal bemerkbar machen, oder nicht? Es ist so schon gruselig genug. Eine kleine Wegbeschreibung wäre ganz nett."

Na wie du willst. Jackter musste grinsen. Wer auch immer diese Menschen waren. Wenn ihnen ein Zeichen fehlte...Und Lärm hatten sie wirklich schon genug gemacht, also kam es sowieso nicht mehr darauf an. Jackter rutschte ein Stück zur Seite und trat so fest er konnte gegen einen Metallstuhl. Dieser riss wiederum diverse andere Teile mit, die er gar nicht näher betrachten wollte. Das brachte eine hübsche Kettenreaktion in Gang. Es schepperte so laut, dass man es sicher durch das ganze Schloss hören konnte.

„Da! Hast du das auch gehört?"

„Was?"

Im Ernst!? Sooo schlecht konnten die menschlichen Sinne doch nicht sein!

„Das kam von dort, wartet ich gehe mal rein..." *-nein, es war die Tür gegenüber!*

„Unsinn, hier ist nichts! Es muss da drüben gewesen sein."

Mit einem leisen Knarren schwang die Tür auf. Jackter setzte sich auf. Ihm war klar, dass die Menschen seine einzige Chance auf Befreiung waren. Also so behutsam wie möglich vorgehen! Sollte er sie ansprechen oder lieber abwarten, bis sie ihn von allein entdeckten? Bei welchem Verhalten war die Wahrscheinlichkeit, dass sie schreiend davon liefen wohl geringer? Die Entscheidung wurde ihm abgenommen, denn einer der drei hatte den Lichtschalter betätigt. Jackter kniff fauchend die Augen zusammen und wand das Gesicht ab. Das grelle Licht der Neonleuchte stach schmerzhaft in den Augen.

„Jackter?", fragte einer der drei zögerlich.

Woher kannten die Menschen seinen Namen?? Der Vampir sah wieder auf und musterte die Menschen in einer Mischung aus Misstrauen und Neugier, konnte aber in dem grellen Licht kaum mehr als ihre Silhouetten erkennen.

Der Mensch, der eben gesprochen hatte, kam ein Stück näher. „Bist du Jackter?", wiederholte er seine Frage. Ein anderer Mann murmelte missmutig: „Das ist ganz sicher der, den wir suchen. Ist doch naheliegend, nachdem er im Keller angebunden ist, oder?" Schien ein helles Kerlchen zu sein. Es war wohl besser den Typen erstmal klare Anweisungen zu geben, sonst würden sie wahrscheinlich noch eine Ewigkeit wie angewurzelt neben der Tür stehen. Die erste Forderung, die ihm in den Sinn kam, war >Licht aus!< Doch er sprach hier mit Menschen, deren Augen nicht darauf ausgerichtet waren im Dunkeln zu sehen. Also sagte er stattdessen: „Macht doch wenigstens die Tür zu, wenn ihr schon das Licht anmachen müsst. Bevor noch jemand kommt." Sofort zog der Mensch, der am nächsten dran stand, die Tür zu. „Also bist du Jackter", stellte der erste Mensch nun fest. „Ich bin Erhan Helsing." Wie selbstverständlich bezog einer seiner Kumpel neben ihm Position und fügt mit wichtigem Gesichtsausdruck hinzu: „Studierter Vampirjäger aus Deutschland."

Der *Vampirjäger* erstarrte. Jackter konnte sich trotz der unglücklichen Situation ein Grinsen nicht verkneifen. „Deutschland...das ist doch mal was anderes." Er hob mit zusammengebissenen Zähnen seine in Ketten gelegten Arme. „Ich fürchte nur, ihr seid zu spät. Wie ihr seht bin ich schon gefangen."

Der Vampirjäger schien nun noch schockierter. „Tut mir leid", murmelte er deshalb. Jackter zuckte mit den Schultern. „Nur ein kleiner Spaß am Rande. Ich bin neugierig. Da wir wohl alle nicht viel Zeit für Smalltalk haben, komme ich mal direkt zur Sache: Was treibt euch Jungs hier her?" Dieser Erhan erwachte aus seiner Starre und erwiderte: „Jakov hat uns geschickt. Er bittet uns, dich zu befreien, solange Draculea abgelenkt ist." Er kam auf ihn zu und musterte die dicken Handschellen, die sich um Jackters Handgelenke zogen. „Ist das...?"
„Silber", bestätigte Jackter nüchtern. „Draculea ist ein Mistkerl durch und durch. Je schneller ich davon loskomme, umso besser." Der Vampirjäger nickte. „Schlüssel?"
„Negativ."
„Na gut, dann anders. Ich werde es etwas bewegen müssen." Der Vampirjäger drehte sich zu den anderen um. „Basti? Kommst du?"
Basti verdrehte die Augen, kniete sich dann aber neben seinen Kumpel, wenn auch widerwillig. Jackter sog die Luft ein, als er seinen Arm packte, aber er hielt still. Die beiden Menschen arbeiteten völlig im Einklang, während sie das Schloss knackten und der dritten glotzte mit großen Augen über ihre Schulter. „Wow", brachte er schließlich heraus. „Coole Sache, Leute, echt."

Als sich die Handschellen endlich öffneten und die Ketten scheppernd auf dem Boden landeten änderte er allerdings seine Meinung. Der Mensch schrie laut auf. „OH MEIN GOTT!!!" Er trat ein paar Schritte zurück und starrte ihn entsetzt an. Jackter betrachtete nun selbst die Stellen, an denen er gefesselt gewesen war. „Verbrennung 2. Grades würde ich schätzen", erklärte er und zwang sich emotionslos zu klingen. „Es gibt Schlimmeres. Ich hatte noch Glück."

Der Vampir stützte sich an der Wand ab und hievte sich hoch. Während er so aufstand wurde er sich eines dringenden Bedürfnisses bewusst. „Lange nichts getrunken", murmelte er, was ein kollektives Zurückweichen der menschlichen Befreier-Fraktion nach sich zog. Jackter schüttelte kaum merklich den Kopf. *Typisch Mensch!* Er machte einen Schritt auf die Truppe zu und fragte herausfordernd: „Es kann doch sicher einer von euch ein paar Tröpfchen Blut entbehren, oder?", während er von einem zum anderen sah. „Warum seid ihr Menschen so verklemmt? Zur Blutspende gehen - kein Problem für euch, euch Blut abnehmen lassen - keine große Sache. Hunderte Male haben Vampire euer Blut getrunken und ihr habt arglos weitergelebt, aber sobald die Wahrheit so klar und deutlich vor euch steht, dass ihr sie vor euch selbst nicht mehr leugnen könnt, dann denkt ihr es bricht euch ein Zacken aus der Krone, wenn ihr mal freiwillig das Opfer gebt."

Erhan starrte den Vampir abschätzend an. Er war verletzt und geschwächt, aber wer sagte, dass ihn dieser Umstand nicht erst recht antrieb? Das war aber auch so klar gewesen! Warum hatte keiner von ihnen daran gedacht?
Wir suchen einen Vampir der tagelang in einem Verlies eingesperrt und gefoltert wurde! Natürlich braucht er Blut!
Wachsam schob er die rechte Hand hinter seinen Rücken und griff nach seinem Dolch. Bastian schob sich näher zu ihm und flüsterte Erhan ins Ohr: „Er ist ziemlich mitgenommen und das Licht stört ihn. Lass uns die Chance nutzen, zu verschwinden, solange es geht." Erhan war fast geneigt ihm zuzustimmen, aber...was dann? „Das ist doch auch keine Lösung", raunte er seinem Freund zu. „Ich bekomme nie wieder so eine Forschungsreise zugesprochen. Glaubst du ich haue an diesem Punkt ab und fange wieder bei null an? Nicht nachdem ich so nah dran bin." „Was willst du denn

noch? Wir haben die Vampire da unten quasi auf dem Silber-tablett. Wir wissen wozu sie imstande sind, ich meine, mach doch mal die Augen auf. Der spielt doch nur mit uns, wie die Katze mit der Maus." Er deutete verstohlen auf den Vampir, der sich mit ei-nem amüsierten und gleichzeitig gierigen Gesichtsausdruck wei-ter auf sie zuschob.

„Das ist es ja", erwiderte Erhan. „Ich wusste schon vorher, dass es Vampire gibt und wozu sie imstande sind, aber so kann ich hinter das Ganze kommen, selbst wenn ich mich dafür an die Monster verkaufe. Basti, wir haben doch schon alles, was Menschen her-ausfinden können. Wir haben Infos aus allen Zeitaltern. Aber...das reicht mir nicht. Ich muss *alles* erfahren. Das bin ich meiner Familie schuldig! Und ich bin so nah dran!"

„Erhan, hör mir zu. Du irrst dich! Du machst einen Fehler. Wenn Vater erst da ist wirst du verstehen. Denk doch mal nach…" Er-han hörte nicht mehr zu. Das war seine Forschung, das war er sich selbst schuldig.

Im Bruchteil einer Sekunde fällte er seine Entscheidung. Er wollte schließlich weiterkommen. Schätzungsweise musste man dafür auch etwas geben. Bastian versuchte ihn zurückzuhalten, doch Erhan trat auf den Vampir zu und streckte seinen Arm aus. „Wenn du mit dem Handgelenk Vorlieb nehmen könntest, wäre ich dir sehr verbunden." Der Vampir begann zu lachen. „Na also. Es macht doch gleich alles viel angenehmer, wenn man offen und freundlich verhandelt. Das lässt sich einrichten, mein Freund. Wenn ich dir damit eine Freude machen kann." Jackter machte eine galante Verbeugung, wie man sie nur aus Adelshäusern kannte. Mit einer fließenden Bewegung griff er nach Erhans Arm. „Darf ich?" Der Deutsche blieb stocksteif stehen, während der Vampir den Kopf senkte und sein Gebiss seinem Arm nach und nach näherkam.

Die lähmende Angst wich allmählich Neugier und Staunen. Der Vampir drückte seinen Daumen, auf Erhans Arm, sodass die

Hauptschlagader etwas hervortrat, dann öffnete er den Mund und biss blitzschnell zu. Erhan spürte den Druck des ausladenden Gebisses auf seiner Haut, das seinen Arm gewissermaßen fixierte, während die langen Eckzähne in seine Ader eintauchten.

Es war nur ein kurzer Schmerz, der ihn wie ein Stromschlag durchzuckte. Was danach kam hätte er nicht erwartet.

Wow! Es war wie ein Rausch. Ein Gefühl von Freiheit und Glück, ein Gefühl als wäre in diesem Moment einfach alles nur erdenkliche möglich. Alle Sinne waren hellwach und sogen den Moment auf intensivste Art und Weise in sich auf. In seinem Kopf wirbelten die wundervollsten Emotionen herum, während er sich ganz und gar diesem berauschenden Sog hingab.

Das ist wie...damals bei...Tiffany!

Als sich die Zähne des Vampires zurückzogen, schauderte Erhan und der Moment rutschte hinab in sein Unterbewusstsein. Es war, als würde er aus einem herrlichen Traum erwachen an dessen Inhalt er sich schon kaum mehr erinnern konnte. Und zurückkehren in eine Wirklichkeit, die ebenfalls wunderschön war. Erhan fühlte sich seltsam beschwingt, seine Laune war bestens. „Wie komisch", murmelte er lachend. „Das hätte ich nie gedacht." Jetzt erst fiel ihm auf, dass irgendwo ein Lied spielte, dass wohl aus einer schnulzigen italienischen Oper stammte. Irritiert zog er die Stirn in Falten. Er ließ den Vampir los, dessen Arm er offensichtlich im Überschwang der Gefühle umklammert hatte und sah sich nach Elisei und Bastian um. Sie gafften ihn beide völlig fassungslos an.

Jackter fand als erster Worte: „Ich weiß ja nicht, wessen Handy das ist, aber es wäre wirklich ratsam, wenn mal einer rangeht. Wenn uns bisher noch keiner gehört hat, dann bestimmt jetzt." „Oh, tut mir leid!" Hektisch durchsuchte Elisei seine Taschen und zog sein Smartphone heraus. Er hielt es sich ans Ohr: „Vadim?" Er flüsterte etwas auf Rumänisch ins Telefon. Dann legte er auf und sah Bastian an. „Dein Vater ist anscheinend angekommen.

Wir sollen so schnell wie möglich kommen." Basti schloss erleichtert die Augen. „Na endlich. Worauf warten wir noch. Nichts wie raus hier."

Jakov sah sich um. Er stand in der Mitte des Feldes. Der Nebel war noch dichter geworden. Sie waren schlecht zu erkennen, doch das Problem war, das auch sie die heranfliegenden Geschosse schlecht erkennen konnten. Durch den alles erstickenden Kampflärm hatte sich ein stetiges Rauschen in seinen Ohren eingestellt. Ein harter Schlag traf ihn von hinten, sodass er taumelte. Schnell wirbelte er herum, doch er konnte niemanden sehen. Vor seinen Augen flimmerte es. Es sah nicht gut für sie aus.
Wir werden verlieren! Nein! Das darf nicht passieren! Wir müssen gewinnen, wir müssen! Bitte...
Eine Gestalt tauchte im Nebel auf. Jakov schluckte. *Draculea!*
„Sieh mal einer an. Ein kleiner Emporkömmling, der vergessen hat, wo sein Platz ist. Schön, zu sehen, dass der Verrat alle Seiten heimsucht. Nun..." Er zog eine Pistole unter seinem wallenden Umhang hervor. „Wer hätte gedacht, dass ich dem vorsitzenden Bojaren einmal einen Dienst erweise?"
Im letzten Moment sprang Jakov zur Seite. Die Kugel verfehlte ihn nur knapp, aber sie ließ ein beunruhigendes Prickeln auf seiner Haut zurück, das er nur allzu gut kannte. Ungläubig starrte er den Grafen an. *NEIN! Silberkugeln!* So schnell er konnte rappelte sich der Vampir auf und tauchte in die nächste Nebelbank ein. *Jackter...Er ist zu stark. Wie sollen wir gegen das ankommen?*

Bredica beobachtet, wie die seltsame Gruppe durch das Schloss in Richtung Ausgang stürmte. Sie hatte die >Herren Vampirjäger< schon lange bemerkt, aber sie hatte zunächst abgewartet und beobachtet. Und was sie sah, machte sie sprachlos. Nicht nur, dass sie die Abwehrmechanismen und Sicherheitsvorkehrungen ihres Bruders knackten und sich Zutritt ins Anwesen verschafften, wenn auch nicht wirklich unbemerkt. Sie hatten sich in der Gruft nicht länger aufgehalten. Sie hatten nicht nach Draculea gesucht, wie sie vermutet hatte. Sie waren hier um Jackter zu befreien. Oder sollte sie ihn besser Tarek Radu nennen? Das bedeutet, dass sie wussten, was heute Nacht vor sich ging und offensichtlich eine Rolle dabei spielten. Da musste sich dieser Jakov gründlich ins Zeug gelegt haben. Klar, war am Ende jeder Mensch psychisch, mental oder kognitiv zu manipulieren, aber bei Radikalen erwies sich das meist als schwer und war selten innerhalb so kurzer Zeit zu erreichen und dann auch noch so nachhaltig. Diese Menschen gingen strukturiert vor und ohne langes Zögern.

Jetzt hatten die vier es beinahe bis zur Tür geschafft. Tja, und nun? Sollte sie sie aufhalten? Oder gehen lassen? Jackter hatte sie verraten. Ihr Bruder hatte sie nie hintergangen. Er mochte manchmal ein herzloser Mistkerl sein, aber sie hatte ihn immer gekannt. Sie hatte immer gewusst, wer er war. Wenn sie die Menschen zusammen mit Jackter entkommen ließ, dann würde *sie* ihren Bruder hintergehen, ihre Familie verraten. Wie könnte sie das? Bredica trat hinter der Säule hervor, stieg die letzten Marmorstufen hinab und bezog vor der Pforte Position.

Zwei der Vampirjäger kannte sie bereits. Elisei war stocksteif stehen geblieben, entspannte sich aber sofort, als er sie erkannte - dumme Menschen. Erhan sah sie überrascht an und strich sich nervös die Haare aus dem Gesicht. „Bredica. Schön dich wiederzusehen. Was machst du denn hier?" „Wer ist das?" Wollte der dritte Mensch, den sie hier noch nie gesehen hatte wissen. Offensichtlich der einzige, der seine Vorsicht angesichts einer >harmlosen< Dame nicht blind vergaß. „Kennt ihr die Frau etwa?" Erhan drehte sich zu ihm um. „Ja. Wir haben sie mal in Bran getroffen und zusammen einen Wein getrunken. Das ist Bredica." Jackter sah sie mit unergründlicher Miene an, dann flüsterte er: „Bredica, bitte. Das kannst du nicht wollen. Wenn du dich für deinen Bruder entscheidest - schön und gut. Aber das da unten sind *meine* Leute. Ich muss da sein."

Elisei drehte sich zu dem Vampir um. „Moment mal! Du kennst sie auch?" Er antwortete nichts, sondern konzentrierte sich nur auf sie. Bredica schluckte. Warum klang er nach all dem immer noch so überzeugend? In der Zwischenzeit schien Erhan langsam den Durchblick zu erhalten. „Bredica, also bist du..." „Eine Vampirin", bestätigte sie. Sie lächelte ihn an und ließ dabei absichtlich die spitzen Enden ihrer Reißzähne aufblitzen. „Und der, den ihr sucht, ist mein Bruder." Elisei musterte sie genau von Kopf bis Fuß. „Moment! Das ist aber nicht mehr der alte Pfähler aus den Sagen, oder? Du bist doch nicht 600 Jahre..."

Sie holte Luft, zu einer Erwiderung, da knallte etwas dumpf gegen ihren Hinterkopf. Während die Vampirin irritiert herumwirbelte schlossen sich ein fester Griff um ihre Handgelenke und hielt sie von hinten fest. Im Türrahmen war ein weiterer Mensch aufgetaucht, der Elisei zum Verwechseln ähnlich sah. „Hätte ich ankündigen sollen?" fragte er während er unsicher von einem zum anderen sah. Elisei umarmte ihn ungestüm. „Vadim, du bist genau rechtzeitig gekommen." Schienen sich sehr vertraut zu sein. Bredica fragte sich gerade, wie viele Menschen diese Revolutionäre noch in ihren Dienst gestellt hatten. Die Aktion war zugegeben ziemlich clever.

Da hauchte ihr Jackter ins Ohr. „Damit wärst du also meine Geisel, was bedeutet, dass du die Forderungen deines Geiselnehmers erfüllen musst." Sie fletschte wütend die Zähne und stemmte sich gegen seinen Griff. „Komm schon, stell dich nicht so an, Bredica. Du weißt doch im Prinzip selbst, dass dein Brüderchen gerade großen Mist baut. Das ist dein Freibrief, die Seiten zu wechseln." „Er ist mein Bruder!", fauchte sie energisch und trat ihm so fest sie konnte auf die Füße. Jackter blieb stehen, ohne auch nur zu wanken. „Ich habe einiges hinter mir, meine Liebe", murmelte er und Bredica konnte beim besten Willen nicht sagen, ob er dabei stolz oder eher wehmütig klang. Sanft schob er sie vorwärts, durch die Pforte. Er sah sich nach den Menschen um, die offensichtlich immer noch wie angewurzelt dastanden und glotzten. „Ich würde vorschlagen, wir machen uns auf den Weg."

Erhan musste aufpassen, dass er den Mund nicht offen stehen ließ, während er die beiden Vampire beobachtete. Schon das Szenario am Tor, hatte ihn sehr beeindruckt. Wie schnell, sie reagiert hatte, als sie die Tür vor den Kopf bekommen hatte. Da war nicht ein Moment der Benommenheit. Und Jackter hatte das Ganze optimal ausgenutzt. Bastian und er hatten gerade Blickkontakt aufgenommen, um nonverbal einen Plan zu entwickeln, da hatte Vadim schon die Tür aufgestoßen und der Vampir...Was genau hatte er getan? Er war so schnell! Warum hatte er nicht die Zeit gestoppt? So konnte er den Vorfall gar nicht angemessen dokumentieren! Wie dem auch sei, jetzt hielt er sie nur noch an einem Arm fest. Sein Griff schien lockerer, aber trotzdem unnachgiebig und er blieb immer wachsam. Offensichtlich hatte er trotz der Verletzungen am Handgelenk noch beträchtliche Kräfte. Sie lief mit geschmeidigem Gang neben ihm her und schien äußerlich völlig entspannt. Erhan war sich allerdings ziemlich sicher, dass sie im Kopf schonmal alle Möglichkeiten, die sie hatte, durchspielte.
Jackter hatte die Situation nun wieder voll im Griff. Hin und wieder führte er die Gruppe in Deckung, wenn er wahrscheinlich einen von Draculeas Spähern entdeckt hatte und sorgte dann dafür, dass Bredica still blieb.

Der Deutsche ließ sich zurückfallen, bis er neben Elisei lief. Er beugte sich zu ihm und murmelte: „Wie konnten wir das nur übersehen? Wir saßen direkt daneben." Elisei zuckte mit den Schultern. „Du scheinst ein Faible für fesche Vampirinnen zu haben. Erst Tiffany, dann Bredica..." Er pfiff durch die Zähne. „Jetzt hör aber auf", schimpfte Erhan. „Das war irgend so ein Trick, mit dem sie die Beute gefügig machen. Wie im Tierreich, verstehst du?"

Er blieb mit dem Fuß an einer Wurzel hängen und stolperte fast. In dieser Suppe von Nebel konnte man aber auch nicht einmal die Hand vor Augen erkennen. Erhan hörte zwar die Kampfgeräusche ganz in der Nähe, aber weit und breit war niemand zu sehen. Plötzlich blieb Jackter wie angewurzelt stehen. Er starrte in den Nebel, auf einen Punkt, an dem Erhan beim besten Willen nichts erkennen konnte. „Jakov!", hauchte er.

Wie in Trance ließ er Bredica los und tauchte in den Nebel ein. Erhan wechselte kurze Blicke mit seinen drei Freunden, dann folgten sie ihm.

Jakov lag auf dem Boden, eine Hand auf seine Schulter gepresst. Über ihm ragte eine dunkle Gestalt auf, deren Umhang sich hinter ihr aufbauschte. Sie strahlte vollkommene Sicherheit und ein allumfassendes Selbstbewusstsein aus.

Draculea!

„Nun denn, mein lieber Junge, schreiten wir zur Tat", spöttelte er. „Hättest du es lieber klassisch oder modern?" Er hob zuerst seinen rechten Arm und brachte einen langen spitzen Holzpflock zum Vorschein. Dann steckte er die Spitze in den Boden und lehnte sich lässig darauf, während er die Pistole aus dem Gürtel zog. „Ich bin in guter Stimmung, also lasse ich dir die Wahl, obwohl ich dir sagen muss, dass ich den Pflock bevorzuge. Schon allein aufgrund meiner Verbundenheit zur Tradition."

Jackter kam von hinten und prallte mit voller Wucht gegen den Vampir. Die beiden Gestalten rollten ineinander vergeilt über den Boden und verschwanden aus Erhans Blickfeld. Auch gut. Mittlerweile war der Deutsche ziemlich überzeugt davon, dass Jackter die besseren Chancen hatte, dieser Sache Herr zu werden. Bastian war hinter ihm aufgetaucht. „Kommt schon, hinter her! Wir dürfen ihn nicht entkommen lassen!" Erhan öffnete den Mund, um

Argumente anzubringen, aber da war auch Bastian schon im Nebel abgetaucht. „Na toll", murmelte der Forscher, wie zu sich selbst. „Hoffentlich kommt er durch." Er sah sich um und musste feststellen, dass auch Bredica inzwischen spurlos verschwunden war - das war ja nicht anders zu erwarten. Nur Vadim und Elisei waren dageblieben und bauten sich hinter Erhan auf. „Wir ihm müssen helfen, Erhan", erklärte Vadim aufgeregt. „Jakov schwer verletzt." Das richtete Erhans Gedanken wieder auf das Wesentliche. „Ja, natürlich." Er ging auf den Vampir zu und kniete sich neben ihn. Das war jede Menge Blut und hier in dieser Pampa war einfach nichts da. Gerade wollte er sich die Wunde genauer ansehen, da spürte er einen sanften Druck auf seiner Schulter.

Erhan griff nach seinem Dolch und wirbelte herum, doch als er erkannte, wer vor ihm stand, ließ er den Arm erleichtert wieder sinken. „Herr von Langleben! Wie haben sie uns so schnell gefunden?" „Ich hatte die genaue Wegbeschreibung von Bastian. Es war kein Problem. Wie ich sehe bist du schon bei der Sache." Er deutete auf Jakov, der die beiden fassungslos beobachtete. Vadim hockte neben ihm und beäugte die Szene mit noch größeren Augen.
Kurt von Langleben klopfte ihm auf die Schulter. „Gute Arbeit, mein Junge. Du hast dich prächtig entwickelt. Prüfung bestanden würde ich mal sagen. Ich bin so stolz auf dich. Ich habe keinen Hehl daraus gemacht, dass ich nicht viel von dieser *Forschungsreise* hielt, aber du hast mich heute vom Gegenteil überzeugt." Die Worte gingen runter wie Öl. „Nun ja", stotterte Erhan. „Ganz so ist es nicht. Wissen Sie...Es ist nicht so wie es aussieht." Der Mann schien ihm gar nicht zuzuhören. „Sieh dich nur um! Aus diesem Kampf lernen wir all ihre Strategien, ihr Denken und ihre Schwächen. Wir können sofort damit beginnen sie alle zu vernichten." Erhan holte Luft um etwas zu erwidern, doch von Langleben wand sich schon wieder von ihm ab. Stattdessen richtete er seinen Blick auf Vadim. „Ist das etwa ein Diener dieser Blutsauger?" „Nein, nein!", rief Erhan schnell. „Das ist ein Freund von mir. Er

hilft mir, seit ich hier angekommen bin. Kurt von Langleben musterte Vadim weiter kritisch. „Da bin ich mir nicht so sicher. Dieser Kerl hegt eindeutig zu viele Sympathien. Er scheint zu vergessen, wozu diese Kreatur fähig ist, neben der er da am Boden sitzt."

Vadim sah sich verdutzt um, dann sah er Erhan an. „Ihr reden über mich?" Der Deutsche wand sich statt zu antworten wieder an seinen Mentor. „Das ist alles sehr kompliziert, Herr von Langleben. Wir mussten zu etwas unkonventionellen Mitteln greifen, um weiter zu kommen. Könnten wir vielleicht kurz in Ruhe sprechen. Ich bringe Sie schnell auf den neusten Stand der Dinge und dann können wir..."

„Erhan", unterbracht von Langleben ihn und legte eine Hand auf seine Schulter. Er hatte einen dermaßen harten Griff, dass man nie klar sagen konnte, ob es eine freundschaftliche Geste oder eher eine unterschwellige Machtdemonstration sein sollte. „An dem Stand der Dinge hat sich nichts geändert. Du hast deine Aufgabe gut erfüllt. Aber ich bin mir sehr wohl dessen bewusst, was hier vor sich geht. Ich mache das alles schon etwas länger als du." Er ließ Erhan los, ja stieß ihn regelrecht von sich und sah sich mit hungrigem Blick um, als hätte sich ein Schalter in seinem Kopf umgelegt. „Draculea", knurrte er. „Wo hast du dich verstreckt? Mach dich bereit! Heute werde ich es sein - Held einer Generation!" Er tauchte in den Nebel ein.

„Warten Sie!", Erhan wäre ihm hinterhergestürzt, hätte Elisei ihn nicht zurückgehalten. Er wirbelte zu dem Rumänen herum. „Lass mich!", schrie er. „Du verstehst das nicht! Ich muss ihn aufhalten. Er weiß doch gar nicht was er tut. Draculea ist zu gefährlich!"

„Nein, Erhans, lass uns nachdenken. Du kannst nicht blind da rein rennen. Das hast du mir selbst erklärt! Wenn du jetzt..." Elisei redete weiter auf ihn ein, aber er hörte ihm kaum zu. „Glaub mir: Er weiß schon was er tut." Das war Jakovs Stimme.

Ungläubig sah der Deutsche ihn an. „Woher willst *du* das wissen?", keifte er.

„Er hat schon recht, Erhan. Er macht das schon wesentlich länger als du." Er holte Luft und flüsterte mit rauer Stimme: „Er leitet Aspectum solis."

Erhan hatte nicht die geringste Ahnung, was das sein sollte, aber das Blut in seinen Adern gefror, er konnte sich nicht bewegen. Er konnte Jakov nur anstarren. Er *kannte* Herrn von Langleben? Und was sollte das heißen? *Er macht das schon länger als ich. Aber wenn das stimmt, dann...*
Sein Unterbewusstsein versucht sofort alles abzustreiten. Kurt von Langleben hatte ihm zu dem verholfen, was er jetzt hatte. Er hatte ihn unterstützt, seit er an die Uni gekommen war. Er erinnerte sich noch gut an diesen Tag:

Der Junge schlenderte durch den Saal der Bibliothek und zog ein weiteres Buch aus dem Regal. Pfeifend machte er sich auf den Weg zum Tresen. Die Bibliothekarin sah die Bücher durch und murmelte: Die Geschichte des Pfählers, Hinrichtungen im Mittelalter...Sie überraschen mich immer wieder in der Wahl ihrer Freizeitliteratur, Herr Helsing." Der Junge lächelte und verließ den Raum. Er ging den Korridor entlang. „Hallo, Herr Helsing." Der Junge sah sich um. Da saß ein Mann mit übereinander geschlagenen Beinen auf dem Sofa unter dem Fenster. Der Mann kannte seinen Namen. Nun stand er auf und kam auf ihn zu. „Ich habe Sie beobachtet und ich sehe ihr Potential." Sein Potential? Er redete sicher von seinem Studium. „Sind Sie einer der neuen Professoren?", fragte er. Der Mann lachte. „So etwas Ähnliches. Mein Sohn studiert an dieser Universität, aber ich beschäftige mich mit etwas anderem." Er tippte auf den Bücherstapel. Der Junge betrachtete das oberste Buch, auf dem mit riesigen Buchstaben das Wort >Draculea< prangte. Als er den Mann wieder ansah lächelte dieser: „Ich sehe, wir verstehen uns, Junge. Ich suche nach einer guten Basis zur Investition, nach neuen Wegen. Nach einer Möglichkeit meinem Interessengebiet noch näher zu kommen. Kein alter Kram, sondern etwas Innovatives, das die Welt aus ihren Fugen heben kann und irgendetwas sagt mir, dass du, Erhan Helsing *der Schlüssel dazu bist." Der Junge konnte seinen Ohren kaum trauen. Er überlegte kurz, ob der Mann ihn möglicherweise auf den Arm nahm. Schließlich fragte er: „Können wir vielleicht in Ruhe darüber sprechen, Herr..." „Wie unhöflich, ich habe mich noch nicht einmal vorgestellt. Kurt von Langleben." Er reichte ihm die Hand. Sein Händedruck war fest. Er sah den Jungen an, als wolle er ihn einschätzen. Dann ließ er seine Hand wieder los und schlug vor: „Komm mit, wir suchen uns ein ruhiges Plätzchen und besprechen alles Weitere..."*

Wenn Jakov recht hatte, dann war es nicht sein Potential, das von Langleben an ihm und seinen Interessen gesehen hatte. Dann wäre er nur ein brauchbares Mittel zum Zweck gewesen. Dann wäre das Wertvolle an ihm...seine Erbschaft gewesen, *die Tagebücher!*

Der Junge saß in seiner schäbigen Studentenbude und wühlte sich mal wieder durch einen Haufen Bücher. Er sah auf die Uhr. In einer halben Stunde endete Bastians Vorlesung. Danach würde er zu ihm kommen und sie würden sich an die Übersetzung dieses walachischen Textes machen, auf den sie neulich gestoßen waren. Er stand auf und machte sich auf den Weg zum Kühlschrank da klingelte es an der Tür. Sollte das schon Basti sein? Vielleicht war die Vorlesung früher zu Ende. Er öffnete die Tür und vor ihm stand.... „Herr von Langleben, was machen Sie denn hier?" „Es gibt erfreuliche Nachrichten für dich, mein Junge. Du wirst beginnen Vampire zu jagen." Vor Aufregung war er wie gelähmt. „Wirklich, aber…" Der Mann trat zum Fenster. „Hast du es nicht in den Nachrichten gehört? Drei Männer werden nach einer Klettertour vermisst. Ich bin sicher, dass da mehr dahintersteckt als ein Unfall." Er breitete eine Karte auf dem Tisch aus. Ein rotes Kreuz prangte darauf. „Mach dich auf den Weg zu der Stelle und halte Ausschau nach etwas Verdächtigem." Er wand sich bereits ab, drehte sich aber an der Tür noch einmal um. „Ach…und du solltest gut vorbereitet sein. Falls du tatsächlich auf einen Blutsauger triffst, solltest du gut vorbereitet sein." Von Langleben wollte den Raum verlassen, doch der Junge rief ihm nach: „Warten Sie! Wie soll ich mich vorbereiten? Ich

weiß doch nicht..." Mit einem *verschwörerischen Lächeln im Gesicht er-*
widerte er: „Du hast mir von den Tagebüchern deines Vaters erzählt.
Anscheinend war er ein cleverer Jäger. Lis darin. Du wirst seine Strate-
gien daraus durchschauen müssen."

Unsinn! Wem wirst du wohl glauben? Deinem langjährigen
Hauptsponsor und Mentor oder dem Vampir?
Erhans Blick wanderte zu Jakov. Er lag mittlerweile in einer Blut-
lache. Wie viel Blutverlust kann er vertragen? Erhan widerstand
dem Impuls, eine wissenschaftliche Untersuchung durchzufüh-
ren. So obskur es auch war. Im Moment stand er auf seiner Seite.
Erhan kniete sich neben den Vampir. Mit einer energischen Handbewegung riss er Jakovs Hemd auf. Der Vampir biss die Zähne
zusammen, zuckte aber nicht. „Eins muss ich dir sagen", stellte
Erhan klar. „Wenn das vorbei ist, dann hast du mir etwas zu erklären. Aber jetzt...Ich habe mal ein paar Semester Medizin studiert. Was muss ich machen?" Jakov nahm die Hand von seiner
Schulter und presste angestrengt hervor: „Kugel...muss
raus...schnell." Erhan betrachtete die Wunde und schauderte. *Wie,*
um Himmels Willen stelle ich das an, auch noch ohne Operationsinstru-
mente? Er zuckte leicht mit den Schultern. Eine interessante Her-
ausforderung war es natürlich - so aus der Sicht des Forschers gedacht.
„Nun, ich könnte ein Skalpell schon ganz gut gebrauchen und ein
paar Tupfer und...wenigstens eine Pinzette vielleicht..."
Der Vampir unterbrach ihn: „Nimm was auch immer. Ist mir egal,
aber hol das...Silber aus meiner Schulter."
Erhan zuckte wieder mit der Schulter. „Na schön, schreiten wir
zur Tat." Plötzlich riss ihn etwas von hinten von den Füßen.
„Mist!", fluchte er. „Achtung Leute! VAMPIR!"
Der Blutsauger riss den Kiefer auf und brüllte ihn an. Erhan zog
seinen Dolch, trat ein paar Schritte zurück und nahm eine stabile
Position ein. *Zeit, meinen Job zu machen.*

Nun stand er ihm endlich gegenüber. Zugegeben, ihn hatte er hier nicht erwartet. Aber es traf sich gut. Wenn er nun einmal dabei war, konnte er genauso gut gleich alle Widersacher auf einmal eliminieren. Diese Nacht würde in die Geschichte eingehen. „Wen haben wir denn da?", säuselte er, als würde er einen lang vermissten Schoßhund begrüßen. „Ich habe dich lange nicht mehr bei uns gesehen, mein Freund. Dachte du hättest dich ins Ausland zurückgezogen. Wärst du nur dort geblieben. Das wäre besser für dich, denn heute entkommst du mir nicht mehr."

Er grinste. „Die Zeiten haben sich geändert, mein Lieber. Seit ich weg bin, war ich nicht untätig." Er strich mit einer Hand über das funkelnde Amulett, das an einer silbernen Kette um seinen Hals hing. Das war das Zeichen seiner Organisation >Aspectum solis<, der Blick der Sonne, der alle Vampire vernichten sollte. Dazu würde es nicht kommen. Niemand konnte sich auf Dauer hinter einem Talisman oder einem blinden Glauben verstecken. Nun standen sie sich gegenüber und alles was zählte war reale Stärke. Draculea lachte höhnisch, dann holte er aus.

Bredica sah sich um. Überall um sie herum schlugen Vampire aufeinander ein. Sie musste ihren Bruder finden. Etwas traf sie an der Schulter. Bredica fauchte, fuhr herum und stieß den Angreifer mit Wucht von sich. Schnell sah sie sich um. Der Nebel hatte sich etwas gelichtet. Endlich entdeckte sie ihn. Er stand einem Mann gegenüber, den sie noch nie gesehen hatte. Die beiden umkreisten sich geschickt, wie hungrige Wölfe.

Wladimir!

Ein Geräusch lenkte Bredica ab. Der Vampirjäger tauchte neben ihr auf. Er hielt seinen Dolch in der Hand und atmete schwer, während er sich gehetzt umsah. Sie kicherte: „Ist das zu viel, Vampirjäger?" Er antwortete nicht. Stattdessen deutete er zu ihrem Bruder und dem Mann. „Auf wessen Seite stehst du? Ich habe nicht das Gefühl, dass dir das hier gefällt."

Sie sah ihn nicht an, aber sie gab die Antwort, die von ihr erwartet wurde: „Ich stehe auf der Seite, auf der ich stehen muss. Wladimir ist mein Bruder."

Der Vampirjäger schüttelte den Kopf. „Was glaubst du, was meine Mutter von dem hält, was ich hier tue?"

Bredica hörte ihm nicht zu. Sie machte sich auf den Weg zu ihrem Bruder. Der Mann duckte sich und rammte ihm ein Messer in die Seite.

„WLADIMIR!!!" Schockiert rannte sie zu ihm, doch ihr Bruder wankte nicht einmal. Er packte einen der Holzpfähle, die an seinem Gürtel steckten und rammte ihn seinem Gegenüber ins Herz. „Eine treffende Art für dich zu sterben", zischte er. „Damit wäre der Blick der Sonne endgültig blind." Sein Gesicht war nur wenige Zentimeter von dem des Mannes entfernt. Dessen Augen weiteten sich und fixierten Draculea. Fassungslosigkeit spiegelte sich darin. Schon im nächsten Moment wurden sie stumpf und starrte ins Leere. Der Vampir lachte nur gellend und wand sich ab, während sein Opfer zu Boden sackte.

Bredica war stehen geblieben. Das musste aufhören.

Der Vampirjäger stolperte an ihr vorbei und fiel neben dem Mann auf die Knie. Sie wusste selbst nicht, warum sie zu ihm ging und sich neben ihn hockte. „War...war es dein Vater?", fragte sie leise. *Bitte...lass es nicht so sein...*

Er schüttelte kaum merklich den Kopf: „Mein Vater ist schon lange tot." Er sah auf den Leichnam hinunter. „Aber er war...für mich..." Seine Stimme brach ab.

Die Kampfgeräusche um sie herum wurden langsam leiser. Der Nebel war nun verschwunden, stattdessen prasselte stetiger Nieselregen auf die Erde.

Jackter sah sich um. Seine Revolutionäre waren geschwächt. Sie sahen sich gehetzt um, konnten sich kaum auf den Beinen halten. Aber Draculeas Vampire ebenfalls. Keiner griff ihn an, während er an ihnen vorbei lief, auf der Suche nach ihrem Anführer. Warum? Er selbst war auch verletzt, allerdings nur leicht. Von seiner Schläfe tropfte Blut. Der Vampir hatte ihn nur bewusstlos geschlagen. Warum wollte Draculea ihn nicht tot sehen? War das ein Spiel? Warum konnte er ungehindert hier entlanglaufen? Wollte Draculea ihn persönlich erledigen? Oder sollte er als letzter drankommen? Ein Rätsel!

Aber wenn er so in ihre Augen sah...Draculeas Truppen sahen ihn ebenso flehentlich an, wie seine eigenen Leute. Warum auch nicht? Es waren eben auch nur Vampire, militärische Ausbildung hin oder her.

Sie tun nur die Pflicht gegenüber ihrem Herren - wie makaber! Ich soll es beenden. Sie lassen mich durch, damit ich es beende. Wie auch immer.

Jackters Schritte wurden schneller. Er rannte durch den Regen. *Draculea – du Drache! Wo bist du?* Er kniff die Augen zusammen und sah sich um. Da lag jemand am Boden. Das war kein Vampir, das war ein Mensch und Erhan kniete neben ihm. Jackter stöhnte. Das wird doch nicht sein Vater gewesen sein, oder? Das wäre doch das pure Drama und wäre absolut nicht das erste Mal! *Besser ich sehe mal nach ihm.* Jackter machte sich auf den Weg zu ihm, da erkannte er mit Entsetzen, was passierte. Draculea erhob sich wie eine dunkle Macht hinter dem Vampirjäger. Zwei Vampire mit riesiger Statur positionierten sich links und rechts von ihm.

„ERHAN! Pass auf!!!" Das war Bredica! Einer von Draculeas Schlägertypen hielt sie mit eisernem Griff am Arm. Sie stemmte sich gegen ihn, um zu dem Vampirjäger zu gelangen. Zu spät! Ein Mensch konnte niemals so schnell reagieren.
Plötzlich fiel ein Schuss.

Draculea hielt inne und drehte sich um. Jackter fiel auf, dass der Großteil der Vampire um ihn herum aufgehört hatte zu kämpfen. Alle starrten auf diese merkwürdige Szene, die sich ihnen bot, als würden sie ein Theaterstück auf der Bühne angaffen. Kaum drei Meter von Draculea entfernt stand ein Mensch mit lang ausgestrecktem Arm. In seiner Hand hielt er eine Pistole, die verdächtig zitterte. Jackter versuchte auszumachen, wo der Schuss den Vampir getroffen hatte. *Na toll! Ein Streifschuss!* Das war kaum mehr als ein Mückenstich! Hätte er nicht etwas Schwerwiegenderes treffen können. Genug Fläche war doch wahrlich geboten! „Wie süß!", höhnte der Graf. Mit einer einzigen Bewegung hatte er dem Menschen die Pistole entrissen und ihn gepackt. „Seht!", brüllte er. „Seht wo ihr hinkommt, wenn ihr euch mir widersetzt!" Er zeigte auf Jackter. „Euer Anführer ist ein Lügner und ein Betrüger. Glaubt ihr vielleicht ihr kennt ihn? Seht nur! Er hat euch die Vampirjäger auf den Hals gehetzt! Seht, was ihr davon habt!"

Ach du heiliger Luzifer! Was jetzt? Jackter trat vor und erhob das Wort: „Lass ihn gefälligst los! Der Mensch steht unter meinem Schutz!"
Draculea grinste ihn verschlagen an und erwiderte laut genug, dass alle es hören konnten: „Eine nette Feststellung für einen *Vogelfreien!* Du hast kein Recht, irgendetwas für dich zu beanspruchen, mein lieber Tarek Radu." Ein allgemeines Raunen ging durch die Menge. Na toll. In zwei Sätzen war alles aufgedeckt und wieder war es ein Name der einen verurteilte. Die Strategie war undurchdacht gewesen. Jackter fühlte beinahe körperlich, wie alle Blicke auf ihm ruhten.
Nicht ablenken lassen! Such nach dem Ausweg, es gibt immer einen Ausweg! Konzentrier dich!
Elisei schien nicht aufgeben zu wollen. Er zappelte hin und her, wand sich in Draculeas Umklammerung und verbiss sich in seinem Unterarm. Allerdings steckte hinter den hektischen Bewegungen wenig Kraft und mit seinen schwachen, menschlichen Zähnen konnte er auch nichts ausrichten. Er sah sich nach Jakov um, konnte ihn aber nirgends entdecken. Jackter hatte sich nicht

ansehen können, wie schwer die Schussverletzung war. Hoffentlich war sie nicht so schlimm. Stattdessen entdeckte er Bastian. Er wurde ebenfalls von einem Vampir festgehalten und schien darüber sehr wütend. Er konnte sich ganz offensichtlich ein wenig effektiver wehren, als Elisei, trotzdem kam auch er nicht los. Mit wutentbranntem Blick starrte er Erhan an. „Das ist deine Schuld!", brüllte er. „Alles ist deine Schuld. Du hast dich auf *ihre* Seite geschlagen. Wenn du getan hättest, wozu du ausgebildet wurdest, dann würde Vater noch leben!"

Schon im nächsten Moment wurde Jackter die Sicht auf die Menschen verstellt. Er war eingekreist von einer Meute von Vampiren. Er erkannte unter ihnen Draculeas Handlanger, aber auch Revolutionäre, die ihm zuvor gefolgt waren. Alle starrten ihn gleichermaßen hasserfüllt an. Klar! So war das eben, wenn man vogelfrei war. Man war verachtet und man hatte alle gegen sich. Doch es war dennoch erstaunlich, wie schnell manche Leute den Schalter im Kopf umlegen können, denn streng genommen war er doch immer noch ihr Jackter.
Sie rückten weiter auf ihn zu. *Okay, dieser verdammte manipulative Tyrann! Ich habe verloren.*

„Verzeihung, hochwohlgeborener..." Er hob die Hand, zum Zeichen, dass er still sein sollte. „Sprich mich nicht an!", zischte er gereizt. Er beobachtete schon seit geraumer Zeit, was da unten vor sich ging.
„Entschuldigen Sie, aber es scheint so, als hätte er gewonnen."
„Das sehe ich selbst."
„Sollten wir nichts unternehmen?"
„Du weißt genau wie ich, dass uns sie Hände gebunden sind."

Er starrte weiter auf das Schlachtfeld.
Draculea stolzierte strotzend vor Selbstbewusstsein herum. „Meine lieben Untertanen", säuselte er. „Nun werdet ihr Zeuge

dessen werden, was mit denen geschieht, die ihren Platz verlassen. „Wer sollte als Erster dran sein? Du, kleine Missgeburt! Du solltest ohnehin schon lange tot sein. Bringt ihn mir her!"

Sein Herz setzte aus, er wollte seinen Blick abwenden und gleichzeitig konnte er keinen Augenblick verpassen.

Das ist allein deine Schuld. Wärst du nicht so stur gewesen...Nein...Das ist meine Schuld. Hätte ich ihn nur besser im Griff gehabt. Ich hätte auf ihn aufpassen müssen.

Natürlich würde er das nie offen zugeben. Immer war er pflichtbewusst gewesen, verbunden mit den Traditionen und Gesetzen seiner Gesellschaft, standhaft wie ein Fels in den Karpaten, doch heute...Er konnte ihn nicht sterben sehen. Einer der Buttler schliff ihn auf dem Boden entlang und ließ in dem Grafen vor die Füße fallen.

Wie komme ich aus der Sache raus, ohne dass mein Ansehen Schaden nimmt?

Ein Schrei riss ihn aus seinen Gedanken. Seine Gesichtszüge entgleisten gänzlich, als er sah, wie sein Sohn zusammensackte. Er fuhr herum zu dem Vampir neben ihm und befahl mit eisiger Entschlossenheit: „Schieß!"

Erhan zuckte zusammen. Irgendwo im Wald wurde ein Signalschuss abgefeuert. Da bewegte sich etwas. Angestrengt starrte der Vampirjäger in die Ferne. Das war ein Mann - eindeutig ein Vampir. Er wirkte mit seinem weißen Hemd, den polierten Schuhen und dem feinen Mantel eher, als wolle er zu einer Festveranstaltung, statt auf ein Schlachtfeld. Doch bei seinem Anblick hielten beinahe alle den Atem an. Erhan ertappte sich dabei, dass er dasselbe tat.

Die Stimme des Vampirs strahlte absolute Autorität aus, so als würde Gott persönlich zu seinen Kindern sprechen. Doch er wand sich direkt an Draculea: „Ich habe lange mit angesehen, was hier vor sich geht, aber jetzt...Draculea, jetzt reicht es. Ich spreche im Namen der gesamten Gemeinschaft der Bojaren, wenn ich sage, dass du deinen Platz als Herrscher verspielt hast. Du wirst mich begleiten."

Der Graf lachte. „Nenn mir auch nur einen Grund, weshalb ich das tun sollte!"

Der Vampir nahm Haltung an und erklärte: „Ich, Bojar Viorel de Zarlac, Oberhaupt der Gemeinschaft der Bojaren, seit 500 Jahren, klage dich, Wladimir Celemândre des Verrates an deinem Volk an, in Kombination mit mehrfachem Mord und obendrein des Diebstahls menschlicher Ressourcen meines persönlichen Reviers."

Der Graf fletschte die Zähne. „Ich fürchte du schätzt deine Verantwortlichkeiten falsch ein. Du hast mir nichts zu sagen."

Der alte Vampir sprach einfach weiter: „Du widersetzt dich den Anordnungen der Bojaren? Dann bleibt mir nichts anderes übrig, als dich zum Kampf zu fordern."

Draculea breitete heroisch die Arme aus und grinste in die Menge. „Nur zu. Heute ist die Nacht der Abrechnung. Ich habe bereits Kurt von Langleben vernichtet - ein Ziel, das du niemals erreichen konntest. So wenig wie alle anderen Bojaren. Diese nette kleine Revolution ist ebenfalls zerschlagen, schließlich habe ich die Drahtzieher in meiner Gewalt. *Ich* werde mich persönlich um den fauligen Zweig meiner eigenen Familie kümmern. Deine Aufgabe habe ich dir bereits abgenommen." Draculea lachte höhnisch. „Du solltest dankbar sein, alter Freund. Immerhin habe ich mich an deiner Stelle deines schäbigen Sohnes angenommen. Sei froh, dass du es nicht selbst tun musstest. Alle Vampire haben heute hier gesehen, wer die Stärke auf seiner Seite hat. Wenn die Sonne sich im Morgengrauen erhebt, werde ich wieder über ganz Rumänien herrschen."

Der Bojar erhob den Arm und gab ein Handzeichen, welches ganz offensichtlich militärisch anmutete. Im nächsten Moment bauten sich seine Truppen hinter ihm auf. Unwillkürlich wich Erhan einen Schritt zurück. Die Umstehenden taten es ihm gleich - Menschen, wie Vampire. Alle waren geschwächt, keiner war mehr in der Stimmung für einen weiteren Kampf. Vampire waren rational genug, um einschätzen zu können, wann der Zeitpunkt zum Rückzug geboten war.

Alle außer Draculea.

Bredica stand hinter ihrem Bruder. Sie war die Einzige, die keinen Schritt zurückgewichen war. Trotzdem konnte sie sehr wohl erkennen, dass die Situation aussichtslos war und sie sah sehr wohl, dass ihr Bruder an Größenwahn litt. „Wladimir", hauchte sie eindringlich. „Hör schon auf. Das bringt doch nichts." Er drehte sich nicht zu ihr um, reagiert nicht, sondern zog die Pistole.

Die beiden Vampire stürzten aufeinander ein. Es wurde geschossen, geschlagen und gebissen. Alle anderen Vampire standen um die beiden herum. De Zarlacs Vampire schienen jederzeit bereit einzugreifen. Es kam ihr vor, als würde der Kampf in Zeitlupe ablaufen.

Es hatte aufgehört zu regnen. Nun spritzt Blut durch die Luft, während sich die Vampire auf dem nassen Boden wanden. Zwei ebenbürtige Gegner und keiner der beiden gab auch nur einen Millimeter nach. De Zarlac war älter und erfahren, aber Wladimir war jung und er brannte für diesen Kampf. Er konnte es schaffen.

Bei Luzifer, es musste doch keiner mehr sterben.

Eine der ineinander vergeilten Gestalten schien allmählich die Oberhand zu gewinnen. Schließlich richtete dich Viorel de Zarlac auf. Er deute auf den am Boden liegenden Vampir. „Festnehmen!", befahl er. „Graf Wladimir Celemândre, betitelt mit der historisch gewachsenen Anrede >Draculea< ist besiegt. Seine Titel werden ihm hiermit aberkannt. Im Kreise der Gemeinschaft der Bojaren soll über ihn gerichtet werden."

Bredica blieb stocksteif stehen, während sie zusah, wie drei

Vampire, darunter auch Jackter, ihren Bruder auf die Beine zerrten. Sein Blick traf ihren und sie sah eine Glut darin, die alle Vernunft überlagerte, die nicht zu löschen war. Er würde niemals aufgeben. Und nun fixierte er Jackter. Es war wie ein Instinkt. Während in ihrem Kopf noch die Argumente debattierten, schrie sie schon: "Tarek! Pass auf!"

Alles ging ganz schnell. Vladimir hatte seine Bewacher weggestoßen und die Pistole auf Jackters Schläfe gerichtete. Ein Schuss knallte und...

Er war gefallen.

Jackter betrachtete die Situation wie ein Außenstehender. Es kam ihm vor, als wäre er gar nicht Teil dieser Situation, als wäre das nur ein dramatischer Film auf irgendeiner Kinoleinwand. Draculea hatte versucht ihn zu erschießen, aber Viroel de Zarlac war ihm im letzten Moment zuvorgekommen und hatte stattdessen Draculea erschossen. Und das nur, weil Bredica ihn gewarnt hatte. Sonst wäre er jetzt tot. So stand er allerdings vor dem niederträchtigen Grafen, der am Boden lag, während das Blut in Strömen aus seiner Brust rann. Bredica kniete bereits neben ihm am Boden. Tränen sammelten sich in ihren Augen. Sie sagte nichts, versuchte nicht die Blutung zu stoppen. Sie wusste genauso wie er und alle anderen hier, dass es zu spät war.

So ging es also zu Ende. Er war fast am Ziel gewesen. Fast wäre der alles umfassende Kampf um die Macht zu Ende gewesen. Beinahe hätte er gewonnen. Nun blieb ihm nichts als die Finsternis, die Finsternis, die ihn von jeher begleitet hatte und in die er nun ganz eingehen würde.

Er hätte gewinnen können, hätte Bredica nur ihren Platz an seiner Seite eingenommen. Bredica...störrisch, wie ihre Mutter es schon gewesen war. Diese Art brachte nur Verhängnis.

Bredica...Sie kniete neben ihm. Wut regte sich in seinem Bauch. Er wollte sie ihr entgegenfauchen, ihr an die Gurgel gehen, aber er hatte nur noch wenig Zeit. Und im Angesicht des Todes verlor so vieles an Bedeutung. Warum sollte er sie dafür vergeuden das zu wiederholen, worüber sie unzählige Male gestritten hatten. Die zähe, warme Flüssigkeit breitete sich weiter auf seiner Brust aus und tränkte sein Hemd, während sich in seinem Körper eisige Kälte ausbreitete. Lange hatte er nicht mehr.

Er blinzelte, bis sein Blick wieder klar wurde und sah Bredica in die Augen. Emotionen spiegelten sich darin. Draculea hob die Hand. Es kam ihm vor, als würden Gewichte daran hängen, die seinen Arm nach unten ziehen wollten. Mühsam löste der Graf den Verschluss seines Umhangs und streifte ihn vorsichtig ab. Der Stoff glitt zu Boden und berührte die Finger seiner Schwester. Eine ihrer Tränen tropfte hinunter auf den Samt.

Du hast Geschichte geschrieben, doch die Zukunft liegt nicht mehr bei dir. Sprich deine letzten Worte mit Bedacht.

Er sah seine Schwester an. „Trag diesen Umhang", flüsterte er mit rauer Stimme. „Du sollst ihn tragen, wie es andere unserer Familie vor dir taten. Und mit ihm trägst du die Stärke, die Stärke des Drachen. Nimm meinen Platz ein, Schwester. Du bist die Draculea." Seine Hand streifte die ihre, während sie zu Boden glitt und sowie sie auf dem Boden aufschlug, schloss er die Augen und lies los.

Erhan schüttelte den Kopf. Da war es nun so weit. Draculea war tot. Das oberste Ziel, das er sich als Vampirjäger setzten sollte war erreicht. Bloß fühlte es sich nicht gut an. Er dachte an das Vermächtnis seines Vaters. Nun, er hatte gekämpft, nur wusste er selbst nicht genau, auf welcher Seite. Sein Blick schweifte über den Rest dessen, was gestern noch eine Wiese gewesen war. Die Vampire hatten sich in kleinen Grüppchen um die Opfer versammelt. Bredica hockte neben ihrem Bruder und nicht weit entfernt kniete Bastian neben der Leiche Kurt von Langlebens. Was war gut und was war böse? Bevor er nach Transsilvanien gekommen war hatte er doch eine detaillierte Antwort auf diese Frage gehabt! Warum konnte er sich jetzt nicht mehr sicher sein? Bastian hatte sich vom Boden erhoben und kam auf ihn zu gestürmt. „Das alles ist deine Schuld!", brüllte er ihn an, während Tränen über sein Gesicht rannen. „Den Vampiren helfen! So eine Schnappsidee! Was ist nur mit dir passiert? Du wusstest, was du tun solltest! Aber nun ist Vater wegen dir gestorben! Weil du dich mit den Dämonen verbündet hast!

Das brachte Erhan ebenfalls in Rage. „Das ist nicht nur meine Schuld!", wetterte er. „Weil ich eben nicht wusste, was ihr von mir wolltet! Weil ihr mich belogen habt. Aspectum solis! Warum habt ihr mir nicht gesagt, was das ist? Das war kein Zufall, dass ihr auf einmal an die Uni kamt! Ihr habt mich *gesucht*. Habe ich Recht? Ihr wusstet wer mein Vater war und deshalb habt ihr mir auch geglaubt! Mein Vater hatte Wissen, das euch noch fehlte! Ihr habt mich ausgenutzt!" Langsam wurde ihm so einiges klar. Das Tagebuch konnte man nur mit *Hintergrundwissen* lesen, er hatte es gewissermaßen in Geschichten *verschlüsselt* und ihn durch seine Gute Nacht – Geschichten und das geheimnisvolles Training eingeweiht. Sein Vater war ein *Genie* gewesen. „Oh Gott, wie konnte ich nur so dumm sein? Natürlich! Das war kein Zufall, dass dein Vater so viel über Vampire wusste und du...Du hast dich einfach nur dumm gestellt, nicht wahr? Es war kein Zufall, dass du so schnell >lerntest<, dass wir so schnell ein Team waren, dass du auch nach Rumänien gekommen bist!"

Für den Hauch einer Sekunde sah er ertappt aus, aber schnell fing er sich wieder. „Du hättest dazu gehören können! Du wärst ein Teil von Aspectum solis geworden! Aber was machst du? Dich den Dämonen an den Hals werfen, sie mit Blut füttern. Du schützt die Vampire und lässt dafür deine Freunde im Stich! Kurt war all die Jahre wie ein Vater für dich!" Bastian schüttelte den Kopf: „Ich habe ihm nie glauben wollen, wenn er sagte, du könntest vom Weg abkommen, aber er hatte recht!"

Das kippte noch zusätzliches Öl ins Feuer. „Ja, er war wie ein Vater für mich! Glaubst du vielleicht es lässt mich kalt, dass er gestorben ist?! Glaubst du vielleicht ich wollte das?! Man kann richtig und falsch nicht immer klar voneinander trennen, Basti!"
„Du bist vom Weg abgekommen!"
„Ich bin nicht vom Weg abgekommen! Ich ändere nur meine Route!"
Bastian ballte die Hände zu Fäusten. „Das werde ich dir nie verzeihen", fauchte er. Dann fuhr er herum und rannte davon.
„Basti!" Erhan tat einen Schritt nach vorn. Er wollte ihm folgen, ihn zurückholen. Aber er wusste, dass es im Moment sinnlos war.

Erhan zuckte zusammen, als jemand ihn am Arm berührte. Wie lange hatte er seinem langjährigen Freund nachgestarrt? „Lass ihn. Ihn wirst du nicht überzeugen. Er will es nicht sehen."
Das war Jackter. Der Forscher reagierte nicht, blieb nur stocksteif stehen, doch der Vampir schob ihn mit sanftem aber unnachgiebigem Griff vorwärts. „Komm schon. Wir schauen jetzt nach vorn und nicht zurück. Wir müssen Schadensbegrenzung bettreiben.
Erhan ließ sich widerstandslos von ihm mitziehen. Kaum hatten sie sich durch die Menge der Umstehenden gedrängt, wurde er aus seiner Passivität gerissen.

Der Vampir, der vorhin wie aus dem Nichts aufgetaucht war stand wie angewurzelt neben Jakov. „Mein Sohn", murmelte er. „Es tut mir so leid." Erst jetzt machte es bei Erhan >Klick<. „Ach das ist Jakovs Vater", flüsterte er, was ihm einen genervten Seitenblick von Jackter einbrachte. „Tut mir leid. Ich war leider zu gestresst, um über die diversen Familienverhältnisse nachzudenken", zeterte er. Der Vampir zuckte nur mit den Schultern. "Schon klar. Du kannst ja nichts dafür."
Als Erhan ihn verwirrt ansah hob er an: „Der menschliche Geist..."
Sofort unterbrach der Forscher ihn. „Um Himmels Willen, spar dir das jetzt."
Kurzentschlossen ging er zu Jakov und hockte sich neben ihn.

Teils um der Diskussion über Gehrinaktivität zu entgehen, bei der er nicht gewinnen konnte, aber auch, weil er Jakov helfen musste. Irgendwie hatten sie ja doch auf derselben Seite gestanden.

Vorsichtig legte er einen Finger an seinen Hals und schreckt davor zurück, wie kalt er war. *Nein, das ist normal! Niedrige Körpertemperatur bei Vampiren! Reiß dich zusammen!*

Plötzlich packte ihn jemand am Arm und zog ihn forsch zurück. Der Vampir sah nicht gerade zufrieden aus. „Halte dich fern von meinem Sohn, du Mensch, sonst...!"
„Lassen Sie ihn!", unterbrach ihn Jackter. Der Vampir stieß Erhan von sich, sodass er unsanft auf dem Boden landete. Ihn beachtete nun keiner mehr, denn alle starrten Jackter mit angespannten bis geschockten Mienen an. Offensichtlich ziemte es sich nicht für,...wie nannten sie es,...einen Vogelfreien einem hochgestellten Vampir Befehle zu erteilen. So wie dieser de Zarlac ihn ansah, war er wohl schon über die Tatsache erbost, dass Jackter überhaupt gewagt hatte das Wort an ihn zu richten. Der ging zum Glück elegant zur Deeskalation über. Er verneigte sich vor dem anderen Vampir. „Verzeihen Sie, geehrter Bojar. Ich habe nur das Wohl Ihres Sohnes im Sinn. Dieser Mensch besitzt Kenntnisse, die ihm vielleicht noch helfen können." Er sah sich unter den Vampiren um und sagte mit herausfordernder Stimme: „Und ich nehme an, dass sich die hier anwesenden Vampire eher auf die Kriegskunst, als auf heilende Fähigkeiten verstehen."
Oh-oh, diese Spitze hättest du vielleicht weglassen sollen. Tatsächlich machten einige der Umstehenden sofort ein paar Schritte auf Jackter zu, andere sahen zögernd zum Bojaren und warteten seine Reaktion ab. Ein Vampir neigte sich sogar zu ihm hinüber und hauchte: „Hochwohlgeborener Bojar, wir erwarten Ihre Befehle."

Viorel de Zarlac zögerte. Was sich dieses Nichts von einem

Vampir erdreistete war ein Unding in der Vampirgesellschaft. Ihm einfach ins Wort zu fallen und seine Entscheidung in Frage zu stellen, ja sogar zu untergraben! Normalerweise hätte er ihn festnehmen lassen. Obendrein war dieser Rebell auch noch ein Vogelfreier. Der Vampir, der die Revolution angeschoben hatte war ein Vogelfreier. Diese Schande! Sie hatten einen Vogelfreien gewähren lassen, ja sogar mit ihm kooperiert, welch ein Unding! Überaus peinlich! Er sollte vor dem Rat der Gemeinschaft der Bojaren stehen, um seine Strafen zu erhalten. Aber...Sein Blick huschte zu seinem Sohn. Er hatte recht. Vampire verstanden nicht viel vom Heilen. Sie waren Einzelkämpfer, die sich selbst halfen. Und wenn sie das nicht mehr schafften...

Warum bist du hier her gekommen? Du warst schon immer zu schwach, es war klar, dass du...

Viorel de Zarlac trat zurück und fällte seine Entscheidung. "Nun denn, Mensch, tu was du tun kannst."

Jackter schob Erhan sanft vor sich her, bis sie beide vor Jakov knieten. Er sah in sein bleiches Gesicht.

Komm schon Kumpel, mach jetzt nicht schlapp. Nicht auch noch du.

Beim Anblick des riesigen Pflocks, der aus Jakovs Brust ragte wurde dem Rebellen wirklich übel.

Dieser Mistkerl! Mal im Ernst, sind wir denn noch im Mittelalter? Müssen wir uns denn selbst pfählen und mit Silber beschießen?

„Verdammter Mist, das sieht nicht gerade gut aus", flüsterte Erhan neben ihm.

Jackter schluckte. „Meinst du, du kriegst das wieder hin?"

„Keine Ahnung. Ich habe das noch nie...Naja, ich werd´s eben versuchen. Der Pflock stoppt die Blutung, wenn wir ihn entfernen, verblutet er. Sein Herz ist getroffen und die Silberkugel...Wie lange ist es schon her, dass er angeschossen wurde? Verdammt, das macht Schaden!"

Das war ein Ende für die Revolution! Draculea war tot, er war

enttarnt und der Sohn des obersten Bojaren starb auch gerade. Er-han riss ihn aus seinen Überlegungen. „Such Tiffany! Hoffen wir einfach, dass sie etwas eingepackt hat, das hilfreich ist! Schnell!" Jackter stand sofort auf, doch da kam die flotte Vampirin auch schon angerannt. „Was ist passiert!", rief sie. „Geht es allen gut?" Jackter beugte sich zu ihr und erklärte: „Jakov hat's erwischt." Bevor er mehr erklären konnte, drehte sich Erhan um. „Tiffany. Komm schon, hilf mir. Erstmal das Verbandszeug..."
Der andere Mensch – Elisei bahnte sich einen Weg durch die Menge. Eine Hand hielt er dabei vor seinen Mund. „Erhans!", rief er. „Erhans wo bist du? Wenn ich schon als ich dich getroffen habe gewusst hätte, wie krass das mit dir wird!" Als er den Forscher entdeckte hob er an: „Da bist du ja, hast du gesehen, wie ich diesen Vampir gebissen habe. Jetzt sind meine schönen Vampireckzähne rausgebrochen...Oh!" Der Rumäne unterbrach abrupt seinen Redeschwall, als er erkannte, was da vor sich ging. „Mann, ist das alles krass", murmelte er. Etwas lauter fügte er hinzu: „Ich glaub ich werde mal Vadim suchen", und ging eilig davon.

Jackter beobachtete die beiden noch eine Weile, dann wand er sich ab und sah sich wachsam um. Der Tumult legte sich allmählich. Die Vampire begannen schon zu tuscheln und sich umzusehen. Ihm blieb nicht mehr viel Zeit.
So oder so bin ich trotzdem enttarnt und wenn sich die Aufregung jetzt legt werden sie wieder auf mich zurückkommen.
Wozu sollte er warten? Er hatte schon gesehen, wie sie zu ihm standen.
Jackter sah sich noch einmal nach Jakov um. *Hoffentlich schafft er es.*
Dann zog er sich in die Dunkelheit zurück.
Er hörte noch, wie einer hinter ihm plärrte: „Hey! Wo ist der Verräter? Lasst ihn nicht entkommen! Er hat uns noch einiges zu erklären!"
Zu spät! Er war bereits weg. Keiner würde ihn finden. Noch heute würde er Rumänien verlassen. Zurück ins Exil.

„Verzeihen Sie, hochwohlgeborener Bojar, aber was sollen wir tun?"

Viorel de Zarlac riss sich vom Anblick des Menschen und der unwürdigen Vampirin los, die an seinem Sohn herumpfuschten. „Was, beim heiligen Luzifer, gibt es?" Sein Diener nestelte nervös an seinen Fingern herum. „Nun ja, mein Bojar, sehen Sie, der Graf ist tot. Werden Sie, mein hochwohlgeborener Bojar Transsilvanien einnehmen?" Der Bojar schüttelte energisch den Kopf, während er seinen Blick mit unverhohlener Abscheu über die Menge schweifen ließ. „Was sollen wir mit diesem wirren Haufen? Sie haben gerade für ihre Freiheit gekämpft. Was würde es uns für eine Mühe kosten, sie in unser System zu gliedern. Die machen uns nur Ärger und zerstören unseren guten Stand. Darum soll sich mal schön die Erbin kümmern. Wo ist seine kleine Schwester? Finden Sie sie! Schleunigst. Ich werde eine Ansprache halten."

„Jawohl, mein Bojar. Unverzüglich, mein Bojar." Sein Diener eilte davon.

Viorel de Zarlac zupfte sein Jacket zurecht. Ja, er musste eine Rede halten und zwar augenblicklich. Diese unorganisierte Truppe wusste doch kaum etwas mit ihrer Freiheit anzufangen nachdem sich ihr Anführer als Lügner entpuppt hatte. Sie brauchten dringend einen neuen.

Der Bojar zog seine Pistole und gab zwei Schüsse in die Luft ab. Nun hatte er also deren Aufmerksamkeit.

„Vampirinnen und Vampire, Ich Bojar Viorel de Zarlac, Vorsitzender der Gemeinschaft der Bojaren, spreche euch nach eurem erfolgreichen Kampf nun die Freiheit zu."

Sie jubelten. Irgendeiner hatte begonnen und nach und nach stimmte die ganze Gruppe ein.

Inzwischen kam sein Diener mit dieser Bredica zurück.

„Dennoch braucht eine Gesellschaft eine Ordnung." Er griff Bredica an der Hand und zog sie zu sich. „Deshalb ernenne ich Bredica, Schwester des Wladimir Celemândre, Kraft meiner Autorität als oberster Bojar, zur Herrscherin über Transsilvanien. Sie ist nun Gräfin von Transsilvanien und übernimmt den Titel Draculea." Er legte der Vampirin seine rechte Hand auf die Schulter. "Bredica. Du trägst nun den Titel Draculea. Auf dass du das Land beschützen wirst mit der Stärke des Drachen." Er wartete auf ihre Reaktion und verdrehte genervt die Augen, als sie nur stocksteif stehen blieb. „Willst du hier Wurzeln schlagen oder was?", zischte er. „Nimm gefälligst an."

Nur langsam sickerte die Bedeutung dessen, was er sagte in Bredicas Bewusstsein.
Ich...ich die Gräfin von Transsilvanien! Nein, nein wie könnte ich?
Aber welche Wahl blieb ihr? Wladimir war tot und Jackter war weg...dann blieb doch nur noch sie. Unwillkürlich hatte sie die Hände zu Fäusten geballt.
Der Bojar seufzte und murmelte: „Keine Bange, Kindchen. Schlechter kannst du es kaum machen. Du bist eine von Ihnen - genau das, was sie brauchen." Er sah sich nach seinem Diener um. „Und natürlich werden wir dir gerne etwas Hilfe zur Verfügung stellen. Wir sind an friedlicher Kooperation interessiert. Mein Diener wird vorerst mit dir kommen, dann kann alles weitere später besprochen werden."
Sie dreht sich langsam zu den Vampiren und ließ ihren Blick über sie schweifen.
Sei ihnen ein Vorbild, übernimm Verantwortung!
„Vampire von Transsilvanien, ich verspreche, ich werde mein Bestes tun."

„Nun denn, liebe Vampire. Sucht die euren zusammen und begebt euch zurück in eure Häuser. Der Morgen wird bald anbrechen", schloss der Bojar seine Rede. Er sah sich noch einmal unter den Vampiren um. „Vielleicht solltet ihr euch unterwegs noch ein Tröpfchen Blut gönnen."

Bredica sah zu, wie die Vampire sich sammelten und nach und nach verschwanden. Einige von ihnen waren verletzt. Manche mussten getragen werden. Bei einzelnen war sie sich nicht sicher, ob sie noch lebten. Traurig erkannte sie unter ihnen die junge Vampirin mit den Rastalocken, die vor ihrer ersten Begegnung mit Jackter auf dem Markt in Bran getroffen hatte. Die Menschen ging mit dem Bojaren. Wahrscheinlich erlaubte er ihnen, sich weiter um seinen Sohn zu kümmern. Wann war so etwas schon einmal vorgekommen?

Schließlich war sie allein. Allein mit ein paar hartnäckigen Anhängern und der Leiche ihres Bruders. „Lasst uns zum Anwesen zurückkehren", flüsterte sie.

Einige Minuten später, vielleicht war es auch beinahe eine Stunde gewesen, stand sie in der Gruft und rückte den steinernen Sargdeckel ein letztes Mal zurecht. Die Kette rasselte leise, als sie das Schloss zudrückte. „Leb wohl, Wladimir", murmelte sie. Draculea...welch lange Geschichte an diesem Namen hing. Der Drachenorden verlor an Bedeutung, doch der Drache war immer noch ein Symbol für Macht, Stärke...und Finsternis, ein Beschützer von Schätzen. Und so schwor sie sich Transsilvanien zu schützen, was auch komme. Die Tür fiel mit einem Quietschen hinter ihr ins Schloss. Sie stieg die Treppen hinauf und ging durch den Saal. Bredica drückte den Knauf der Terassentür nach unten, worauf die Tür mit einem leisen Knarren aufschwang und trat hinaus ins Freie. Der Kampf war Geschichte und die Vampire mochten daraus gelernt haben, um eine bessere Zukunft aufzubauen. Ihre Hand strich abwesend über den Samt ihres Umhangs, während sie in die Ferne sah, wo am Horizont bereits ein heller Schimmer zu sehen war. Es war eine laue Sommernacht. Wäre sie eine Fledermaus, dann wäre sie wohl davongeflogen. Doch sie war

nun einmal ein Vampir. Und nun war sie eine Gräfin - Gräfin Draculea. Und das hörte sich gar nicht so schlecht an.

Epilog

Viorel de Zarlac saß an seinem Schreibtisch, gebeugt über diverse Briefe, da stürzte der Vampir herein, so stürmisch, dass er beinahe gegen den Tisch gerannt wäre. Schwer atmend verneigte er sich vor ihm und keuchte: „Verehrter Bojar, ich komme direkt von der westlichen Grenze." Er machte eine Pause, um Luft zu holen, dann setzte er fort: „Es gibt ein kleines Problem." Der Bojar stand auf. „Wovon redest du? Was soll das Gebrabbel?" Der Vampir sah ihn an. In seinen Augen lag ein unruhiges Flackern. „Entschuldigen Sie meine Panik, Bojar, doch ich hege die schlimmsten Befürchtungen. Es geht um eine Verhandlung der Gemeinschaft der Bojaren." Allmählich wurde er ungehalten. Er stand auf und umrundete den Tisch. „Komm endlich zum Punkt. Die letzte Verhandlung, bei der wir alle zusammen kamen ist Jahrzehnte her. Warum sollte uns das heute noch beunruhigen?", fragte er scharf. Der Bote schluckte. „Die Verhandlung, von der ich rede liegt noch länger zurück. Der Winter? 1446?"

„Was?!" Der Bojar schlug mit der Faust auf den Schreibtisch, sodass das Holz knackte. „Er hat überlebt?! Unmöglich!"
Der andere Vampir verharrte in seiner gebückten Haltung und knetete auf seiner Mütze herum. „Er...er ist auf dem Weg nach Rumänien, mein Bojar. Ich...ich fürchte er will Rache."

De Zarlac schüttelte den Kopf. *Unmöglich! Wie kann das sein?* Mühsam riss er sich zusammen. „Nun gut. Wir müssen vorsorgen. Nehmt sofort Kontakt zur Gräfin in Transsilvanien auf. Ich wünsche sie unverzüglich zu sprechen. Wir dürfen keine Zeit verlieren!"
Er riss seinen Mantel von der Stuhllehne und verließ schnellen Schrittes den Raum.

Über tredition

EIN EIGENES BUCH VERÖFFENTLICHEN

tredition wurde 2006 in Hamburg gegründet. Seitdem hat tredition mehrere tausend Buchtitel veröffentlicht. Autoren veröffentlichen in wenigen leichten Schritten gedruckte Bücher, e-Books und audio-Books. tredition hat das Ziel, die beste und fairste Veröffentlichungsmöglichkeit für Autoren zu bieten.

tredition wurde mit der Erkenntnis gegründet, dass nur etwa jedes 200. bei Verlagen eingereichte Manuskript veröffentlicht wird. Dabei hat jedes Buch seinen Markt, also seine Leser. tredition sorgt dafür, dass für jedes Buch die Leserschaft auch erreicht wird.

Im einzigartigen Literatur-Netzwerk von tredition bieten zahlreiche Literatur-Partner (das sind Lektoren, Übersetzer, Hörbuchsprecher und Illustratoren) ihre Dienstleistung an, um Manuskripte zu verbessern oder die Vielfalt zu erhöhen. Autoren vereinbaren direkt mit den Literatur-Partnern die Konditionen ihrer Zusammenarbeit und partizipieren gemeinsam am Erfolg des Buches.

Das gesamte Verlagsprogramm von tredition ist bei allen stationären Buchhandlungen und Online-Buchhändlern wie z. B. Amazon erhältlich. e-Books stehen bei den führenden Online-Portalen (z. B. iBookstore von Apple oder Kindle von Amazon) zum Verkauf.

Jetzt ein Buch veröffentlichen: **www.tredition.de**

EINE BUCHREIHE ODER VERLAG GRÜNDEN

Seit 2009 bietet tredition sein Verlagskonzept auch als sogenanntes "White-Label" an. Das bedeutet, dass andere Personen oder Institutionen risikofrei und unkompliziert selbst zum Herausgeber von Büchern und Buchreihen unter eigener Marke werden können. tredition übernimmt dabei das komplette Herstellungs- und Distributionsrisiko.

Zahlreiche Zeitschriften-, Zeitungs- und Buchverlage, Universitäten, Forschungseinrichtungen, u.v.m. nutzen diese Dienstleistung von tredition, um unter eigener Marke ohne Risiko Bücher zu verlegen.

Alle Informationen im Internet: **www.tredition.de/Buchverlage**

tredition wurde mit mehreren Innovationspreisen ausgezeichnet, u. a. Webfuture Award und Innovationspreis der Buch-Digitale.

tredition ist Mitglied im Börsenverein des Deutschen Buchhandels.

Zeitfracht Medien GmbH
Ferdinand-Jühlke-Straße 7
99095 Erfurt, Deutschland
produktsicherheit@kolibri360.de